影视传媒专业基础教材

总主编　袁智忠

影视编剧教程

YINGSHI BIANJU JIAOCHENG

杨　璟　臧连荣◎主编

西南大学出版社

SWUP 国家一级出版社　全国百佳图书出版单位

图书在版编目(CIP)数据

影视编剧教程 / 杨璟，臧连荣主编. — 重庆 ：西南师范大学出版社，2018.5
ISBN 978-7-5621-9096-7

Ⅰ. ①影… Ⅱ. ①杨… ②臧… Ⅲ. ①电影编剧—教材②电视剧—编剧—教材 Ⅳ. ①I053.5

中国版本图书馆 CIP 数据核字(2018)第 093778 号

影视编剧教程

杨璟　臧连荣　主编
范虹　李骥　刘幸　张文博　副主编

责任编辑：雷　兮
封面设计：杨　涵
排　　版：王　兴
出版发行：西南大学出版社（原西南师范大学出版社）
地址：重庆市北碚区天生路 2 号
邮编：400715　市场营销部电话：023-68868624
经　　销：全国新华书店
印　　刷：重庆正文印务有限公司
成品尺寸：170mm×240mm
印　　张：15.75
字　　数：310 千字
版　　次：2018 年 6 月　第 1 版
印　　次：2024 年 12 月　第 6 次印刷
书　　号：ISBN 978-7-5621-9096-7

定　　价：45.00 元

前　言

这是一本针对广播电视编导专业、戏剧影视文学专业及导演专业等相关专业的本科生、专科生和影视编剧业余爱好者的教材，也可以作为影视编剧专业工作者和学术研究者的参考书目。

“编剧”是影视故事片创作领域的一个专门职业，是讲故事的艺术和影视媒介相结合的产物。所以，作为影视编剧，既要熟练掌握传统故事写作的技巧，又要十分熟悉影视媒介的特性，培养利用影视媒介来讲故事的能力。影视作为一种传播媒介，对各种艺术形式的包容性是前所未有的，具有巨大的兼收并蓄的能力，这决定了它可以实现时间和空间艺术的融合。影视艺术虽不是音乐，但可以表现音乐的节奏和旋律；影视艺术虽不是绘画，但可以运用绘画的构图和色彩；影视艺术虽不是文学，但可以借助文学的结构和情节；影视艺术虽不是戏剧，但能够借助戏剧的表演。影视信息是经过摄像机处理后的信息，可以通过推、拉、摇、移等运动摄影摄像手段来改变视点；可以通过平、仰、俯摄改变视角；可以通过切换镜头在远景、全景、中景、近景和特写镜头中改变视距。正是由于近景、特写等小景别镜头的存在，才使得影像中的人物表情和细节可以更有效地传达给观众，因此，本教材的绪论部分在介绍影视编剧的基本工作之后，着重介绍如何“影视化写作”，或者说如何“为荧（银）幕写作”的问题。

本教材将影视编剧的写作方法论、元素论结合起来，同时根据具体写作的思路进行编排。在写作时，首先涉及的就是写什么的问题。本教材第 1 章影视剧本构思就主要介绍影视故事是如何从无到有，如何出新的问题。在构思的同时或者稍后一段时间，故事元素中所涉及的人物、情节、冲突、结构开始被调用以组合故事。需要提醒各位读者的是，虽然人物（第 2 章）、情节与冲突（第 3 章）、结构（第 4 章）这些故事元素在本教材中被分而论之，但是在实际创作过程中，它们一般不作为分散的元素来考虑，它们是“你中有我，我中有你”的关系，是共同建构影视故事的元素。当然，作为最大刺激的元素可能最先出现，以带动其他元素的整合。而本教材的第 5 章、第 6 章是对具体写作方法的介绍。第 5 章信息控制，主要介绍作者利用情节技巧吸引观众，或者说是描述“作者和读者（观众）博弈的过程”，毕竟遥控板和鼠标在观众手里，要让他们点播某一影视剧并能够持续关注它，需要所有影视制作者的共同努力，而编剧所写的故事是关键因素之一。第6章从故事梗概到分场景写作，是作者具体物化的过程。故事梗概是最终影视剧本的提纲，基本的人物、故事情节、结构都需要体现在故事梗概之中，然后编剧就能够按照这个提纲写出分场景剧本。

21世纪以来，影视故事片与新媒体的结合，改变了影视文化的特点，网络播客和个人社交空间打破了过去影视终端的垄断。正如麦克卢汉所说：“技术的影响不是发生在意见和观念的层面，而是坚定不移、不可抗拒地改变人的感觉比率和感知模式。”网络空间的交互性，大大加强了信息交流的自由感，在这样的大背景下，影视故事片该何去何从呢？第7章新媒体剧剧作，试图给出作者一定的思考。

由于作者水平有限，教材中一定存在缺点和错误，恳请广大同仁斧正，敬希读者不吝赐教。

杨璟、臧连荣

目录

绪论

影视编剧概述

【教学目标】

1. 了解市场经济条件下，影视编剧的基本工作流程。

2. 了解影视编剧的素养及提高专业能力的途径。

3. 了解影视剧本的独特性。

【重点】

1. 影视编剧提高专业能力的途径。

2. 影视剧本的独特性。

【难点】

影视剧本的特性。

编剧是一个动词，也是一个名词。作为动词时，编剧是指编写“剧本”的具体行为。所谓“剧”，是由演员扮演角色并当众演出的一种文艺形式，而剧本就是为了演剧而提前用文字写出的“剧”的故事和演员表演的具体内容。根据承载“剧”的媒介的不同，我们通常把剧本划分为舞台剧本、广播剧本和影视剧本等，而本书介绍的是为影视媒介中的故事片演出而编写的影视剧本。作为名词时，编剧是指从事编写剧本工作的劳动者，也有人称其为剧作者，优秀的编剧通常被称为剧作家。

第一节 影视编剧的工作

剧本的意思是“一剧之本”，它既是指剧的文字本，也是指剧本是一部剧的根本，因为剧本规定了一部剧的故事情节、人物形象、演员对白甚至美学风格，而演剧是在有剧本的前提条件下才能开展的工作。同样，影视剧通常也要先完成编剧工作才能进入拍摄阶段，足见影视编剧的基础作用和重要性。那么，影视编剧工作的具体情况是怎样的？从事影视编剧工作需要具备哪些素质呢？

一、影视编剧的工作

按照素材的来源，影视编剧的工作可分为两类，一类是改编剧本，另一类是原创剧本。所谓改编剧本是指剧本的故事情节、人物、结构来自已有的文艺形式，这种文艺形式本身具有较强的叙事性，如史诗、小说、戏剧、戏曲、传记、回忆录等。例如中国古典小说名著《西游记》《水浒传》《三国演义》《红楼梦》《封神演义》等多次被改编为电影和电视剧；2015 年，中国内地商业电影《夏洛特烦恼》就是根据开心麻花同名舞台剧改编而来的；美国电视剧《权力的游戏》改编自小说《冰与火之歌》，《行尸走肉》改编自同名漫画。所谓原创剧本是指剧本的故事情节、人物、结构并不是来自现有的文艺作品，而是由编剧原创开发而来。下面我们虚构一位叫雷刚的编剧，通过他的生活，我们可以了解市场经济条件下编剧的基本工作流程。

一天，雷刚在喝下午茶的时候从一本著名的文学杂志上读到一篇关于初恋的故事。这个故事唤起了他年少时的记忆，激发了他创作的欲望。他把这篇小说拿给他的亲戚和朋友看，大家都觉得这个故事很有趣，很感人。于是，他立刻着手编写一份剧本策划书。他觉得原小说中的一些情节和人物性格如果修改一下会更符合电影化的叙事，于是他对原小说的情节和人物稍微做了一些修改。完成剧本策划书后，他将其发送到电影公司主编的电子邮箱中，同时抄送一份传给制片人，并打电话通知主编有一份新的剧本策划书已经发送到他的邮箱了。

几天后，主编打电话给雷刚，说第二天会有一个剧本选题会，希望他能够到会并阐释自己的剧本策划。雷刚参加过多次选题会，他心里清楚，选题会实际上就是电影制片公司的招标会，一旦自己的选题被选上，电影公司就会立项投拍，因此，选题会很重要。雷刚当天晚上做了充分准备，力求将这个故事讲得生动有趣。

选题会由电影公司总制片人主持，参加会议的有制片人、主编和几位导演，大家都是老熟人。会议开始之前，大家相互寒暄，直到总制片人宣布会议开始，大家才安静下来。雷刚的剧本策划书已经被主编的秘书打印出来，人手一本。雷刚先阐释了自己对故事的设计，之后又谈了谈对市场的预期。面对参会人员提出的一些疑问，雷刚都一一作答。总制片人面无表情，一言不发，但雷刚知道，他的方案只是备选之一，而最终决定权就在这总制片人手里。会议接近尾声，总制片人说："辛苦了，非常感谢，我们今天就到这里。"

几天后，主编给雷刚打来电话，告知他剧本策划已经通过，请他到电影公司详谈。雷刚来到电影公司，就被请进总制片人的办公室。总制片人告诉他公司准备投资这部剧，并已经取得原小说作者的改编授权，原作者对自己的故事能够被雷刚这样的著名编剧改编而感到荣幸；原作者已经看过剧本策划，总体感到满意，但提出了几点原则性问题，主编会将原作者的邮件转发给雷刚。电影公司做了市场调查，这部电影的市场预期情况也不错——这是最重要的一点。总制片人叫秘书拿出一份编剧合同给雷刚，两人开始讨价还价，最终敲定了稿酬总额、付款方式、交初稿和定稿的时间。雷刚和总制片人愉快地在合同上签了字。

雷刚回到自己的工作室，开始准备写剧本。由于故事发生的年代比较久远，虽然雷刚在当时已经出生，但年纪尚小，对当时的青年人的文化与物质消费偏好都不是很了解。雷刚让他的助手专门请了一些同时代的人到工作室开座谈会，交流当年的情况；还让助手去搜集当时的报纸、杂志、商品的照片，以便自己能够深入了解当年的社会情况。雷刚看了原作者的意见，意见的核心内容就是请他忠实于原著。于是他联系了原作者，两人见面。在与原作者的交谈中，他了解了原作者小说中每一个情节和人物设计的目的，并提出了一些小说修改意见，得到了原作者的肯定，原作者希望他能把这些修改的情节体现在电影中。

再次回到工作室，雷刚开始写作初稿，写作过程中如果遇到问题，他就把他的学徒们集中起来进行头脑风暴。写完后，他把初稿发给每个学徒，让他们阅读后提出意见。这些学徒都是刚大学毕业的影视相关专业的高才生，对编剧理论与技巧十分熟悉，雷刚是他们的实践教师，也是他们的第一个老板。雷刚接受了学徒们提出的有价值的意见，对初稿进行了调整修改，自己觉得剧本还不错就发给了主编。

几天后，主编打来电话，提出了一些修改意见，雷刚按照主编的意见修改完成后又发了过去。主编很满意，便在剧本的打印稿上签字，报送给总制片人。又过了几天，总制片人打电话让雷刚去他的办公室，他对剧本总体满意，但剧本还需修改。总制片人提出了一系列修改意见，雷刚发现很多意见与主编的想法相悖，但总制片人有决定权。雷刚对总制片人的一些违背创作初衷的意见进行了反驳，两人最终折中妥协。雷刚回到工作室修改剧本，这时收到了银行发来的短信，他的初稿稿费已经到账。修改完成后，总制片人还是并不完全满意，雷刚又反反复复修改了5次，最终总制片人签字通过了。随后雷刚又收到了最终定稿的稿费。

影片开始投拍，电影公司组建了拍摄团队，雷刚再次来到电影公司和导演一起讨论剧本，导演也对剧本提出了意见，要求雷刚修改，经过一番激烈讨论，双方达成部分修改意见。经总制片人同意后，雷刚再次对剧本进行了修改。最后，导演很满意，影片开始拍摄。开拍前，雷刚被邀请到剧组给演员们进行角色分析。影片拍摄完成后，雷刚收到了稿费余款便到税务部门补交了个人所得税，支付了工作室租金和员工、学徒的工资，然后就到威海休假去了。

半年后，雷刚接到总制片人的电话，告知他电影上映后票房达到6亿元，按照合同约定，雷刚将会得到一笔奖金。雷刚到公司签字领钱，遇到总制片人，他终于露出了笑容，与雷刚握手，希望下次继续合作。又过了半年，雷刚收到了一封电子邮件，邀请他参加国际电影节颁奖礼，因为他编剧的电影入围该电影节最佳编剧竞赛名单。这时总制片人也打来电话，告诉雷刚，公司将电影送往电影节，该电影已经入围“最佳影片奖”和“最佳编剧奖”，总制片人希望和雷刚一起前往电影节参加颁奖礼，当然旅费由电影节主办方承担。于是，雷刚和总制片人、导演、主演一起参加了电影节的颁奖礼，在颁奖礼上，这部影片获得了“最佳影片奖”和“最佳编剧奖”，雷刚惊呆了，因为这是他第一次在国际A级电影节上获得编剧奖。总制片人笑容满面，主演与雷刚拥抱祝贺，导演代表剧组上台发表获奖感言。颁奖礼结束了，多名国际知名制片人和雷刚交换了名片，他们都向雷刚抛来了橄榄枝，希望能有机会合作。

回国后，多家大学影视教学机构邀请雷刚前去讲学，许多大学都表示要聘用他。总制片人秘书打电话给雷刚，让他再去电影公司一趟。到电影公司后，总制片人按合同将电影节上发放的“最佳编剧奖”奖金全额转账给雷刚，“最佳影片奖”奖金按事先约定好的分成比例也支付给了雷刚。雷刚算了算，这部电影给他带来的收益足够他四五年的日常生活开支了。

这，就是编剧的理想生活写照。希望大家通过这个故事能够了解影视编剧的基本工作流程。

二、编剧的基本素质和学习途径

不是每个人都能够成为编剧，天分、生活积累、文化积累和专业积累在编剧的成长过程中非常重要。总的来说，影视剧本写作是一份比较复杂和艰苦的工作，因此，要胜任这一职位，编剧应该具备一定的能力，掌握故事写作的基本技巧。

（一）剧本创作能力的总体要求

从事影视剧本写作的编剧需要领会、掌握以下基本能力。

1. 有关基元叙事的规则与技巧——如何认知剧作本质的思维

影视是什么，什么是影视；它之所以成为一门艺术的前提条件有哪些；哪些叙事元素奠定了剧作最为基本或主要创造规律的基础等。

2. 有关内容提炼的规则与技巧——如何寻觅被表现对象的视界

包括剧作家怎样看待他所身处的世界，怎样从生活素材中获取可以被戏剧化表现的题材；怎样从已有的表意文本中生发出新的形象，引申出新的意义；戏剧艺术的体裁选择怎样左右剧作的品格风貌等。

3. 有关情节编织的规则与技巧——如何编织故事情节的谋略

包括怎样构筑情境，怎样组织冲突，怎样梳理线索，怎样布局结构，怎样制造悬念等。这些都涉及一系列可供借鉴的技法，具有技术的纯粹性和指导的具体性，能为学习者领会和遵从。

4. 有关形式呈现的规则与技巧——如何装饰叙事时空的套式

剧作的叙事形式有两种：一种形式与内容密不可分，浑然一体；另一种形式可与内容剥离分开，自成一体。后者是一种高度技巧化的时空营造，勾勒出一部剧的外部形状，即剧作叙事的时间、空间和行动，三者的依存模式可以是“三整一律”式，也可以是“二整一律”式、“一整一律”式或“不整一律”式。

(二)编剧的技能要求

1. 需要有讲故事的能力

讲故事的能力是编剧的必备技能,讲得好坏是另外一码事,但会讲故事是一道职业门槛,正如编程能力之于程序员一样。一些有灵气的年轻人虽然能写非常诗意的文字、诗化语言的小说,然而却不会构成故事。能写这样灵气文字的便不适宜当编剧(甚至可以说当编剧是种浪费),编剧应该能够:

(1)根据命题,选择主题、设置情节。

(2)根据情节设置人物,包括主要人物与次要人物,以及他们的关系。

(3)注意对环境的描述,以烘托人物。

(4)寻找或设计矛盾,制造矛盾冲突,形成高潮。高潮可以从解决问题或未解决问题中获得,它最终把中心人物带到他一生中的特定时刻,故事也就此结束。

(5)选择结局。

那么,我们应该如何处理故事呢?首先,我们可以将这些自己所不能理解的故事储藏起来,等着哪一天能够发掘背后的意义,再写下来。这就要求自己有一双好耳朵,善于寻找、倾听各种故事,并放在心里。有些故事只是一个故事,不值得写;有些发酵出来的故事有更深的内涵,可用随笔把它记下来。这样一个故事一个故事地累积,就能写出成功的故事。

2. 对白构架能力

所谓对白构架能力,即需要观察"人是怎么说话的"。有经验的编剧在写对白时,能用一个字绝不用两个字,能不用对白就一个字也不会用。要珍惜对白的每一个字,因为每一个字都会占据时间。这就要求学习者持续保持对社会的关注。许多学习者在写作过程中抱怨自己无从下笔,但如果他们关注社会,就会发现许多发生在身边的故事,只要抓住了一个点、一个细节,就可以成为很好的题材。生活中其实不缺少故事,缺少的是一双善于去发现故事的眼睛。

3. 需要有镜头感和画面感

编剧在落笔的时候就要意识到,剧本中的每一个字都会转化成动态画面和声音。尽管编剧不是导演,但仍然要在头脑中构建出镜头前的每一个场景,并在剧本中给予导演足够的暗示,不要出现无法转换成画面的描述性语言。

4. 编剧的沟通能力

影视戏剧作品是集体性创作成果，它不仅需要编剧的创作，还要有导演、演员、摄影、美术等各方面专业人士的创作以及投资、制片、发行、宣传等各部门的配合，编剧仅仅是其中的一个环节。

因此，对于编剧而言，沟通能力至关重要。作为编剧，需要面对的主要有投资人、制片人、导演(有时候还有演员)，如何和他们沟通，如何按照投资人的需求修改剧本，如何跟导演磨合创作都是编剧必须具备的基本能力。沟通能力跟讲故事的能力一样重要，甚至有时它所耗费的编剧的时间精力还要大于创作本身，而且这项能力只能在实践中获得。

5. 为可能涉及的每一个工种考虑的能力

首先，编剧需要为投资人考虑，能省一个景就要省一个景。在设计场景的时候，能用100块的景，绝不用101块的景；不能达到《星球大战》的效果，就绝不写宇宙的景。

其次，还得为导演考虑，了解基本的机位和镜头。如果是三个固定机位就能拍摄完成的情景喜剧就不要写需要拍几条特写的镜头。

再次，还需要为演员考虑，不要写又水又长的对白。作为编剧需要记住：就是再厉害的演员，背出你写的东西，都是很艰苦的劳动。编剧应该让这份辛苦物有所值。

最后，为服装、化妆和道具考虑，不要用过于奇怪的道具，如果确实需要用，可以先到淘宝上搜一搜，看有没有可能做出来。

总之，编剧需要拥有讲故事的能力，还要与剧组成员进行及时有效的沟通，这样才能让自己的剧本最终被拍摄成有血有肉的影视作品。

(三)编剧能力的养成

要成为一名合格的编剧，学习至关重要，那么编剧应该怎样学习呢？

1. 饱览文学作品，提高百科学养的文化力

凡人文科学、自然科学、艺术科学诸领域的学识，或多或少、或深或浅，编剧都应有所涉猎、有所知晓、有所储备。学识素养犹如空气、水和维生素，它赋予一名编剧最为基本的职业素质。它犹如金字塔的塔基，决定了一部剧本最为基础的艺术水准和境界层次。文化才情缺失者，其作品必定视野狭隘、精神贫乏、感觉迟钝、文笔枯涩。

2. 注重生活细节，提高人生历练的感悟力

生活是艺术创作的源泉，但艺术并不直接来源于生活，而是源自创作者对生活的感悟。影视剧演的是人的生命体验的故事，写什么？为什么写？要表达一种什么样的理念？这多多少少取决于剧作者对人生的感觉和领悟。“世事洞明皆学问，人情练达即文章”，一个没有人生阅历和人生见解的编剧，断无成功的可能。剧作技法再娴熟，也会由于失去了被表现和思考的对象而茫无头绪，充其量只能成为一个“编剧匠”。

3. 扩宽思维，提高艺术创造的想象力

创意、灵性和想象是编剧能力中最为可贵的核心竞争力。想象是以原有表象或经验为基础创造新形象的心理过程。人们以记忆中保存的表象材料为基础，经过分析与综合的加工，可以创造出没有感知过甚至不存在的事物形象。想象即虚构，影视的想象就是创造银幕、荧屏的叙事逻辑，“有”中生“无”，从“有”——自然形态的人生中，生发出“无”——在自然形态人生中并不存在的影视人生，同时又逻辑地对应着自然形态的真实人生。

第二节 影视剧本的特性

影视编剧工作的对象就是影视剧本，那么何为影视剧本？它作为一种文学样式与其他文学影视又有什么区别呢？

所谓影视剧本是一种运用影视思维创造银幕/荧幕形象的文学样式，是编剧根据自己对生活的感受、认识和理解进行艺术构思，并按照影视表现手法（包括场景、环境、人物形象、行为、动作、对白、音响及其他细节），通过文字描述来表达自己对影片设想的作品。

一、影视剧本的文体特征

影视剧本的文体特征包括两方面：笔法和章法。所谓笔法，是指影视剧本艺术性地描述内容时，在文字表现上不可背离的特征与规则。这个特征与规则，简言之，就是以文字为媒介，艺术性地展现运动中的综合性造型。如果细分的话，即是视觉的形象性、影像的运动性、造型的综合性、展现的艺术性。

（一）视觉的形象性

小说家用文字传达作品内容，而在影视剧本中，要尽可能避免说明性、陈述性的文字，无论是对剧情的交代，还是对人物的塑造，抑或是对人物的心理描写，都应使之形象化。比如："他是个安分守己的农民，但一生坎坷，现在又处于焦头烂额的困境之中。"作为小说文字，可以说是一目了然、无懈可击。但是在影视剧本中，这就不行了。人物如何安分守己？经历过什么坎坷？现在又有什么难处？这样的写作方法出现在影视剧本中全都抽象至极，根本无法表现在银幕上。

（二）影像的运动性

视觉造型均应保持在运动的状态中，尽量避免静止。

造型是重要的，但它必须体现在动态之中，编剧应该时刻牢记：这种运动的造型，其最终目标是为表现人物及其关系、背景环境及其意义、情节进程及其内涵，而不可只为造型而造型。

影视的动态造型可以从两方面考虑。

1. 表象方面：画面内的动态造型与画面外的动态造型

影视是以不停运动的画面来展示内容、吸引观众的。在画面内，过多的静止场面或冗长的人物对话（诸如会议、对白乃至争辩），都会影响影片的观赏效果。另外，滥用空镜头（自然景色、社会场面、背景环境等）会造成不必要的时空停顿，使影片有涩滞感，这同样是要避免的。

优秀的剧作，总是将人事与环境（社会环境或自然环境）有机地融为一体。比如在美国电影《末路狂花》的开头，关于人物的身世、处境、性格以及影片开始时不可避免的事件背景介绍等最易感到枯燥的“开场白”部分，都处于不断转换的动态画面中，甚至每一个画面都没有丝毫无意义的空白、停顿。这是值得我们学习的。

影视剧作者还要注意一种“过犹不及”的审美倾向。剧作者不能脱离剧本内容而单纯追求画面美，如果只强调画面的造型功能，而忽略它与内容的配合、融汇，再好的造型也会失去意义。

除了镜头内部，镜头与镜头之间的组合，也要体现动态原则。影视是叙事性和造型性相结合的艺术，是用镜头（造型画面）来讲故事的艺术，任何故事都是动态的，因此，作为“一剧之本”的影视剧本的文字表现，也必须遵循这个原则。

在某些影视剧本中，镜头内部虽然不无动感，但所有的故事情节只在有限的几个场景内演绎，镜头与镜头之间的转换滞缓，也会造成动感的欠缺，使影片缺乏吸引力。

2. 内涵方面：影视形象的内在动态与外在动态

外在过程充满动感固然好，但若只是追求表象运动性，像某些一味打斗的动作片、肤浅的情节片等，也往往缺乏深层次的吸引力。所以，好的编剧还要懂得“文武之道，一张一弛”的道理，能在表面平缓的镜头内，营构出内在的动态魅力——在表面似乎停顿的场面中，使之产生内在的情境冲突，形成潜蕴其中的艺术张力，进而增强戏剧效果。

如，写一个人长久地坐在房间内沉思默想，即使只有十秒钟，观众也不堪忍受。但是若事先设计了一个即将炸毁全楼的阴谋，则画面即使静止长达一分钟，也会使观众产生强烈的内在紧张感。

（三）造型的综合性

上述种种“动态造型”，还必须具有综合性的“艺术张力”。

这里所谓的艺术张力，是指有机地融入综合性的表现手段，以营构充满艺术魅力的戏剧内蕴。综合性表现手段是指在视像营构中，所使用的除文学（文字）外，诸如雕塑、绘画、声音（音乐）、戏剧、建筑、灯光等造型方法，以通过“表象”或“意象”，来展现、强调或象征要传达给观众的影视内容。这其中，最重要的是声音。影视中的声音包括三个方面：人声、音响和音乐。

人物声音（语言及其他声息）的作用毋庸置疑。而对于音响，人们往往不大重视。实际上音响在一部影视作品声音中所占比重一般有三分之二之多，而且具有多方面的艺术表现功能。音响除了有助于体现真实性外，还具备强调、夸张、渲染以及“意象”功能，比如为了表现场面的寂静，特意突出落叶坠地声、钟表嘀嗒声、床铺吱呀声等；比如为了表现人物的特定心境，可以让喧嚣的街市声消音逝，可以让轻微的呼吸响胜雷鸣等；比如为了实现一种象征效果，使某种非现实的音响出现在画面中（如《野草莓》中，在主人公面对街头无指针的挂钟时，画面所出现的巨大的心跳声），以产生一种象征意味等。

在所有艺术中，音乐最能表现人的内心世界和表现节奏，因此，影视音乐自然而然地成为电影电视中叙述故事、表现情绪、安排节奏等方面的有力手段。影视音乐可分为两大类：画面内音乐（写实性音乐）与画面外音乐（表现性音乐）。画面内音乐指影片中人物所演唱、演奏或播放的音乐，它可以烘托情境、渲染气氛或带动情节，如《魂断蓝桥》中的著名乐曲《一路平安》，《人证》中的主题音乐《草帽歌》，《两个人的车站》中普拉东所拉的手风琴曲等；画面外音乐指与画面中的人事、场景无关，是作者有意添加进去，以影响观众感官进而产生特定效果的音乐，如为增加惊险气氛的紧张音乐，为抒发亲切温情的舒缓音乐，为表现怪异的荒诞音乐等。

作为编剧，除了明白声音的作用外，还要善于运用“声画对位”这种艺术表现手段。除声音之外，绘画、雕塑、建筑、灯光、戏剧舞台调度等，也是不可忽略的表现手段。《大红灯笼高高挂》便较为出色地运用了以上手段：封闭的院落、阴冷的环境、各种不无意指的建筑造型、体现威严统治的浓重色调与象征人们欲望的红色灯笼以及充满中国传统文化内蕴的京剧唱腔和民间锣鼓声……这些都有助于渲染气氛、加强意指、深化主题，都较好地强化了影视的表现手段，增加了影片的艺术魅力。

（四）展现的艺术性

所谓艺术性，在这里主要是指剧本语言在通过综合的、运动的形象表现每一部分、每一场面乃至每一个镜头时，既要丰富，又要简洁（即“藏”与“露”、“虚”与“实”）；既要起伏变幻，又要自然流畅。

前者要求编剧在行文中，不宜写得过满、过实，应该给导演和演员留下再创作的余地，给读者留下必要的想象空间。

有些作者，唯恐叙述不清、表达不力，结果文字冗长拖沓、视像臃肿堆积，如果实拍出来，只能造成观众的疲累或厌烦之感。有些剧本，对演员或握拳，或扬眉，或脸部颤动等表演的细微之处，都一一确切描述，对导演的场面调度、画面构图、镜头使用以及灯光色调等，也都过分规定，这都是画蛇添足。一切都要适可而止、点到为止，用尽量简洁而确切的文字将影视内容表达出来，剩下的应放手，放心地让导演、演员及观众去发挥、充实才是。

后者，则要求在充分利用蒙太奇手段，追求画面的简洁明快又跌宕变幻的同时，一定要注意避免造作牵强、人为痕迹过浓的弊端，不使之有失真处或生硬感。

二、影视剧本与小说、戏剧的区别

影视剧本跟小说、戏剧一样需要塑造人物性格、交代情节，其容量也像戏剧一样受到时间的限制（摄制完成的电影一般放映两个小时左右，电视连续剧也有一定的片长规定）。但影视剧又不同于小说和戏剧。在影视剧中，人物性格的刻画，场景背景的交代，情节的发展，一切都须化为画面和动作。

影视剧本不是小说，也不是戏剧。读小说时，读者可以尽情徜徉在优美的文字中，在脑海中对作者描述的画面进行勾勒。小说不仅要求写作者具有一定的文采，还要掌握一定的写作技巧，与影视剧本、戏剧等相比，章法自然有别。

从语言上来说，小说的选择更多，不论是感性的还是理性的，抽象的还是具象的，作者只要保持中心思想不变，怎么讲故事都可以。在阅读小说时，读者可以通过想象的画面来辅助，将抽象的信息完全接收。但是，剧本创作的限制相对就多一些，比如不能通过画面表达出来的语言就不能用。剧本的文字要为拍摄的画面做准备，不能太抽象。从创作对象上来说，小说是给自己写的，是给出版社写的，因此相对而言，作者主观创作的空间比较大。剧本则是给投资方写的，是给导演写的，是给制作团队写的，编剧主观创作的空间相对较小。从内容上来说，小说更自由，不管时间、地点、人物，可以天马行空。但是剧本的目的是服务于“剧”，在保证剧情的起承转合的前提下，所有的内容都要通过画面表达出来。可以这样说，小说是画家在画画，而剧本则是设计师在设计蓝图；小说是可以直接呈现最后成品模样的，而剧本只能是图纸，它的最终模样是需要施工团队来实施、实现的。

我们试着比较一下小说《祝福》与电影剧本《祝福》的不同，便可了然。

小说在述及祥林嫂改嫁贺老六的经过时，这样描述：

（卫老婆子说）“这有什么依不依。——闹是谁也总要闹一闹的；只要用绳子一捆，塞在花轿里，抬到男家，捺上花冠，拜堂，关上房门，就完事了。可是祥林嫂真出格，听说那时实在闹得利害，大家还都说大约因为在念书人家做过事，所以与众不同呢。太太，我们见得多了：回头人出嫁，哭喊的也有，说要寻死觅活的也有……祥林嫂可是异乎寻常，他们说她一路只是嚎，骂，抬到贺家墺，喉咙已经全哑了。拉出轿来，两个男人和她的小叔子使劲的擒住她也还拜不成天地。他们一不小心，一松手，阿呀，阿弥陀佛，她就一头撞在香案角上，头上碰了一个大窟窿，鲜血直流，用了两把香灰，包上两块红布还止不住血呢。直到七手八脚的将她和男人反关在新房里，还是骂，阿呀呀，这真是……”她摇一摇头，顺下眼睛，不说了。

“后来怎么样呢？”四婶还问。

“听说第二天也没有起来。”她抬起眼来说。

“后来呢？”

“后来？——起来了。她到年底就生了一个孩子，男的，新年就两岁了。我在娘家这几天，就有人到贺家墺去，回来说看见他们娘儿俩，母亲也胖，儿子也胖；上头又没有婆婆；男人所有的是力气，会做活；房子是自家的。——唉唉，她真是交了好运了。”

在小说中，祥林嫂再婚的过程完全由卫婆子讲述出来，这已与我们隔了一层，内中一些紧要处，又只是草草带过。对祥林嫂的具体行为举止、心态，对贺老六的家境、为人，以及俩人从对立、隔膜到相知、相依的重要转变过程，我们都缺少形象的直观认知。小说因其既定的布局安排如此描述，固然可以，但是，在影视剧本中，直接移用这些文字，就绝对是败笔了。

夏衍根据小说改编的电影剧本对上面一节则如是写：

一九

（淡入）山坳里，贺老六的木屋前面的“稻地”（浙东土语，即屋前空地）。摆着三张板桌、条凳，桌上已放碗筷……板门上贴上一个大红喜字，贺客近十人，在稻地上嗑瓜子。一个女客带了小孩上。

女：“老六，恭喜恭喜！”

贺老六是一个瘦长的猎户，善良而老实的面貌，欢喜地：“多谢多谢，请这边坐吧。”

一个乡下老头子向贺老六的哥哥唱喏："老大，恭喜恭喜，老六成家了。"

老大回礼："多谢多谢。"

小孩们起哄："新娘子来了，来了。"

女："快来了吧，新娘子？"

老大："快了，快了。"——去招呼别人。

另一男客和女的低语，女的笑着："那还不是老一套，二婚头出嫁，总得哭呀闹呀……吵一阵的。"

一个小姑娘凑上来："新娘子是'二婚头'？"

女的怕贺老六听见，一把将小姑娘推开。

远远的人声。

一个小伙子，抓住贺老六："六哥，抢亲抢亲，得新郎亲自去背啊……"

老六有点害臊。

一顶小轿，卫老二和三四个壮汉押着，来了。大家拥上去。

卫老二几乎是用对付猛兽的姿态，一上去就抓住祥林嫂的两只手，带拖带推，望屋子里送。

祥林嫂挣扎着，很明显，她已经抗拒挣扎了好久，嗓子哭哑了，乱头发披在额上，双脚顿地。

看热闹的小孩起哄，拥到门口。

祥林嫂用破嗓子挣扎出一句话来：

"强盗！强盗……青天白日。你们……"

卫老二："不用闹了，今天大吉大利，……贺老六人好，有本事，嫁了他，总比做老妈子好。"使劲一推。

……

祥林嫂："放我回去，放我回去，我不……"又哭了。

卫老二："回去？回哪儿？婆家不要你了，得了钱了，……"

有一个上年纪的乡下人——贺老六的大哥喊了："吉时到了，拜天地……"

一个小伙子拉着贺老六和她并站，卫老二扶着祥林嫂站在香案前面。有人喊："掌礼——"

一个老年人："新郎新娘拜天地……"

祥林嫂挣扎得厉害，老二满头大汗，抓住她，她猛不防一头撞在桌角上。

人们惊呼。贺老六也大出意外。贺老大拦开看热闹的人。

祥林嫂满面流血，昏厥过去了。一个老太婆毫不迟疑地抓一把香灰合在伤口上。

卫老二狠狠地把坐在地上的祥林嫂一把抓起，对老六："别怕，拜天地！"

年轻人又把老六拉回来，祥林嫂被人扶着，傀儡般作拜天地之状。

老太婆低声絮絮地说："到底是在读书人家帮过工，有见识，……（想了想）一女不嫁二夫嘛……"

祥林嫂人事不知地被送入阴暗的"新房"。

老六又急又窘，一切只凭卫老二摆布了，自己插不上手，只能对客人们说："各位到稻地上吃酒吧，让她息息！"

人们一哄而出，一个小姑娘还想进去张望，老太婆一把抓住往外拖："坐席了！"

（溶入）

二〇

贺老六家的"新房"。晚上，两支"四两头"红蜡烛已经点了一半。祥林嫂人事不省地躺在床上，贺老六凝视着她。

忽然，祥林嫂抽搐了一下，惊醒了，又啜泣，贺老六走近一点，低声地："好一点了么？"

祥林嫂看见他，拼命挣起来，惊叫："走开，走开，让我回去。"又力竭倒下了。贺老六扶住她，她挣扎避开。又哭。贺老六无法可想，自己搔搔头。看她不动了，把一条被子盖在她身上。

（摇到）一对蜡烛。（溶入）蜡烛已经点完了。（摇到窗外）

天亮了。鸡啼。祥林嫂躺着。

贺老六显然一夜没有睡，提了一壶热水，手里拿着两个烤熟的山芋进来。

祥林嫂听见门响，惊醒，茫然地看了一眼贺老六，反射地坐起来，想避开他。

贺老六轻声地："好一点了吗？你饿了吧，来先吃点东西吧！"

祥林嫂用一种哀求的声音："求求你让我回去吧！……"

贺老六似乎已经想了好久了。说："你一定要回去也好，你起来洗洗脸，吃点东西，我送你回去。"

出于祥林嫂意外，将信将疑："真的让我回去？"

贺老六点头，显然，他是失望而苦痛的。“嗯，（稍停）你到鲁镇哪，还是到你婆婆那儿去呀？我送你去。”（给她倒了一碗热开水）

祥林嫂呆住了，半晌，忽然哭起来。

贺老六走近她，站在她身边，几秒钟，才说：“你头上还痛吗？喝点水吧！”

祥林嫂抬起头来望他。

（特写）贺老六的老实而又有点惶惑的表情。

贺老六把一碗开水递过去，祥林嫂迟疑了一下，伸手去接。

（淡出）（很远很远的音乐）

很明显，在电影剧本中，编剧避免了抽象的交代、说明性文字，尽可能地把一切视觉形象化，让人“一目了然”——它不是简单地“介绍”贺老六家境贫苦，而是通过屋前的“稻地”、板桌、条凳、贺客不到十人、嗑瓜子、阴暗的“新房”、烤熟的山芋等使之形象化；它也不是笼统地告诉我们社会背景的粗野、蛮横又愚昧、虚伪，而是通过来客的起哄或讥讽的闲话、押解者的“对付猛兽的姿态”、不管祥林嫂死活拉扯她拜天地的暴行、迫不及待“入席”时的丑陋等来表现，令人触目惊心。尤其出色的，是剧本对小说中一笔带过的祥林嫂与贺老六“同是天涯沦落人，相逢何必曾相识”的关键处，做了极具体形象、细致传神的造型表现。在第二十场中，俩人从开始的对立、防范，通过循序渐进的多层面的镜头语言描述，尤其是一些出色细节的运用，使我们不由自主地“进入”了剧情之中，耳闻目睹，感同身受。这场戏，不仅使人物性格充实饱满，也使剧情真实可信，进而加深了作品的文化内涵与艺术魅力。

对事件、环境及人物外在的形象，应有视觉体现。那么，对人物的内心世界，如何表现呢？

在影视剧本中，经常通过内心独白（画外音）、人物形态动作的特写镜头或者某种特定意义的空镜头等形式来表现人物内心世界。比如用突然大睁的双眼表示惊讶，用紧攥的拳头表示愤怒，用所穿服装样式或色彩的不同表示人物心境的区别（如《简·爱》中的女主人公），用青松挺立表示英雄不死，用大海波涛表示心情激动等，都不失为一种表现方法。当然，这种方法一定要使用得当，要新颖不群又贴切自然，避免沿袭老套或生搬硬套，否则，会弄巧成拙、适得其反。内心独白虽然可以将人物心理活动直接告诉观众，但是，除非特定题材或万不得已，也应尽量避免，起码要精简，否则极易给人以“电影小说”的感觉。所有这一切，只有有机融为一体，才能很好地表现人物复杂动荡的心理世界。

随着影视手段与影视观念的不断丰富与发展，除了用上述直述、暗示、借代、象征等手法外，不少剧作者吸收现代心理学的因素，采用“直接的视像”来展现人物的心灵，形成特征独具的一种影视艺术手段，使人们可以直视人物的“思想意识”。

和戏剧剧本相比，影视剧本以更直观、更生动的方式来表达主旨，其表现手法丰富，可以创造各种条件来搭配内容。戏剧剧本主要靠剧本的架构，从其定义来看，戏剧通常是“由演员扮演角色，在舞台上当众表演一个故事”的一种艺术形式。从这个界定上来看，这个定义似乎也适用于影视剧，影视剧同样需要演员，演员也需要表演剧本内容，但是在戏剧（舞台剧）中，行为动作和故事线发生在舞台上，而观众是偷听舞台人物的秘密。人物用语言交谈心中的想法，用动作和有限的道具表达自己的态度。

戏剧中的行为动作产生于戏剧的对白语言之中，它本身就是用口头讲述出来的文字。影视剧的表演是存在于摄像机前面的，而戏剧的表演是存在于舞台之上的。在剧本方面，戏剧由于舞台的限定，要求人物、事件、情节必须相对集中于一个环境；而影视则由于蒙太奇的可伸展性，并不要求环境过于集中，它是通过诸多场次的组接，来实现对全剧的整体控制的。换句话说，戏剧剧本的集中更多地注重形式，而影视剧本的集中则更注重内容。二者只是表现的形式不太一样，总体驾驭的方法不同而已。

三、影视剧本的格式与语言风格

我们先看下面的剧本片段：

1. 内景，贾维德的藏身屋—浴室—夜晚

浴室装潢豪华。大理石墙面，金色的水龙头。有一只手在浴缸里摊开成百上千的卢比钞票。浴室门外传来重重的捶门声和狂怒的喊叫声。

贾维德（画外）：萨利姆！萨利姆！

2. 内景，演播室—后台—夜晚

一片黑暗。接着，隐约出现几张脸。在暗淡的灯光中，一些模糊的身影来回走动。

画外：十秒预备。十、九、八、七……

普瑞姆：你准备好了吗？

沉默。一只手有点粗鲁地摇动一个肩膀。

普瑞姆：我问你准备好了吗？

贾马尔：准备好了。

3. 内景，贾维德的藏身屋—浴室—夜晚

捶门声继续。还有含糊的印地语祷告声。手枪的反光。一只手把弹膛拉开装了一颗子弹，弹膛“啪嗒”一声合上。

画外：……三、二、一。普瑞姆预备，掌声预备……

突然，浴室门被撞开，一阵“噼啪”的枪击声响起，一片白光……

这是第81届奥斯卡“最佳改编剧本奖”获得者《贫民窟的百万富翁》的剧本开篇。从中，我们可以看出剧本构成和语言风格，我们将分别对其进行介绍。

从该剧本中，我们可以看出，影视剧本由场景标头和正文两大部分构成。

(一)场景标头

场景标头表示该场戏在整个剧本中的序号、发生的空间、发生的地点和时间。

1. 场景序列号

场景序列号，是指该场景在剧中的编号。所谓一场戏是指事件发生的空间，一般情况下，只要事件的空间发生了变化，也就需要转换场景了。

有的剧本中没有场景序列号，这也许是一种习惯，也许是为了方便导演增加或删减场景。但在大多数影视剧本中都有场景序列号，因为这更方便剧组统筹安排。影视剧拍摄一般会按照场景或演员的档期来集中安排拍摄。例如，一间教室的戏出现在第5、50、65、75等场戏中，在拍摄时需要租用一间搭建成教室的摄影棚，一般情况下连续几天租用既方便又省钱，于是在统筹安排时往往会集中拍摄第5、50、65、75这几场戏。而统筹安排是基于剧本之上的，所以在剧本创作中，写上场景序列号比较重要。

2. 内/外景

剧中的事件发生在室内就是内景，发生在室外就是外景。内景和外景一般要安排恰当。一方面，内外景的合理安排可以帮助叙事、塑造人物。例如，在电影《法国中尉的女人》中，萨拉在外景中象征自由，在内景中象征拘束，从而塑造了一个热爱自由的人。另一方面,剧本中内外景比例得当更方便拍摄。例如,晴天可以拍摄外景,雨天可以拍摄内景。

3. **地点**

地点是指事件发生的具体地点。地点的安排可以展现真实性,发挥戏剧性作用。例如,在警匪片中,凶案现场、警局办公室都是必须出现的真实性场景。又如,改编自莫言小说《白狗秋千架》、秋实编剧、霍建起导演的《暖》中,村里的广场即是井河、暖这样的农村青年情侣真实的活动场所,而广场上的秋千架也是导致暖残疾的道具。

4. **时间**

时间是指事件发生的时间,一般只分为日景和夜景。日指白天,夜指晚上。这种划分主要是由拍摄所需要的光线决定的,因为日景和夜景的布光效果是不同的。如果有特殊光线,如黄昏、清晨、大雾等,就要在剧本中专门列出。另一方面,日景和夜景的安排也在某种程度上由影片的风格类型决定,白天往往象征光明、生机,晚上往往让人感到压抑。例如青春爱情片多用日景,而在犯罪片中多用夜景。

(二)正文

影视剧本的正文主要包括必要的描述和人物语言。

1. **必要的描述**

必要的场景描述主要是为了提示这个场景的布景、道具、视听效果和人物动作等。在上面的剧本中,"浴室装潢豪华。大理石墙面,金色的水龙头。有一只手在浴缸里摊开成百上千的卢比钞票。浴室门外传来重重的捶门声和狂怒的喊叫声"就是必要的描述。需要特别注意的是,必要的描述是必需时才有,例如,"浴室装潢豪华。大理石墙面,金色的水龙头"是必需的场景描写,展现酒店的豪华;"有一只手在浴缸里摊开成百上千的卢比钞票"是视觉性的动作;"浴室门外传来重重的捶门声和狂怒的喊叫声"是场景中必需的环境声,以制造出紧张感。一般情况下,描述环境的剧本语言用名词性短语,也就是"形容词+名词",如"金色的水龙头";而展现动作的必要描述用主谓句,例如"某某打了某某一拳"。从剧本的某些语句中,我们可以看到镜头感,如"手枪的反光""一只手有点粗鲁地摇动一个肩膀"很明显都是特写镜头。

2. **人物语言**

人物语言包括对白、旁白和独白，影视剧本中的人物语言主要是对白。对白的格式表示为:"人物+说话内容"。例如：

普瑞姆:我问你准备好了吗?

贾马尔:准备好了。

注意:影视对白的格式与话剧是相同的，每个人物的对话要单独写在一行，以方便演员能够迅速地找到自己所饰演的角色的对白。

【本章小结】

一部影视剧的成功要依靠众多艺术家通力合作、共同努力才能实现。其中，影视编剧为影视剧提供了文学上的蓝本，是影视剧生产的前提条件，因此被称为"一剧之本"。高艺术品质的影视剧本也许不能被拍摄成优秀的影视剧，但糟糕的影视剧本很难被拍摄成优秀的影视剧。为此，影视编剧要具备良好的职业素养，不断提高自己的专业能力，才可能为观众提供更为优质的影视娱乐服务。

【思考与练习】

试着用影视剧作思维将下列文字材料改编成影视剧本。

卖炭翁，伐薪烧炭南山中。满面尘灰烟火色，两鬓苍苍十指黑。卖炭得钱何所营?身上衣裳口中食。可怜身上衣正单，心忧炭贱愿天寒。夜来城外一尺雪，晓驾炭车辗冰辙。牛困人饥日已高，市南门外泥中歇。翩翩两骑来是谁?黄衣使者白衫儿。手把文书口称敕，回车叱牛牵向北。一车炭，千余斤，宫使驱将惜不得。半匹红绡一丈绫，系向牛头充炭直。(白居易《卖炭翁》)

第1章 影视剧本构思

【教学目标】

1. 了解影视剧创意的基本过程。

2. 理解影视故事的基本要素。

【重点】

1. 影视剧创意的内容。

2. 影视故事的基本要素。

【难点】

影视剧创意的内容。

在动手写作之前，编剧首先要问自己的三个问题是：我应该写什么故事？我想写的故事有什么价值？我应该以何种方式来讲述我想要讲的故事？对这些问题的思考最终会影响影视剧本的内容和剧作的形式，这就是影视剧本的构思，它对将来的影视剧本创作是否成功有决定性的作用。实际上，影视剧本构思是与观众审美趣味的博弈过程，也是在浩瀚的故事海洋中"人无我有，人有我优，人优我转"的价值判断过程。

第一节 影视剧创意

影视剧的创作可以从无到有，也可以根据已有的故事改编而来，但影视剧创意的步骤是相似的。影视剧创意既是一个动词也是一个名词，作为动词是指影视编剧头脑中产生影视故事的过程；作为名词是指影视编剧将产生的创意创作成创意文案。

一、影视剧创意的内容

(一)题材及对题材的价值分析

影视题材广义上是指影视文学剧本所描绘的社会、历史生活领域。如工业题材、农村题材、军事题材、知识分子题材,或现代题材、历史题材等。狭义的影视题材指经过作者概括、集中、提炼、加工后,组织进作品中的那些生活现象,即表达一定主题的生活素材。

影视题材的确定,是对影视剧整体走向的明确定位。不同的题材有着不同的受众基础,进而产生了不同的价值体验。基于创作者不同的审美情趣和生活经历而创作出的作品形成了题材上的差异。

(二)主题定位

正像其他的艺术品一样,影视剧的主题就像是它的灵魂,是可以让观众观看后总结和提炼出来的精华。主题,是影视剧的核心和内涵,是影视剧所要表达的主要思想。影视剧的主题体现着创作者的生活积累和情感体验,包括他的人生观和价值观。在当代影视剧创作中,主题往往是多侧面的、多切入点的,但它不是抽象的、不可理解的,而是观众可以感知的、可以产生共鸣的。主题是基于导演的创作意图,想让观众感知到的、主观化的、核心化的个人理念。在确定主题时,编剧应该问自己:

1. 题材所要表达的思想以及这种思想在多大程度上会对受众产生影响?
2. 影视剧的主题风格是什么?在剧本中怎样体现这种风格?
3. 剧本的情感基调是什么?是正剧,悲剧,还是喜剧?
4. 影视剧类型的定位是什么?
5. 地域特征有哪些?

一方面,影视剧这种感知艺术最主要的就是利用画面和声音让观众产生情感上的认同,即人们常说的共鸣;另一方面,受众的生活经历是有限的,而影视剧能表现的内容却是无限的,其内容涉及古今中外。所以,要能引起受众的情感反应,并让其产生认同感，很大程度上要贴近受众的生活，这就需要反映现实的题材。

影视剧的风格多种多样，有古代历史剧、古装轻喜剧、武侠剧、战争剧、现代偶像剧、现代商战剧、现代科幻剧和情景剧等等。像《大秦帝国》《雍正王朝》这样的电视剧以叙述历史为主，并在原有历史事件的基础上加以想象，从而在还原历史的同时，也存在大量虚构的成分。现代偶像剧即时装剧，是比较符合年轻人口味的一类影视剧，而主演也是俊男靓女，故事的情节曲折离奇。在中国市场上，台剧和韩剧中的此类影视剧比较受观众欢迎，比如《王子变青蛙》《天国的阶梯》等等。

不同风格的影视剧有不同的特色，需要做的就是在文学剧本的创作初期，用足够的细节尽量贴近和还原当时的场景。

【案例】

在《亲爱的》这部作品中，导演陈可辛选择了“打拐”这一现实主义题材，震撼人心，让观众悲喜交加。一个丢失了孩子的家庭在一路寻子的过程中，发生了各种感人至深的故事。从它的主题定位来看，反映的是亲情伦理的价值观，但是随着导演一步一步更深层次的挖掘，为我们展现了更深层次的导演内涵——法律制度和人情伦理之间的关系。故事中的人物，命运不由自己主宰，为了找到自己的孩子他们到处奔波，到处寻找。导演很可贵地抓住了这些平凡小人物的可怜之处。

这部看起来沉重的影片，其实在故事设计上又有喜剧的圆满之处。田文军和鲁晓娟这对夫妇最后找到了自己的孩子。而赵薇饰演的李红琴虽然还在努力把那个抚养多年的孩子带出福利院，但在影片的结尾，她竟然发现不能怀孕的自己有了孩子，这对她来说，对观众来说，不知道是悲是喜。影片处处充满震撼人心的力量，就是因为它贴近现实，反映了真实生活。

真正能打动观众的影片不是一味地轻松欢乐，也不是一味地痛苦沉闷。真正用心的电影是会让观众产生认同感的，总是在悲伤的尽头找到一丝欢乐，在欢乐之余有一丝痛楚。

影视剧作在创作上体现了一定的时空和地域特色，由此决定了它的类型定位。而影视剧作反映的题材之广，也是让其成为最有表现力的艺术门类之一的原因。

(三)运作方式和市场分析

通常,影视剧的一般运作方式主要分为五个阶段。第一阶段是剧本创作阶段。这里涉及几类看剧本的人:首先是编剧自己和他的创作团队,他们的主要任务就是对剧本进行创作和修改;其次是投资方,他们要考虑的是商业性,就是卖点,他们会根据市场分析来对影视剧进行一定的指导,主要关注的是营销手段;再次是导演本人,他主要负责的是艺术上的处理和美学上的体现;最后是演员们,他们是剧本的直接使用者和表达者。第二个阶段是剧组筹建。当剧本已经确定,就应着手筹划剧组,一个可靠且效率高的制作班底是至关重要的,这就包括请到好导演和上座率很高的演员,但是这一切都要在制片人的掌控之中,他决定了剧组的重要开支。第三个阶段是拍摄阶段。影视剧是按照一定场次进行拍摄的,通常剧组会把同一场景的戏集中拍摄。导演会召开镜头会议,各部门的负责人要到实拍现场进行掌控,熟悉自己在每个镜头中承担的任务。第四个阶段是后期制作阶段。后期制作是整个作品制作最后的重要一步,是对拍摄素材的二次创作和整理,包括配音、混音、制作字幕和光影效果的制作。最后一个阶段就是发行阶段。目前国内电视剧有三种发行方式,包括自己发行、委托发行和一次性买断版权。发行渠道有中央电视台、各省卫视台和各省地方台。但电影的发行程序比较复杂且相对严格。国家广播电影电视总局发布的《电影企业经营资格准入暂行规定》指明了设立影片发行公司需要申报及批准的程序,当取得《电影发行经营许可证》后,方可开展经营。

根据近几年中国电影的发展态势来看,中国电影市场表现出“高成长性、低竞争力和小众的特点”,由此不断衍生出各种电影网站和微电影的创作。如今,大众的视角和评判标准以娱乐化为主,所以大家更愿意观看一些喜闻乐见的电影,相比而言,类型化和艺术性较高的电影反而在票房上得不到好成绩。对于一部好电影来讲,票房和口碑的双丰收是最重要的肯定。然而,现在中国的电影市场呈现出来的现象级电影比较多。比如,《小时代》这样的影片由于把握住了郭敬明的粉丝经济,在电影市场上取得了较好的票房。还有由九把刀执导的电影《那些年,我们一起追的女孩》引领了中国电影市场一次青春电影的热映;之后的《致我们终将逝去的青春》《匆匆那年》等影片都取得了较好的票房成绩。

对于制片人来说,首先考虑的就是市场效益的问题,因而往往缺乏对艺术性的考量。制片人主要看电影的经济效益,而这时就会出现艺术和商业之间的冲突。但在本质上艺术和商业并不是矛盾的，它们在一定程度上也可以相得益彰。如果制作者一味地追求商业，没有投入真情实感，则是不能打动观众的。

（四）人物设置

人物设置是确定故事中的主要和次要人物的形象、性格、人物背景和人物行动线的过程。这些元素的确立，从某种意义上决定了故事的内容、故事的吸引力和故事的延展性问题。所以，人物设置是剧本构思中极其关键的一个步骤。

【案例】

超级英雄电影《复仇者联盟》人物简介

1. 钢铁侠

托尼·斯塔克是斯塔克工业的继承人，他的父亲是神盾局的创始人之一。在一次事故中，托尼发明了一套动力增强装甲，这套装备由金钛合金制成，有一定的局限性，即会损耗。他在性格上也有明显的缺陷，骄傲自大，自恃才高，在这次战斗中引发了很大的麻烦。

2. 美国队长

史蒂夫·罗杰斯原本是“二战”时期一名瘦弱的普通士兵，因参加“超级战士重生计划”成为唯一成功的实验品而拥有了超越常人的体能。他在“二战”中战功显著，经过一番波折加入复仇者联盟。他性格善良，乐于助人，在美国市民中树立了良好的形象，即使他在复仇者联盟里战斗力不是最强的，但依然可以稳定大局。

3. 雷神

雷神索尔是另一个星球上的高智能生物，他和弟弟洛基有着复杂的纠葛。他年轻气盛，鲁莽耿直，曾因自负被流放地球。索尔关心的问题就是怎么修复与地球的各种问题和怎么解决他和弟弟之间的问题。

4. 黑寡妇

娜塔莎是神盾局的一名俄罗斯籍女特工，体态婀娜、面容姣好，头脑清晰、行动敏捷，身手不凡、强硬凶狠。娜塔莎最初被安排在斯塔克工业内部作为卧底，负责监视钢铁侠托尼·斯塔克，后正式加入复仇者联盟。她也是这次成军的复仇者联盟中唯一的女性成员。她内心坚强、十分勇敢，会帮助队友排解生活中的种种问题，最后和绿巨人产生情愫。

5. **绿巨人**

班纳博士在一次实验中误被伽马射线所伤，随后他发现，当自己陷入愤怒或恐惧的情绪中，不能控制的心跳加速会让自己变身成为一个体格庞大、力量无穷但不受意志控制的绿色巨人。班纳博士始终在寻找如何治疗这种“病变”，他也因拥有可怕的力量而应征加入复仇者联盟。

6. **鹰眼**

克林顿·巴顿是在马戏团长大的孤儿，因超一流的箭术被神盾局指挥官尼克·弗瑞挖掘，加入复仇者联盟。鹰眼行动迅速果敢，个性低调沉稳，出招百发百中，极其擅长狙击。

7. **奥创**

奥创是被托尼制造出来的，其原本目的是作为一个人工智能的好帮手，让钢铁侠能够早日退位，结果却跑偏了。奥创希望维护世界和平，但问题是，他觉得实现这个梦想的唯一方式就是消灭全人类。

8. **快银**

皮特罗·马克西莫夫是绯红女巫的双胞胎弟弟。快银的超能力是超乎常人的移动速度。

9. **绯红女巫**

旺达·马克西莫夫是快银的双胞胎姐姐。绯红女巫的主要超能力是混沌魔法。

10. **尼克·弗瑞**

作为绝密维和组织神盾局的传奇指挥官，尼克·弗瑞在应对世界危机的行动中往往亲力亲为。当神盾局了解到一股邪恶势力将会威胁到地球的安全时，弗瑞奔走斡旋，将这个星球上最强大的超级英雄召集到一起，组成了地球上最强战队——复仇者联盟。

上面《复仇者联盟》的人物设置中有几个问题值得我们注意。

(1)人物外形的独特性

如此多的英雄人物，如何让观众将他们区分开来呢？那就是人物的外形。每个英雄人物的特殊外形与他的特殊能力联系在一起，就会让观众很快熟悉这位英雄人物。比如,钢铁侠的盔甲,绿巨人的变身。

(2)人物性格的差异性

这些英雄人物的性格是有一定差异的,比如钢铁侠的自信、美国队长的善良、雷神的鲁莽……不同性格的人物在面对事件和问题时会有不同的选择,造成了人物之间的冲突,并推动故事情节的发展、变化。

(3)人物背景的延展性

每个人物都有独特的个人成长历史、英雄诞生历史,这些历史并不是孤立的,它往往是人物形象和人物性格形成的重要因素,从某种意义上预示了人物行动线,这对故事的扩展有着重要的意义。

(五)故事梗概

故事梗概是对剧本整个故事的概述,是编剧、制片人、导演甚至投资人把握故事的关键文本。故事梗概要体现情节发展的脉络、主要人物的行动线、主要人物的性格及主题思想。对编剧来说,故事梗概是对剧本内容的最主要策划,可以指引编剧写作的方向,控制写作的范围。

【案例】

电影《杀生》故事梗概

牛结实是马三炮的儿子,他爹本是经商小贩,路过长寿镇时,因病被迫滞留在镇子里,并得知了长寿镇的长寿秘密,后病故于此。长寿镇的秘密不能外露,所以牛结实被留在镇子里并改姓牛,但是此人心性并不坏,身体强健,就是玩心大,喜欢招惹是非。镇里的老祖一手把他抚养大,牛结实对其心怀感激。马寡妇是个外村人,嫁到镇子里后,由老祖带在身边,因为她的血型和老祖相配,可以输血给老祖。马寡妇不会说话但身材姣好,村里很多成熟男性都对其怀有不轨之心,但因老祖并未动手。

长寿镇有其悠久的历史,但并非有什么神奇的长寿秘诀,只是山清水秀,如世外桃源。该镇对年长的老人严格看护,不让其饮酒,并用年轻人的血液延长其寿命。多年来人们心知肚明但并未有人揭发。

一个医生路过长寿镇,被牛结实所救。后来他作为地方官派医生到长寿镇查明瘟疫情况,但实际上,那场瘟疫是长寿镇医生为了掩盖牛结实的死因,才上报说有瘟疫,并安抚了院长。

地方官派的医生找到牛结实时，他还体温尚存，医生把他背到镇子里却被镇长赶了出来。医生在山腰处解剖了他，觉得疑惑，便返回镇子。村民们因为牛结实的死和老祖的死都感到很恐慌，还担心长寿镇的秘密会泄露，人心惶惶。

地方官派医生找到了牛结实的孩子问他关于牛结实的死因，小孩没说话，用手指着窗外，意思是村子里的人都知道。老祖年迈，完全是靠马寡妇的输血和按摩存活，那种按摩可以刺激人的感官，加快血液的流动，牛结实想见老祖，村民拒绝了。牛结实找到了马寡妇，希望她能帮助自己，马寡妇不能说话，晕倒在了楼梯上。牛结实见到了老祖，老祖这时想喝酒，牛结实给他喝了酒，老祖因此而死。之后牛结实遭到了村民的追赶，认为是他害死了老祖，后来镇长出面查明真相说老祖的死和酒有关，村民们这才没有追究牛结实。老祖死后，镇长想到马寡妇从此以后就是孤身一人，村中的成熟男性肯定会对她有非分之想，所以镇长决定找个方法解决掉这个不会说话的女人。他安排马寡妇给老祖陪葬，马寡妇想到之后没了老祖的保护，便心灰意冷答应陪葬。

村民决定让马寡妇随着河水漂走，而牛结实在水底救回了马寡妇，村民们也并没有阻拦。牛结实给马寡妇输血，马寡妇想要回家，在路上被村妇拦截，遭到了村妇的殴打。后来村妇给了马寡妇一包堕胎药，马寡妇为了证明自己的清白，当众脱衣，村妇看到后羞愧地离开了。

村妇回去后找到牛结实，担心牛结实和马寡妇二人已有染，所以决定阉割牛结实，当她看到牛结实的下体后，因为从没尝过情爱和性的滋味，顿时觉得不忍，最终没有下手。

这时候的牛结实在村民的心里只剩下厌恶，因为他生性顽皮，多次偷看别人做爱，被村民抓住，后又在肉铺子里赊账。后来村民们把大石柱割掉一半，想着如果再发现牛结实有什么不正当行为就让他被大石柱压死；肉铺的老板也在肉里注毒，想着牛结实下次再来买肉就毒死他。村民们找到镇长说了牛结实的种种恶行，镇长信以为真，决定让长寿镇医生解决掉牛结实。这位医生之前和牛结实就有过节，因为小时候牛结实到他家偷东西，为了赶走牛结实，他失手熏死了自己的爷爷奶奶，所以他对牛结实一直怀恨在心。村民们联合起来骗牛结实让他以为自己有病，其实那个村妇知道他没病，但是迫于村民的压力不敢说出口。后来马寡妇还是和牛结实生活在了一起，并怀了他的孩子，得知村民要害他，就想让牛结实离开，但是又舍不得他和孩子。

牛结实在村民的逼迫下让地方官派医生把真相告诉了镇长，镇长这才知道了缘由。最后村民们不同意把牛结实的孩子害死，因为他们觉得理亏。

牛结实知道自己没有病时早已心灰意冷，但是又离不开自己的孩子，所以服下了堕胎药一心求死，但是堕胎药毒不死人。后来牛结实因为不想离开长寿镇想待在孩子身边，所以自己偷偷躲在了山里，身边只留下了自己的孩子和马寡妇。他的精神压力很大，村民都以为他疯了，不再有人关心他的死活。牛结实就这样在山里等死。

村民看到牛结实不能再兴风作浪了，而他们认为留不得那个孩子，但是又害怕会走漏了镇子的秘密，所以就把马寡妇和孩子放在山上每日供食，不敢让他们再回到镇子里。

另一方面，那个肉铺老板也没有答应长寿镇医生的要求，把有毒的肉给牛结实。这样看来似乎一切都结束了，一切都回归以前，风平浪静。在这个镇子里发生的一切，外人都无从知晓。长寿镇的秘密保住了，外人是不会知道的，只有镇子里的男人和妇女知道。要嫁出镇子的女子是不知道的，所以每次镇里的会议都只有男人参加。

牛结实最后精神还是崩溃了，不是因为村民们的迫害，而是他自己知道了真相。他不想离开长寿镇，不想离开他的孩子和马寡妇。他本是外姓人，又长时间受村民的排挤，但是他还是把这里当成家。他想死也要死在这里，便拉来了一口简陋的棺材，躺在里面默默地等死。他的精神已经死了。后来地方官派医生解剖了牛结实，发现他体内并没有毒，也没有被长寿镇医生设计杀死，因为他识破了真相。全片回归片名——杀生。

从上面电影《杀生》的故事梗概中，我们可以看到影片故事的基本发展脉络，影片的结构形式、影片发展的时代环境、时间、地点、人物、人物关系等都已经十分详细了。这意味着到了故事梗概这一步，影视故事的基本构思已经完成，接下来就是编剧需要按照故事梗概设计的内容编写具体的场景及人物对白。

第二节 影视故事基本内容的产生

一、影视故事与创作者

肯尼斯·伯克说过:"故事是人生必备的设备。"故事是文学体裁的一种,侧重于事件过程的描述,强调情节的生动性和连贯性,较适合于口头讲述已经发生的事或者想象的故事。而我们所要讲的影视故事与此"故事"存在着其特有的共通性和差异性。

业内人士常说:"一个好的故事不一定成就一部精彩的电影,但一部精彩的电影必然有一个好的故事。"就像被誉为编剧行业的"红宝书"的罗伯特·麦基所著的《故事:材质、结构、风格和银幕剧作的原理》中所说:"讲故事这个行当里根本就没有什么难解的奥秘。事实上,乍看起来,在银幕上讲故事似乎是轻而易举之事。但是,当你一步一步地接近其中心,一个场景接着一个场景地努力着要把故事讲好时,这个任务就变得越来越艰难,因为我们意识到在银幕上绝对没有藏拙之地。"影视故事的创作者,也就是麦基所指的银幕剧作家不能像小说家一样,可以用任何模糊或直观的方式与语言来告诉观众关于这件事情与这个故事该想什么或如何感觉。

一个故事是思想充满活力的证据,是将思想转换为动作的结果。故事的事件结构是一种手段,创作者首先通过它来表达自己的思想,然后再证明自己的思想。当观众被迫听这些思想讨论时,他们很少会感兴趣,而且绝不会相信。故事的意义就是要做到从不解释,无论悲喜,通过具有情感表现力的故事高潮来进行戏剧化的表达。

对于影视故事的创作者(毕竟有许多人还称不上银幕剧作家)而言,理解和创造故事的能力对是否能在这个行业成功地生存有着重要意义。诚如麦基所言,天才作家写不出好作品不外乎两个原因:要么是被一个他们觉得非证明不可的观念所蒙蔽;要么是被一种他们必须表达的情感所驱策。而天才作家写出好作品一般是因为这个原因:他们被一种要打动观众的欲望所感动。

在影视故事创作的过程中,创作者自身的敏感度也是极其重要的,这种敏感度恰恰要求故事的独创性与现实性,同时受制于影视故事创作者的认知度与市场需求。

独创性是内容和形式的融合——独具特色的主题选择加上独具匠心的故事形态。内容(场景、人物、思想)和形式(事件的选择和编排)相辅相成、相得益彰,而且相互影响。一手把握内容,一手精于形式,作家便可以雕琢故事。当你反复推敲故事材质时,故事形态便会自行重塑。当你玩味故事形态时,心智和情感的精灵便会渐渐浮出。

"摄影镜头是可怕的X光机器,任何虚假的东西都逃不过它的透视。"麦基书中的这句话总结得十分到位,摄影机能将生活放大,故而能使人或事的每一个小细节都暴露无遗,使得整个事件漏洞百出。而这恰好突出了尤为可贵的现实性。

一个优秀的影视故事创作者应当是惜字如金的。影视故事创作要杜绝省力的巧合和经不起推敲的动机,杜绝笨拙的纠葛和强加于人的悬念和震惊,学会亦庄亦谐、悲喜交加地去融入生活、洞察社会,才能更好地适应市场需求。毕竟,成功的影视故事总是能够从现实背景中不断获得新的解释,这可以说是得益于人性的丰厚,使得每个人都能够从中观照到自己。

二、影视故事产生的构思

影视故事就是生活的比喻,是我们对生活思考后得出的精华的浓缩载体。不要将表面的现象误认为是生活的真实,不要以为描述越细致越好,真实是在现象表面之下的。影视故事要引导观众从人物的外在行为来解析其内在生活,从而通过故事要素进行影视故事创作。

(一)影视故事要素

1. 类型与结构

故事源于生活(基于平凡的生活材料积淀)而高于生活(价值和叙述手法),又介于纯粹生活经验和纯粹想象虚构之间。而影视故事创作并非生活的简单拼接,要超越环境,不流于琐碎空浮,追求大写的真实。影视故事的创作者要想把一个浩繁的生活故事浓缩到一定时长,把被讲述的故事装进生活故事里,这两者的统一是非常困难的。要想解决这种困难,从中挑选一个尽可能包含更多的冲突的事件,并进行有战略意义的组合,以激发特定而具体的情感来表达人生观无疑是最好的方式。这种组合与联系,可以从最深层的内心活动出发,讲述每一个人的思想和情感;可以展现人与人之间的冲突;可以扩展到社会机构,置于学校、事业、司法制度等社会矛盾中;也可以将人物和宏阔的生存环境对立起来。相对于结构的组合方式而言,组合的目的更要加以注意。

在影视故事的结构中,事件、场景、节拍、序列、幕、故事等故事设计术语也要牢记并熟练掌握。故事三角与其形式差距,即结局的开放和闭合,主人公的单一与多重、被动与主动,时间的线性与非线性,因果与巧合,现实的连贯与非连贯,变化和静止等情节结构用法也是必不可少的。

亚里士多德的《诗学》一书被人们奉为戏剧结构的"圣经"。在这部著作中,亚里士多德指出好的戏剧应该遵守所谓的三幕结构的范式。亚里士多德认为,每个故事都应该有一个开头(第一幕)、中部(第二幕)以及结尾(第三幕),而第二幕又可细分为两个部分:第二幕的第一部分和第二幕的第二部分。

像奥利弗·斯通执导,斯通和斯坦利·韦瑟共同编剧的《华尔街》便是实践运用三幕式结构的典范。本片以全球金融中心的美国华尔街为背景,描写翻云覆雨的股市大亨戈登·盖柯贪婪成性(开头),不择手段在幕后操纵股票行情(中部),结果却败在一位仍然具有良知的年轻营业员手上(结尾)。这也同样可以套用《故事:材质、结构、风格和银幕剧作的原理》中经典的结构设计:围绕一个主人公而构建,主人公为了追求自己的欲望(开头),经过一段连续的时间,在一个连贯而有因果关联的虚拟现实中,与来自外界的对抗力量抗争(中部),直到以一个不可逆转的变化而结束(结尾)。

故事本就有很多类型,影视故事更是如此。影视故事的叙事结构造就了一些基本的故事类型。根据市场的需求和观众的心理愿望，影视故事的主创人员形成了一套特色鲜明的叙事谋略。

(1)讲述一个结构完整、一波三折、通俗易懂、老少皆宜的动人故事。

(2)编造一个似梦非梦、似真似幻的世俗神话。影视故事有时会承载一些虚幻的白日梦般的世俗的黑色童话。

(3)套用一个个经过市场验证、深受观众喜爱的叙事模式。经典影视作品常常给人以似曾相识的感觉。从艺术的角度来说，重复和模仿之作很难入流，但事实证明，某种相对固定的影视故事模式确实能够争取到相对稳定的观众。即结合观众的观看习惯，把某种影视模式和影像特征予以强化并实施局部翻新，加入影视剧本创作者的一些个性和创造精神，在影视故事的总体框架内追求类型化的丰富多彩。

(4)展示几个光彩照人、容易引起观众共鸣的理想化人物。能否让观众对影视故事中的人物形象产生认同感，是决定一部影片成败的关键。

罗里·约翰斯顿认为，所有的虚构叙述都是建立在几个基本的故事类型基础之上的。这些基本故事类型是：阿喀琉斯、康迪德、灰姑娘、喀耳刻、浮士德、俄耳普斯、罗密欧与朱丽叶、特里斯坦三角恋爱以及流浪的犹太人。这些故事类型可以单独出现，也可以结合在一起。

我们阐述这些故事类型的时候不要过于拘泥。例如，“浮士德”隐喻荣华富贵和功名利禄，“流浪的犹太人”指的是一个离开了自己生活的社会并永远无法真正回归的人。

总之，影视故事结构与类型既相互分离又相辅相成，在创作中的磨合则是要在精选概念的时候把握好分寸。

2. 人物与背景

谈到人物，有几个必须先行解释的关键点，比如人物塑造、人物真相、人物的功能与高潮等。

人物塑造是可观察到的人的一切素质的总和。而人物真相则是只有在压力之下做出的选择才能揭示，压力越大越能表现人物的本质与真相。用对比或反衬来揭示人物真相则指那些看似如此其实并非如此的人物，使人物内心绝不能和表面一样，即“伪装者”。

举个例子，假使某个人物即将面临灵魂救赎的最后一次机会，这时，影视故事创作者要做的便是给这个人物施加额外的巨大压力，从而利用这个压力来改变这个人物的命运。这里所指的通过不断增强的压力，把人物逼向绝境，迫使其选择和行动越来越困难，逐渐揭示其真实本性，甚至直逼无意识的自我的改变就叫作人性弧光，即在揭示中表现人物本性的发展轨迹或变化。

濒临爆发的最能满足观众体验的情节点便是指高潮，前面所有的铺垫都是为这个高潮服务的。

影视故事的背景（四维）设置，即时代、地点、期限、冲突层面的设置。简单来说，即这个人物需要些什么，为什么需要这些，将怎么样去得到，他所面临的阻力是什么，其结果如何。这便要求作者必须了解他笔下的世界，遵守故事内在的或然性法则：如何发生？为何发生？

在此处大家可以问自己一个问题：什么样的记忆能触动你的生活？当你重温往事时，把自身的经历带入人物生活场景，这才是真诚且独一无二的触动点。然后请大家再想象一下，你想成为的人物的生活将会是什么样子？倘若你了解这类人物，你便会设置与其相似的生活背景；倘若你并不了解这类人物，那么你就只能在想象中搜寻看似毫无关联的场景中你所认为的隐藏联系并将它们融合为一个整体。这也恰恰说明了一个事实，也是大多影视故事创作者会做的事情，即认为把自己的自身经历（回忆）与别人的经历（相关资料）结合起来，这就是新的自创的影视故事。

如同《开始写吧！影视剧本创作》一书中提到的 4 个具有魔力的问题：

（1）主人公的梦想是什么？

（2）主要人物的噩梦是什么？

（3）他们会为了得到什么人或者什么东西而不惜一“死”（真正或比喻意义上的）呢？

（4）这个梦想的结局是什么？或者说，什么情况催生了新的梦想？

这 4 个问题既符合背景的四维设置，又能够巧妙地将情节点和故事联系起来。大家应该知道区别故事和情节的关键在于：故事是观众对叙述中的事件建立的想象，这些事件可能曾在影视作品中出现，也可能不曾出现；情节则是影视作品对叙述的事件的真实表现。如果只有故事，而没有把故事加工成一个完整的情节，那么对影视制作来说是没有用的。编剧必须决定如何把故事呈现给观众：哪些部分应该直接表现出来，哪些部分应该留给观众去想象，哪些焦点应该是注意力和认同的焦点，如何表现因果关系，从什么视角来讲故事，情节应该在什么地方以什么方式结束。虽然生活教会你的一切都会得到有力证实，但故事不是一堆叙述体，而是对事件设计后得到的一个有意义的剧情高潮。所以，要学会有选择性地创造，在创造过程中取舍，取的是最真实的、最能表现人物性格的情节点，使观众在看到这些从未以这种方式出现过的、但的的确确感同身受的影视作品时，获得巨大的认同感。

这些便是影视故事创作中人物和背景设置要达到的或应有的作用。

3. **意义**

每个人都有着自己的审美情感，这一点也为影视故事创作者提供了意味深长的情感体验，在故事发生的瞬间明白了其意义。这种意义关乎一个作家的主题思想：一个揭示故事终极意义的句子，生活如何变化和为何变化（价值＋原因），还要表达出人物为什么以某一特定价值作为结局，还能够筛选情节，即什么要舍、什么要留。价值正负之间的移动，直到高潮胜出成为主题思想。没有人会听从说教，因为人性总是好胜的，所以影视故事创作者要不断质问自我，价值被带到整个故事中来的主要原因、动力或手段究竟是什么。

好作品给予我们的并不是解决问题的方法，而是清醒的认识；并不是答案，而是富有诗意的坦诚，是对问题做出的解释。故事的责任是讲真话或揭示真理。如果最后你问自己这是不是真理，而自己都不相信故事的意义，那就没有必要再继续下去。这也是影视故事创作的最终意义。

三、故事主题思想的产生

（一）主题的实质

故事内在的中心思想被称为“主题”。埃里克·爱德森在他的著作《故事策略——电影剧本必备的 23 个故事段落》中提到：“任何电影故事的主题通常可以在主人公的人性弱点中找到，当编剧塑造某些虚构的主人公面对令人却步的旅程时，他会给人物添上些许个人缺陷或缺点。于是一路上，当主人公为了实现他的目标而奋斗克服这些缺点时，电影的主题也随之浮现。”他用这样一段话帮助读者理解主题的由来。说到底，故事是由人物来构建的，而人物的性格决定了故事的走向，从而定位了主题的表达。在故事发展的同时，也是主人公发现、认识自己的过程，这个过程被称为主人公的内心之旅。

我们以美国经典电影《公民凯恩》为例。影片的多视角叙述，为观众展现了凯恩不同的样子。故事开篇是凯恩在自己的庄园中孤独死去，留下了像谜语一样的“玫瑰花蕾”的字眼，让人浮想联翩。别人眼中的凯恩，同时也是他自己的自我认识，他一直在寻找自己缺失的东西。在他不同的成长阶段，他的自我认识是不同的，有时是偏激的，有时是片面的。在他人看来，中年的他性格古怪，没有几个真正的朋友，十分强势，在出版界搅动风云；晚年的他，十分凄凉，没人能理解，也没人关心。他的童年时代一闪而过，导演没有过多交代，但出彩的地方是，让凯恩念念不忘、无法释怀的恰恰是他无忧无虑陪在家人身边的幸福时光。“玫瑰花蕾”正是他儿时玩过的雪橇上面刻的字。童年的小木屋成为凯恩内心深处最为温柔的记忆和最为隐秘的伤痛。

这种人物传记类的电影，主题往往是显而易见的。当然，主题并不是固定的，不同的角度会有不同的解读。

（二）如何找到主题思想

确定故事的主题是有很多方式的，最常见的就是在写剧本之前就定好主题的方向，然后根据这一主题设置故事梗概，最后进行剧本创作。

价值和原因是主题思想的两个重要组成部分，任何剧情片都需要有高潮，而所有的情节和细节都是为了高潮服务，所以麦基认为高潮的价值就在于此，即这个高潮能否统领剧情，值不值得放在最重要的位置上。因此，为了实现这个价值，在故事前面的叙述中要靠大量的情节作铺垫，故事会如何发展其实是存在内部因果关系的，所以麦基并不赞成主题先行。总的来说，主题是人们结合观感和生活体验总结出的实质性概括。

作为一名编剧，首先要利用故事梗概确定方向，再着手进行相关情节的处理，这个时候，编剧往往都是比较理智的，因为有清晰的线条指引着故事的发展。但这也会造成很大的弊端，那就是太过理性，缺乏感情的细腻和真挚。有些剧本台词过于华丽，既不朴实也不感人，这是因为编剧投入的情感不够，没有做到真实感人。如果编剧按照自己的思路进行创作，又怕打断了原有的发展轨迹，就可能陷入混乱。如果写作的时候过于拘谨，好的灵感和创造力得不到发挥，那么最终创作出来的作品也不会令人满意。麦基主张比较随性的创作，建议编剧的思想游离在梗概之外，在发掘主题思想的同时进行“自我认识”。

(三)主题思想如何发展故事

麦基认为主题思想应该用一句话概括,而不是一个词。一句话应该包括事件的价值意义和形成原因。价值意义就是说事件反映了什么样的价值观,比如正义战胜邪恶或邪恶压倒正义。形成原因是说这一事件的结果是什么原因导致的。确立了主题思想的事件都是围绕这一思想来进行取舍的,由主题引领故事,情节服务于主题。编剧首先要搭建一条故事线,然后围绕这条故事线进行场景的穿插。在不同场景中主人公有不同的遭遇,这些遭遇包含着不同的冲突,当所有的冲突都汇集到一个点爆发时,就形成高潮,也就是前文提到的最大价值的体现,这样就产生了完整的故事。这样创作出来的故事既不会太拘泥死板,也不会动不动就偏离主线。

(四)拒绝说教

怎样让故事中的人物既生活在故事中,又能承担叙事的任务?在片中,演员和角色之间有间隔,角色和观众之间也有间隔。那么编剧就要花更多的心思设计人物的语言以推动故事的发展,并交代必要的基本情节。如果一部影视剧让观众刚观看了二十分钟就能预料到之后的情节发展而发出"不就是交代了这么个事儿吗?导演不就是想说这个吗!"这种感慨时,那就说明情节和主题没有很好地融合,同时观众也不能更深层次地进入影片,接收不到导演想要表达的思想内涵,那么这样的作品无疑是失败的。在《故事策略》这本书中作者提到:"好编剧讲故事时会让我们对他的观点深信不疑。他们通过呈现引人产生共鸣的主人公经个人努力最终发现这些真理来赢得观众。"当编剧想要在影视剧本中传达某些思想时,绝不能单单只靠一场戏或是一串对白来解决问题,没有必要的戏剧化呈现都是失败的。

例如,在国产电影《立春》中,小地方出来的王彩玲一直都想要到北京成为一名歌唱家,她不停地奋斗,不停地找机会去北京,而现实却是那么残酷。剧中还有同样命运的年轻人也不能顺利地实现自己的梦想。在看着王彩玲一步步追梦的同时,观众也被人物崎岖的命运所打动,跟着他们一起长吁短叹。影片的最后,王彩玲虽然没有实现她的梦想,但是她重新找回了对生活的热爱,有了新的寄托。她在拥有最纯粹的梦想的同时也拥有了最朴实的生活。影片并没有强制观众接收一种固定的信息，而是让观众自己一步步去感知和发现。观影时，观众透过主人公的表演能感受到失败、欢乐、痛苦的过程。因此，影片只有赢得了观众的心，才能赢得观众的掌声。

四、故事的价值

（一）有价值的故事

一个讲得美妙的故事犹如一部交响乐，其结构、背景、人物、类型和思想融合为一个天衣无缝的统一体，那么这个故事便是有价值的。

1. 内容要有情节性

戏剧故事是一种以情节见长的语言艺术，只有情节丰富了，故事才会充实，人物形象才会饱满，这样的故事才有可读性。

2. 线索的清晰性

故事线索烦琐，结构不清晰，会让读者很难找到头绪，他就可能会失去阅读兴趣。另外，线索要一贯到底，像珍珠项链的那根线一样把故事中的人物贯穿到底，使得故事中的人物不前后脱节。

3. 情节的趣味性

情节设置要有悬念、有冲突。只有这样，故事才有意思，环环相扣，也才容易受到读者青睐。

4. 立意的新奇性

如果一个戏剧故事情节丰富、线索清晰，那么还需要一个新奇的立意，但在立意的选择上一定要注意遵循“源于生活，而又高于生活”的原则。

5. 语言的口语性

戏剧故事的语言要求和其他文学样式不同，故事要用叙述性的语言，比较接近通俗性的口语。和书面语相比，口语具有通俗易懂、自然朴实、形象生动、朗朗上口等特点，因此戏剧故事一般采用口语化语言，而不用文绉绉、晦涩艰深的书面语言。

编剧在这些基本特征上多下功夫，那么他所创造的故事便是有价值的。

（二）有价值的故事元素

1. 故事冲突推进方式

当两个因素，不管是心理上的还是物质上的（个人、情况、力量、需求、目的或者驱动力）发生对立的时候，冲突就产生了。之后便出现了对峙的情况，但不管形势如何，冲突一定是表现为双方的对立。

达尔文在他的巨作中第一次运用动物的自然本性解释了冲突的推动力。自然选择力量可以使一个物种立即失去它曾经被赋予的神圣的自然力。自然选择，就是永无止境的冲突和战争，冲突就是使得生物世界得以发展的最大动力，同时，也是幸存者永生都逃不掉的命运。

生物间的冲突理论同样可以用于解释冲突在一个戏剧中所起到的重要作用。事实上，戏剧冲突同样是故事的最大推动力。因为如果没有了冲突，就没有了故事。从某种意义上来说，冲突就是故事的主题；冲突的结束，一般也就意味着故事的结束。

（1）外部冲突

外部冲突，就像其名字所定义的一样，是由外部的自然、社会环境以及角色的职业，或者和另一个角色的关系来决定冲突的性质和原因。在美国影片《大白鲨》中，布罗迪警官必须面对毁坏了旅游度假胜地夏季海滩的鲨鱼。美国电影《沉默的羔羊》中，克拉丽斯·斯塔林为了获得有关野牛比尔的情报必须设法接近汉尼拔·莱克特。这些外部冲突的例子都很好地推进了情节，但是外部冲突的使用在任何情况下都是合理的吗？

事实上，编剧运用戏剧冲突来设置障碍，角色因超越障碍而推动了情节发展，这虽然是一个很好的方法，但是必须注意的是，对于冲突的过度运用会造成一种堆砌障碍仅仅是为了制造悬念的印象。这样的冲突积累一般出现在动作片中，而在这一类影片中，所要做的就是不断地制造吸引观众的冲突。

（2）内部冲突与外部冲突

外部冲突在剧本中大量存在，而对其最佳的使用方法，就是能够通过外部冲突来实现环境与内部冲突的连接，而形成对于情节的更深层次的推动力。这样说的原因在于，观众通常都倾向于认可人物心理的和内心的冲突，而不是来自外部的冲突。如《大白鲨》中布罗迪警官不得不面对的社会责任与他天生的对于水的恐惧相对立，就产生了内部冲突。

(3)障碍和似真性

从戏剧平衡的角度上来说，所谓成功的剧情就是指在人物与冲突的目的之间不断地建立越来越深的联系，于是，主人公的形象就会通过他所遇到的困难以及不断出现的冲突树立起来。从另一个角度来说，障碍是必需的。

如果一个主人公在情节发展中没有遇到任何需要克服的困难以及需要解决的冲突，那么这样的刻画方式实际上减弱了观众对主人公的兴趣，因为没有了悬念。

戏剧故事就是要给主人公树立一个势均力敌的对立面，千方百计地阻挠、干扰其达到目的；戏剧故事就是要看双方的斗智斗勇，力量的此消彼长、互相拉锯；戏剧故事就是要看一个不可调和的矛盾演变激化至最高程度，然后以一个出其不意的漂亮方式收尾。这才是真正的故事冲突。

需要注意的是，故事中的冲突是不断发展的。具体来说，冲突的发展即“逐渐升级的冲突”。故事的开始，要吸引读者或者听众，就可能安排一次严重的冲突。接着“问题”出现了，需要马上解决，各类矛盾随之而来，纷纷营造冲突的布局，就像台风吹袭一样，初时是弱风，继而是飓风、狂风，直至高潮。这便是“逐渐升级的冲突”。

2. 结构曲线

悉德·菲尔德所定义的“按线性安排”常常会被人们误解为情节发生的时间顺序上的线性安排，而这实际上是指情节相互作用上的一种线性方向。悉德·菲尔德真正想要强调的，则是情节之间的关联性和结局的戏剧性。

悉德·菲尔德将戏剧性结构图示为：

第一幕　第二幕　第三幕

开端　中段　结尾

A ______________________________ Z

建置对抗结局

情节点 1　情节点 2

(1)开端

通常人们认为一部影片的前10分钟便是它的开端。悉德·菲尔德曾郑重地提醒剧作者：“今后看电影时，请注意一下，你需要多长时间做出你是否喜爱这部影片的决定。一般前 10 分钟，也就相当于你写的电影剧本的头 10 页。你应该及时地抓住你的读者。”

悉德・菲尔德在他的戏剧性结构图示里所标明的“建置”，除了对人物的出场、戏剧情境和时间、地点的交代外，更要紧的是为叙事设置一个“总悬念”，这个总悬念便是人物的戏剧性要求，它是叙事的发动机。

(2)进展

进展是剧作从开端到高潮之间的段落，这一段落是剧作的主体部分，占据了剧本的大部分篇幅。有人也把进展称为对抗或上升阶段，它的特征是：

①情节的展开；

②对抗的上升；

③人物性格的展现和刻画。

(3)高潮

高潮的三个功能是冲突和对抗的最后爆发和化解、人物戏剧性需求的最终实现和“总悬念”的解决。

从阿尔弗雷德・希区柯克《39 级台阶》的高潮中，我们看到了冲突和对抗上升到顶点，在这个顶点上，所有的矛盾和紧张在一场爆发性的冲突之后得以化解：汉奈与乔丹教授之间以及他与警察之间，自开端以来一直在加剧对抗，终于随着事情真相大白而烟消云散。

(4)结局

剧作叙事从开端出发，不断加速推进，在高潮时达到了最高速度。随着高潮的完成，它也踩下了刹车，但还是会随着惯性滑行一段距离才会最终停住。这段“刹车距离”就是剧作的结局部分。结局的主要功能是在高潮的爆发之后形成一段节奏和情绪上的缓冲带，同时补充交代一些剧情的结果，“将底牌一齐摊出”。

(三)故事重大转折点

在每个场景中，人物追求一个与其当前时空相关的欲望。不过，这个场景目标必须是他的故事脊椎的一个方面。所谓故事脊椎是指从事件开始一直延续到故事高潮的那条贯穿故事始终的求索之路。在场景中，人物通过在压力之下选择采取一个或另一个行动来追求他的场景目标。但是，故事会从任一或所有冲突层面产生一个他意料之外的结果。其效果是在期望和结果之间产生一道鸿沟，把他的外在时运、内心生活呈现在观众所了解的押上台面的价值里，同时从正面转向负面或从负面转向正面。

场景导致细微而又意义重大的变化。序列高潮是一个导致适中逆转的场景——这种变化的冲击力要大于场景。幕高潮是一个导致重大逆转的场景——这一变化的冲击力又大于序列高潮。因此，我们绝不会写一个平铺直叙，只是纯粹静态展示的场景。相反，我们都想努力达到这一目标：创造一个故事设计，让其中的每一个场景都成为一个细微、适中或重大的转折点。

例如在电影《颠倒乾坤》中，押上台面的价值是财富。受到《波吉与贝丝》的启发，比利·雷·瓦伦丁在街上乞讨，冒充一名必须靠滑板行动的截瘫者。当警察试图拘捕他时，一道鸿沟产生，然后鸿沟越来越宽，因为两个年老商人——杜克兄弟突然出面干预警察，把他救下。比利的乞讨已经导致他的世界做出了不同于他所期望的并比他所期望的更加强烈的反应。他没有拒捕，而是明智地选择向警察投降。以核桃木装饰的办公室为切入点，杜克兄弟已经替他换上三件套高档西服，聘请他为产品代理人。比利的经济生活围绕这一轻松的转折点已经从乞丐变成了代理人。

转折点有四重效果：惊奇、增加好奇心、见识和新方向。

(四)主题表达的完整度、独特性和震撼力

古人说过："文以意为先，意犹帅也；无帅之兵，谓之乌合。"意思是说，主题立意好比统帅，无统帅的士兵，只能称之为乌合之众。正确、鲜明和突出的主题，能把全篇的人物、情节乃至细节描写都带动起来，使它们各得其所，配置、安排得十分妥帖，形成一个缜密的整体。主题体现了故事的完整度，是衡量一个故事的成败的重要因素。

主题是文章的灵魂，是贯穿全文的主线，是戏剧故事的内涵和思想，也可以理解为作者的戏剧故事所要表现的价值判断：是呼唤真善美，还是批评假恶丑？是表现爱情的甜蜜，还是要表现爱情的痛苦，或者两者兼有？是报复，还是以和为贵？是表现友情的深厚，还是利益冲突？这正是每个主题所体现的独特性和震撼力。

我们来分析一个主题丰富的影片代表《美国往事》。

从表面来看，这部影片的表层主题有两个：一个是关于友情，一个是关于爱情。

友情:麦克斯在少年时代、青年时代,一次又一次地背叛了友谊。可是,恐怕连他自己都没有想到,这种青春时代的铭心刻骨的真挚友谊,是挥之不去的。就像少年时代的那次与街头流氓的遭遇,因为寡不敌众,麦克斯和"面条"被打得遍地翻滚、口吐鲜血……但是,他们始终没有停止反抗,也没有求饶,更重要的是,他们始终没有抛弃自己的伙伴。

爱情:它是指"面条"与黛博拉的爱情。

在影片《美国往事》中,"面条"追求真挚纯洁的爱情,他没有得到。"面条"是生活的失败者。那么黛博拉呢?黛博拉认为,地位和荣耀才是生活中最大的幸福。可是当她得到之后,她惊异地发现,自己并没有得到真正的幸福,她也陷入了深深的痛苦之中。

《美国往事》的故事启示我们:要认真地对待这种情感并格外珍惜。人类不要在纷繁多彩的社会中迷失了自己。

深层主题:《美国往事》的深层主题是美国神话。

赛尔乔·莱翁内以一个外来人和艺术家的敏锐眼光,将美国神话谈得如此透彻和形象:《美国往事》是一部关于美国神话的电影;美国神话是《美国往事》的深层主题,也是影片《美国往事》的最大魅力。

【本章小结】

原创剧本最艰苦的步骤就是剧本构思阶段,这是一个"无中生有"的过程,也是判断故事是否可能吸引观众的过程。本章通过介绍构思的基本环节及影视故事的主要元素起"抛砖引玉"之作用,但剧本故事构思的关键还在于创作者自身的生活积累、故事积累和想象力,这可能是一个比较漫长的过程。而在具体的构思过程中,也可能需要比较长的时间才能构思出完美的故事梗概,创作者切不可操之过急。

【思考与练习】

近年来,老人摔倒碰瓷事件经常成为新闻热点问题。请收集一些相关的深度报道,设计一个出人意料的故事。

第2章

人物

【教学目标】

1. 了解人物形象设计体系的基本元素。

2. 掌握人物形象设计的基本技巧。

【重点】

1. 人物形象设计体系的基本元素。

2. 人物关系的设置。

3. 人物语言的处理。

【难点】

1. 人物关系的设置。

2. 人物语言的处理。

俄国著名文艺评论家别林斯基曾经说过:“人是戏剧的主人公,在戏剧中,不是事件支配人,而是人支配事件。”在创作开始的时候,编剧要思考的第一件事情是写什么的问题,然而无论写什么,最终所有故事都可以简化为“什么人做什么事”。也就是说,在故事中是人在做事,是人在推动故事的发展。也许你的故事主人公不是人,是黑猫警长,是机器猫,甚至是天上的神仙,但是他们总是要具备人性才能够吸引观众。例如,在日本电影《导盲犬小Q》中,正是因为小Q成为盲人渡边先生的眼睛,人和狗之间产生了相依为命的感情,作者赋予了狗以人的情感,因此小Q的命运才能吸引观众、感动观众。人物在故事中的作用是举足轻重的。在历史上,不少理论家和作家都曾强调人物是文学艺术的核心。因此,学会写人物对于初学者来说是相当关键的一步。

第一节　故事中人物设计的体系

故事中的人物可以凸显主题、丰富情节,编剧在写作中的一个重要任务就是构思和设计人物并以最优化的策略来展现其作用。在现实生活中,人既是作为个体存在的，也存在于关系之中，文学艺术之所以能够吸引人，就在于它往往是社会生活的某种反映。当然，这种反映可以是完全客观真实的反映，也可以是夸张的反映。也就是说，故事中的人物也必然是作为个体和关系而存在的，因此编剧在设置人物时，既要注意单个人物的设计，也要把人物放置在复杂的人物关系之中，这就形成了人物设计的体系。

一、人物形象

“世界上没有两片完全相同的叶子，也没有两个完全相同的人”，而在故事中也同样适用这一原则。也就是说，故事中的人物应该有不同的特征，这些不同的特征造就了不同的人物形象。人物形象包括人物性格、人物身份和人物外形三个主要方面。

（一）人物性格

性格是一个人在对现实的稳定的态度和习惯了的行为方式中表现出来的人格特征，它表现为一个人的品德，受人的世界观、人生观、价值观的影响。性格一旦形成就具有稳定性，一般很难改变，但是随着生活的积累或者受到强烈的刺激，性格也有可能发生变化，而性格的改变有可能暗示着影片深刻的主题。

1. 性格的稳定性

人物性格的稳定性在故事中表现在人物的行为上，一旦人物的性格设定好了，那么在故事中，人物遇到相似刺激往往会有相似的反应。

例如，你给你的女主角设置的性格是妒忌心强，那么这个人物凡是看见别人比自己好就会产生同样的情绪——不高兴，然后展现出同样的行为——打击对方或者改变自己。她看见别人比她漂亮就不高兴了，于是精心打扮自己，但发现还是不如对方，于是就开始打击那位比她漂亮的女同学——捉弄她、讽刺她甚至最后泼硫酸。她看见别人比她成绩好也不高兴了，于是先加倍努力学习，最后她发现差距依然存在，于是她把那位同学的钢笔弄坏，让她无法考试；或下泻药，让那位同学不得不在考试期间不停地上厕所；或偷试卷等。

在美国电视剧《绝命毒师》中，沃尔特·H. 怀特是一个自尊心和统治欲极强的高中化学老师，在任何事情上都要占据绝对主动权。在电视剧的伏线中，他曾经和艾利特夫妇共同创业，但因为无法占据支配地位而退出股份。后来艾利特夫妇发了财，他始终认为艾利特夫妇是盗用了自己的专利而发家的，自认为比他们强得多。沃尔特发现自己患了癌症，却不告诉任何人，因为他不想让别人同情自己。为了给自己身怀六甲的妻子和脑瘫儿子留下财产，他利用自己的专业技能和曾经的学生杰西合作制作出了世界上最纯且外形美观的蓝色冰毒。为了销售冰毒，他有很多合伙人，但是最终都因为控制权的问题而产生巨大的矛盾。在这个过程中，沃尔特总是能够利用自己超人的智商和化学专业技能取得最终的胜利。曾经的好友艾利特夫妇在得知沃尔特患病的消息后，想要资助他，却遭到了拒绝。小沃尔特利用网络众筹的方式为沃尔特筹集治病的资金也激怒了他，他以接受资助为耻，他坚信靠自己的冰毒不但能够筹集到治疗经费，还能让自己的家人终生衣食无忧，而实际上他的行为只是为了满足自己的自尊心和统治欲而已。在这部长达 62 集的电视剧中，沃尔特的这种性格自始至终没有变化，最终导致他众叛亲离，成为孤家寡人。

2. **性格的变化**

性格总体上具有稳定性，但这种稳定性是相对的，是可以改变的。或许现实生活中的一位老同学在你的记忆中活泼开朗，但十几年后再次相聚的时候，他却变得沉默寡言了，毕竟“生活是一把无情的刻刀，改变了我们的模样”。所以在影片中，人物的性格不能随便改变，一旦改变就必须有一定的意义。

在根据金庸小说《笑傲江湖》改编的同名电视剧中，华山派掌门岳不群号称“君子剑”，但后来，他不但出卖了自己的女儿、徒弟，还杀害了许多武林同仁，成为十足的伪君子。起初，他为了夺得林家的《辟邪剑谱》，派徒弟和女儿前去搭救林平之，虽然是伪善行为，但毕竟还没有达到十恶不赦的地步。然而，“天下第一”“武林盟主”的至尊称号激发了他的欲望并逐渐让他走上不归路，他先是出卖如同儿子一般的大弟子令狐冲，然后把女儿作为筹码嫁给林平之以便获得机会夺取《辟邪剑谱》，最后更是对阻碍他的武林同仁大开杀戒，完全丧失了良心。岳不群性格的变化，很好地诠释了电视剧的主题——权力欲望让人疯狂。

在著名编剧李樯编写的剧本《孔雀》中，通过展现高家三子女性格的逐渐变化，将人生“堕落”的主题展现得淋漓尽致。姐姐高卫红的性格执着倔强，当她看见一位帅气的伞兵从天而降时，被这种美深深吸引，于是她决定当个伞兵。她认为那个伞兵能够帮助她入伍，于是在打听到他喜欢打乒乓球后，就陪他打乒乓球，但因为好胜心强，她拿出了真正的实力，总是赢球，这让伞兵很不高兴，最终他选择了总输球的龚娜。没有当成伞兵，自己理想的对象选择了别人，于是高卫红决定绝食自杀，但没有成功。之后她随便嫁给了民政局的司机小王，后来又离婚，再改嫁，完全放弃了人生——这是理想的丧失。哥哥高卫国是个弱智，虽然经常制造麻烦，但心地善良，他渴望获得友谊，朋友们怎么欺负他，他都不往心里去。高卫红和弟弟高卫强并不喜欢这个哥哥，但高卫国很爱自己的弟弟妹妹。一个雨天，高卫国专程到学校为弟弟送伞，结果被误认为流氓而遭到学校同学的群殴。后来，父母给高卫国找了一位媳妇，这位媳妇世俗、伶俐，带着高卫国做小生意发了财，而高卫国纯洁善良的性格也逐渐消散了。一天，高卫国小时候的好朋友（也是从小欺负他的朋友）前来借钱，他找出床底的烟盒给他，告诉他把烟盒卖了可以换钱——这是纯洁的丧失。弟弟高卫强自尊心很强，他以弱智哥哥高卫国为耻，甚至请暗恋姐姐的果子扮成警察冒充他哥哥到学校找他，让大家以为他哥哥是人民警察。当他看见高卫国被当成流氓被群殴时，他不但不去救哥哥，还参与到群殴哥哥的队伍中，最后甚至密谋毒死哥哥（自尊心强到变态）。后来他因为看色情图片被父亲赶出家门，多年之后，他才带着妻子张丽娜回到家乡，这时他的理想变为天天游手好闲，让老婆赚钱养他——这是自尊的丧失。

可见，优秀影视剧中，人物性格的变化往往意义重大。

（二）人物身份

人物的身份是阶层、地位、文化、职业等元素的总和，它代表着人物的过去，也影响着故事中人物的行为。

现实生活中每个人都是有身份的，在社会层面上有工人、农民、职员、白领、高管、老板等；在学校中有教师和学生。教师有不同的工种和阶层，有教授、教辅人员、行政人员、校工之分；教师有助教、讲师、副教授、教授（教授还可以分级别）之分；教师还有行政级别之分，有普通教师、系主任、院长、校长、各个部门的处长。学生是一个共同身份，大家有共同之处，但也因为不同的生活条件而各不相同。家庭条件好的同学肯定和家庭条件差的同学不一样，城市的同学也与农村的同学有一定的区别，因此相同身份的人虽然有共性，但因为历史身份不同也存在个性差异。

1. 身份与人物心理、行为相符

通常情况下，是什么身份的人就有什么样的心理和行为，说什么样的话。朱光潜在《我们对于一棵古松的三种态度——实用的、科学的、美感的》中写道："假如你是一位木商，我是一位植物学家，另外一位朋友是画家，三人同时来看这一棵古松，我们三人可以同时都'知觉'到这一棵树，可是三人所'知觉'到的却是三种不同的东西，你脱离不了你的木商的心习，你所知觉到的只是一棵做某事用值几多钱的木料。我也脱离不了我的植物学家的心习，我所知觉到的只是一棵叶为针状、果为球状、四季常青的显花植物、劲拔的古树。我们的朋友——画家——什么事都不管，只管审美，他所知觉到的只是一棵苍翠、劲拔的古树。我们三人的反应态度也不一致。你心里盘算它是宜于架屋或是制器，思量怎样去买它，砍它，运它。我把它归到某类某科里去，注意它和其他松树的异点，思量它何以活得这样老。我们的朋友却不这样东想西想，他只在聚精会神的观赏它的苍翠颜色，它的盘屈如龙蛇的线纹以及它的那股昂然高举、不受屈挠的气概。"这其实就是生活中的真实逻辑，它直接影响着故事人物的设计。当你安排故事中的人物做一件事情的时候，你首先要说服观众的就是你的故事中的人物的身份可能想这个事、做这个事吗？农民说不出教授话，同样教授也很难说出农民话来。

生活中有一个真实的故事。曾经有一位醉心于古代文学研究的教授，这个教授长期做学术研究，他除了一周上几节课之外基本上都在家里或图书馆做研究，家务事也一直都是妻子在做。一天，家里来了很多客人，妻子实在忙不过来了，于是就叫那个教授到街上给客人买点水果。教授出门后遇见一个农民挑着一担橘子在卖，旁边也有一个大学生在挑选水果。教授看了看橘子就对农民说："其价几何？"农民听懵了，于是这个大学生给农民解释说："老师问你这橘子怎么卖？"农民伸出2根手指："2块1斤。"教授虽然长期不问世事，但也知道农民挑担来卖的东西是可以砍价的，砍价的原则是先证明这东西并没有想象中的好。于是教授捏了捏橘子，对农民说："汝之橘，外华而中空……"这个故事可能很夸张，但是因为人物身份的缘故，才造成这个教授说出如此的言语，还是比较可信的。

2.**身份与人物心理、行为不符**

通常情况下，什么身份的人做什么事、说什么话，如果说出不符合身份的话，做出不符合身份的事，那就说明剧本写作上出现了问题。但是，人物说出不符合身份的话和做出不符合身份的事也可能是为了实现某种特殊的戏剧效果或主题效果。

人物身份与人物心理行为不符在经典故事中经常出现。例如，在法国著名作家雨果的《巴黎圣母院》中，富洛娄本来是巴黎圣母院的副主教，向来清心寡欲，回避一切世俗的享乐，但当他看见爱斯梅拉达时，立即为她那无双的姿色所倾倒。

他身上潜伏的淫欲像一头沉睡多年的野兽突然醒来，使他完全失去了自制力。为了得到爱斯梅拉达，他不择手段，坏事做尽。当他发现自己无法得到爱斯梅拉达时，宁愿将她毁灭。宗教本有引导人向善的责任和作用，然而在《巴黎圣母院》中，通过对基督教代表人物富洛娄的塑造，揭示了当时法国宗教机构的腐朽与残忍。

在喜剧中，通过身份与人物心理、行为不符的夸张呈现，往往能够有效地传达主题。例如在法国著名戏剧作品《伪君子》中，作家莫里哀就夸张地塑造了达尔丢夫这一喜剧形象。伪装成圣洁的教会骗子的达尔丢夫混进商人奥尔恭家，图谋勾引其妻子并夺取其家财。他的夸张卑鄙的行为与他身份之间的反差，让人忍俊不禁，实际上他身上集中了当时教会和贵族社会的假冒伪善和恶德败行。

身份与人物心理、行为不符可以彰显故事的主题。改编自张爱玲同名小说，由台湾著名编剧王蕙玲和美国著名编剧詹姆士·沙姆斯联合编剧的电影《色·戒》塑造了王佳芝这一形象。她本来是抗日地下组织派来色诱大汉奸、大特务易先生的，然而两人在交往过程中逐渐产生了真情，以至于在影片高潮处，当王佳芝将易先生引到事先安排好的暗杀场所——珠宝店，易先生拿出了准备好的大钻戒时，王佳芝从他的眼中看到了一丝真情，易先生深情的眼神瞬间令王佳芝受到深深的震撼，此刻她才恍然大悟，原来她对易先生是真爱。王佳芝在关键时刻提醒易先生，让他逃离了死亡陷阱，但是，当易先生派人逮捕了王佳芝和其所属的抗日地下组织的成员后，还是无情地杀害了王佳芝。《色·戒》这部电影上映之后获奖无数，但在国内始终褒贬不一，其原因除了色情场面太多之外，主要集中在王佳芝这个人物的塑造上，因为她违背了通常对抗日爱国女性的形象塑造程式。试想，一个爱国女性，怎么会爱上一个大汉奸，而且最后为了这个大汉奸不仅断送了自己的性命，还连累了不少同志。关键还在于，影片通过故事、影像和声音等一系列手段，展现了作者对王佳芝的深切同情，这就有点挑战中国观众的心理了。实际上，如果从女性主义和反战视角来看，对王佳芝的塑造最终所获得的震撼效果超越了庸俗的正反二元对立的思维定式，也就是说，《色·戒》的主题根本就不是正义与邪恶、爱国与卖国、侵略与反侵略的矛盾冲突，而是歌颂女性为真挚爱情的牺牲精神，鞭笞自私自利的男性。王佳芝本是一个普通大学生，并不热心于抗日救亡运动，我们可以说她落后、愚昧，但不能否定她作为一个普通人存在的价值。后来，她爱上了邝裕民，跟随着他走向了抗日救亡的阵线。然而，作为男人，这群爱国学生自己没有本事刺杀易先生立功，却将一个女性推向了最危险的“前线”，还要求她付出自己的贞操。还有那位跟他们接头的地下组织的指挥者，易先生和日本鬼子杀了他一家，确实值得同情，也应该报仇雪恨，但是，为了报他的仇，就必须牺牲王佳芝的幸福吗？易先生是大汉奸，本来是遗臭万年的角色，但是王佳芝却不顾一切地爱上了他，且救了他一命，而最后，易先生还是毫不留情地杀害了她。在影片中，通过塑造王佳芝，特别是在影片高潮处突出王佳芝对易先生真正的爱情（这是一位抗日革命者不该有的行为），才能将男权社会中女性的悲惨命运淋漓尽致地展现在观众眼前。

由王朔编剧、冯小刚导演的电影《私人订制》是由若干小故事构成的，其中，“司机县长”是该故事中一位有意思的人物。这位司机过去专门为领导开车，但是，坐过他车的领导最后通通都进了监狱，他想看看到底是什么原因让这些领导干部无法坚持底线走上了犯罪的道路，于是他找到私人订制公司，让他体验一把领导的角色。公司设计司机当上县长的情境，不断地考验司机县长，最后司机县长还是没有过“美人关”，犯下了错误。司机在当县长前和下台后，说话都很正常，但是他当上县长后，说话时不自觉地带上了“官腔”，这与他司机的身份形成了鲜明的对比，形成了极强的喜剧效果。然而，笑声的背后引发了人们的深思——如此淳朴的司机，在坐上官位后也会自然官化，这究竟是个人问题、体制问题，还是文化问题？

（三）人物外形

人物外形是指人物的性别、外貌、身体特征、装束、神情和动作的总和。有人认为，影视剧的外形就是演员的外形，在剧作中并不需要刻意去描绘。的确，一千个读者的心中就有一千个林黛玉的外形，但在影视剧中饰演林黛玉的演员一亮相，她的外形就确定了。人物的外形往往是其性格的反映，有的时候还会有戏剧性作用，并能够烘托主题。当然，角色的外形和演员应该由导演来决定，但是编剧也有责任提醒导演，这个角色大概的外形特征。假设你要写一部关于小偷的喜剧片，你想在警察追逐这个小偷时产生喜剧效果，可以设计成小偷很瘦、警察很胖。在追逐过程中，小偷钻进一个窄小的巷道中，他轻松地逃走了，而警察因为过于肥胖被卡在了巷道的墙壁中间，喜剧效果自然就产生了。

中国古典戏曲中强调角色的脸谱化，生、旦、净、丑由于戏剧分工不同，各有其脸谱，一些经典角色还形成了固定的脸谱。黑脸包公象征着铁面无私，白脸曹操象征着奸诈狡猾，这是比较符合中国观众的审美定式的。在“文革”时期的样板戏创作中所形成的“三突出”原则，也规定了正面角色和反面角色的外形差异。现在看来，我们不能一味地否定样板戏电影，作为当时倾国之力制作而成的样板戏电影，总体质量还是不错的，不能因为江青参与了样板戏创作就否定样板戏的价值，何况，江青在样板戏创作中的实际作用有多大，在学术界还存在一定的争论。只是说，如果一个时期的影视作品中的人物外形全是脸谱化的，也确实有些庸俗，容易使观众产生审美疲劳。

俗话说“相由心生”，一般情况下，人物的外貌要与其内心世界相匹配，然而有时候，外貌与内在的冲突反而能够产生强烈的戏剧效果。在美国剧作家迈克·韦布和迈克尔·科勒里联合编剧的好莱坞大片《变脸》中，江洋大盗卡斯特·特洛伊出场时，作者写道：“卡斯特·特洛伊非常冷峻，他训练有素、富于侵略性而且性感。”作者还写道：“卡斯特从凯迪拉克中钻了出来，身着阿曼尼西服。”这些简单的外形描写，说明卡斯特是一个英俊而且有品位的人。但是，影片中展现了卡斯特的变态、残酷、毫无道德底线的形象，这跟影片《变脸》的主题——不要被外表所蒙蔽——统一起来。

1984年上映的经典电影《鸟人》中，现代时空的艾尔在越南战争中脸部受伤，一直缠着绷带。艾尔本来是一位大帅哥，非常注重形象。在影片的过去时空中有一个小细节，就是艾尔和鸟人相识的时候，他翻进鸟人家的栅栏走向鸟人，在这个过程中，鸟人家停了一辆摩托车；艾尔不自觉地透过摩托车的反光镜照了照自己。然而，战争夺去了艾尔最美好的东西，充分地体现出作者的反战思想。

英国编剧康诺顿、谢里登根据真人真事改编的电影《我的左脚》讲述了因小儿麻痹症而全身瘫痪的布朗依靠唯一可以活动的左脚来改变自己的人生，并成为画家和诗人的故事。虽然故事是根据爱尔兰作家克里斯蒂·布朗的自传改编而成，但是布朗“身残”的形象更好地突出了其“志坚”的精神。

总之，影视剧作中的人物是由人物性格、人物身份和人物外形共同构成，其中外形是人物的基础，性格是人物的灵魂，有了独特的性格，角色才能与众不同。人物身份是人物的社会规定性，是接地气的人物设计。

二、人物设置和人物关系

现实生活中，人具有社会性，没有一个人是孤立地存在的，文学艺术是生活的反映，当然不能脱离这个现实。试想，如果一个影片没有人物，或者人物之间没有关系，那么这样的故事你会去看吗？从某种意义上来说，正是人物之间的关系构成了影片的情节，关系越复杂，情节也就越复杂。就戏剧作用来说，每个角色的功能是不一样的，有的需要详写，有的则需要略写，有的甚至只需要一笔带过，这都需要根据故事的内容和主题详细设置。其实人物设置和人物关系在剧作构思时几乎是同时进行的，不能够孤立存在，我们在设置人物时其实已经开始设计人物关系，这里主要是因为学习的缘故我们才将它们分开论述。

（一）人物设置

一个故事究竟需要多少人物？这由故事本身来决定。一般情况下，剧本中需要设置主要人物和次要人物，主要人物中最重要的是主人公，次要人物中也包括一些有一定戏剧性作用的辅助人物。

1. 主人公

主人公是指故事中的第一主要人物，他是矛盾冲突的焦点，是推动情节发展的第一动力，一般来说故事的主人公只有一位。心理美学研究认为，故事中之所以有主人公，可能与文本的代入感有关系。所谓代入感是指在小说、影视作品或游戏中，读者、观众或玩家产生一种自己代替了小说或游戏之中的人物而产生的一种身临其境的感觉。也就是说，读者和观众在看小说或影片时，有把自己幻化为故事中的一个重要角色的潜意识，长此以往，小说和影视创作为了迎合读者、观众的这一心理，自觉地在人物体系中设置了主人公。

然而，如果一个故事矛盾冲突的焦点、推动情节发展的第一动力是两个人，那么谁是主人公呢？例如，《红楼梦》的主人公是谁？也许男性读者认为是贾宝玉，而女性读者认为是林黛玉，在此类文学作品中，读者的性别在判断主人公时起到了关键作用。我们不得不说明的是，对于那些以塑造多个主要人物的故事来说，根本没有主人公。主人公的存在是传统的、习惯的，是用来展现个人传奇的故事。

2. 主要人物

主人公包括在主要人物之中，主要人物是指处于各种矛盾焦点、对推动剧情发展起着重要作用的人物。主要人物的设置要根据故事的具体矛盾、主题和风格而定，当然也可能受到目标市场的影响。

在韩国著名导演许秦豪所编剧的电影作品中，主要人物往往只有两人，从《八月照相馆》中的郑原和德琳，到《春逝》中的李尚优和韩恩素，再到《外出》中的仁书和舒英、《幸福》中的永铢和恩熙，最后到《好雨时节》中的东河和 May。许秦豪的电影追求东亚传统的审美价值，讲究含蓄、细腻，在故事构思上强调“减枝蔓，立主脑”，因此，他的故事情节主要集中在两位主要人物的情感纠葛上，将人与人之间微妙的情感关系展现得淋漓尽致。例如，许秦豪的代表作品《八月照相馆》展现了主人公郑原在将要去世之前对亲情、爱情和友情的无限留恋，最后孤独地死去。影片着重描写了女交警德琳和郑原含蓄的爱情故事，在日常生活的细节中，显得朴实无华却又动人心魄。影片中，爱情、亲情和友情线独立展开，互不干扰，将情感线集中在郑原临死的生活状态上，意境深远。在《外出》中，仁书和舒英因各自的另一半在同一小城出车祸昏迷不醒而相聚，结果，两人发现仁书的妻子和舒英的丈夫是为偷情才到这个城市的。面对另一半留下的烂摊子，两人只有各自默默地承受着，直到两颗孤独的心灵产生了爱的火花。后来仁书的妻子苏醒，但她已经半身不遂；同时舒英的丈夫去世，仁书的责任感让他不可能丢下病床上的妻子，于是仁书和舒英的爱情只能无疾而终。一天，首尔大雪纷飞，两人想起那年产生交集的雪夜，再次联系彼此，走上偷情之路。

在岩井俊二编剧的《四月物语》中，主要人物只有北海道少女榆野卯月一个人，除了目标人物山崎学长，其他人物都是插曲式的出现。观众先会看到榆野告别家人前往遥远的东京上大学，东京四月飘落的樱花显得特别有诗意。在学校里，榆野内向胆小，与同学们格格不入，她总是去一个书店看书，或者看无聊的电影消磨时间。最后观众才知道高中时成绩不好的榆野因为暗恋学长山崎，通过不懈努力考上了东京著名的武藏野大学，而那个书店就是山崎学长勤工俭学的地方。实际上，山崎根本不记得榆野，榆野三次到书店只是为了制造与山崎的偶遇。一位内向胆小的女孩，为了爱情而超越自己，不得不让人感叹爱情的力量。

近年来，以极少的主要人物设计来彰显人性的影片有不少，连美国好莱坞也拍摄出了像《地心引力》和《火星救援》这样的影片，但是在一般的情节剧中，主人公的主要帮助者和主要对抗者都可以算作主要人物，例如《蝙蝠侠》系列中，时常出现的罗宾就是蝙蝠侠的主要帮助者，而每个故事中的怪物、坏蛋都是主要的对抗者，也是影片的主要人物之一。

在群像人物的影视剧中，主要人物就更多一些，如印度电影《三傻大闹宝莱坞》中，除了主人公兰彻之外，他的两个好友法罕和拉加及女主角皮娅都算是影片的主要人物。电视剧由于篇幅较长，主要人物往往更多一些。近年来，美国电视剧考虑到受众市场，出现了大量群像式电视剧，其主要人物还有不少是亚裔人士，这不得不说是受庞大的亚洲市场的影响。例如美国 NBC 电视台在 2006 年推出的一部科幻题材电视剧《超能英雄》中，可以说没有真正的主人公，故事设计了能够吸收他人超能力的护工皮特·佩特里，能够飞翔的政客内森·佩特里，能够自动治愈的克莱尔·本内特，时空穿梭者中村宽，拥有读心术的小警员马特·帕克曼，双重人格的武林高手妮其·桑德斯，拥有可以看透任何事情的运作规律从而可以通过残忍的手段获得别人的能力的大反派塞拉，以及一直探查超能量秘密的遗传学家苏雷什。这部电视剧中的每一个人物在适当的时候都可以独立成为某个分故事的主人公。应该说，像《超能英雄》这种主要人物体系设计，是美国电视剧季播形式与边拍边写的操作方式的必然结果，为了满足各类观众的需求，众多的主要人物成为必然选择，在影片的制作过程中，可以根据观众的喜好和演员的档期适时调整。当然，要做到这一点，需要为每个人物设计较为深厚的历史背景，性格层面更加丰富多彩，以便后续开发人物时更加轻松自如。

3. **次要人物**

次要人物是指参与到故事各种矛盾之中，对推动剧情发展起着一定作用的人物。次要人物不应该消极地作为主人公或者主要人物的陪衬而存在，而应该积极参与到推动情节的发展中去，或者能够烘托环境的特征，衬托主要人物的性格或者对主题的揭示有一定的作用。次要人物虽然在影片中所占的比重有限，但是其作用还是十分重要的。次要人物可以为主要情节的发展提供“契机”；在故事情节中穿插、连贯，为主要人物起穿针引线的作用；可以使情节跌宕起伏，张弛有度，形成节奏美；其活动为情节的发展制造悬念，以增强艺术魅力。

金圣叹在评论《水浒传》第十九回总评中说：“宋江婆惜一段，此作者之纡笔也。为欲宋江有事，其则不得不生出宋江杀人；为宋江杀人，则不得不生出宋江置买婆惜。为欲宋江置买婆惜，则不得不生出王婆化棺。故凡自王婆求施棺木以后，遥遥数纸，而直至于王公许施棺木之日，不过皆为下文宋江失事出逃之楔子。”宋江本是县里的一名小吏，忠君孝亲，信守法度，其所以上梁山，走上叛逆之路，杀惜是一个转折点，亦如金圣叹所言的“楔子”。因此，王婆、王公、阎婆、婆惜等人物的活动和相互牵连，为宋江人生道路的重大转折提供了条件，创造了机会，因而带动了整个故事情节的重大变化与发展，而这种变化与发展，又促成了宋江这一主要人物的思想性格的变化。

在美国电影《国家公敌》中，迪恩本是一名出色的律师，拥有美满幸福的家庭，一天，他在情趣内衣店愉快地帮太太选购圣诞礼物的时候，巧遇一位久未谋面的同学。但是这位同学好像后有追兵，并且看起来像是受到了极度惊吓。他狼狈地央求迪恩救他，并在仓皇中拿了迪恩的名片后，便行色匆匆地逃跑了。就在他横越马路时，意外地发生车祸，当场死亡。不久，迪恩陷入一个难以脱身的谋杀案中，原来因车祸丧生的同学，刚刚已神不知鬼不觉地将一张记录着一桩国会议员被谋杀的磁碟片放在了迪恩的礼品袋里。而主谋强沃特和他的属下从迪恩同学的车祸现场找到了迪恩的名片后，开始寻找线索跟踪迪恩，用高科技的卫星监视，企图严密控制迪恩的行踪，借以夺回磁碟片销毁谋杀的证据并杀人灭口，迪恩不得不走上逃亡之路。影片并没有先讲迪恩，而是先讲迪恩的同学本是一项水鸟研究项目的摄像师，一天，他取回晚上放在河边记录水鸟的摄像机，在家里导磁带的时候发现摄像机正好录下了谋杀案，他立刻拷贝备份，这时，强沃特的手下来了，他在逃亡中遇见了迪恩，仓皇中将磁盘放在了迪恩的礼品袋里。其实，作者是想逼迫主人公迪恩走上反抗之路，于是先利用出场没多久就被害死的迪恩的同学来引出故事。

由赫尔曼·曼切维兹编剧，奥逊·威尔斯导演的经典影片《公民凯恩》中，青年记者汤姆逊受主编之托调查已逝美国报业大亨凯恩的生平逸闻，弄清凯恩临终遗言“玫瑰花蕾”的真实含义。汤姆逊采访了报社董事长伯恩斯坦、凯恩的生前好友利兰与他的第二任妻子苏珊，最终将凯恩的人生还原了出来。这部影片正是通过次要人物汤姆逊的采访过程，才推动了电影《公民凯恩》故事的进展。

在国产电影《火锅英雄》中，黑社会老大七哥这个次要人物在推进故事发展中起到了关键作用。首先，刘波因为欠七哥的钱才决定急卖火锅店，为多卖些钱，刘波、许东和王平川才会自己动手扩张火锅店的面积，这样才将洞打到了钱庄的钱库里去。后来，七哥抢了刘波从钱库偷来的钱，许东开车撞翻七哥的车并从他手中夺回钱。当刘波、许东、王平川和于小惠被劫匪捆绑起来即将被烧死的时候，七哥出现了，他是为了夺回许东抢走的钱，并报仇雪恨。没想到，七哥和绑匪们产生了冲突，绑匪以为七哥是刘波他们的帮手，而七哥也以为绑匪是刘波他们的帮手，双方火并，两败俱伤。这样，七哥阴差阳错地救了刘波他们一命，并为刘波最后的行动扫清了大部分障碍。在影片中，每次七哥的出现都让剧情有了转折，最后甚至正是七哥直接化解了影片的矛盾，因此，像七哥这样的次要人物间接控制了影片的节奏。

(二)人物关系

人物关系是指故事中所设计的人物与人物之间的戏剧性联系。在日常生活中,所有的人都处于关系之中,在家里有与亲人的关系,在学校有与同学、老师的关系,在工作单位有与领导和同事的关系……从真实性上来讲,一个故事不可能不展现人物之间的关系,而在故事中,正是由于主要人物之间的戏剧性关系,才能够展开情节、烘托主题。

我们以电视剧《潜伏》的故事为例,可以发现《潜伏》的人物关系图如下:

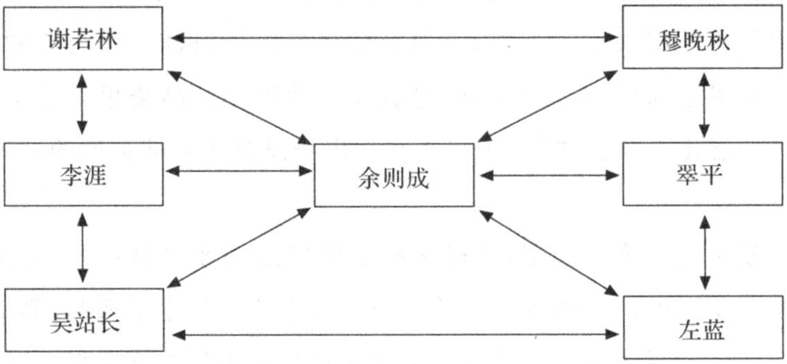

从关系图谱中我们可以看到,影片的主人公——中心人物是余则成,所有的人物都围绕余则成来展开情节。围绕余则成,影片明显分为外部人物关系和内部人物关系。

外部是敌我矛盾,主要表现为余则成和李涯的冲突。李涯和余则成是培训班同学,李涯就像狐狸一样狡猾、敏感,对国民党十分忠诚。他一直怀疑余则成是地下党,其戏剧性目标是将余则成逮捕归案。然而余则成不但是李涯的同事,而且官位比李涯还高半级,于是李涯不敢轻举妄动,只能找到有效证据证明余则成是地下党,才能消灭余则成。可以说,《潜伏》的主要故事情节就是余则成和李涯的斗争,影片的危机就是李涯接近余则成地下党证据的时候。余则成当然也想消灭李涯这个危险分子,因为如果被李涯发现其是地下党的证据,可能会连累到很多人。两人在较量中的力量无法平衡,有的时候李涯的力量大,压倒余则成造成危机;而有的时候余则成的力量大于李涯,故事接近于解决矛盾。当然,大家都知道,这个矛盾不能这么快解决,所以作者需要找到一个能够平衡他们之间力量的人,这个人就是吴站长。吴站长是两人的上司,贪婪腐败,但也狡猾无比。他既需要余则成来"帮闲",也需要李涯来帮忙。面对两人的矛盾,他装聋作哑,谁也不得罪，然而一旦余则成要消灭李涯或者李涯要揭发余则成时，他都会跳出来协调双方不平衡的力量以使故事可以继续讲下去。

内部人物关系的主体是余则成和翠平的矛盾纠葛。观众在观看外部敌我矛盾之后，需要有缓冲休息的时间，这时，余则成和翠平这对欢喜鸳鸯总能让人感到柔情似水、忍俊不禁。余则成、翠平和左蓝形成了一个三角关系。左蓝是余则成的心上人，两人的感情本已到了谈婚论嫁的时候，但为了不暴露余则成地下党的身份，组织安排翠平假扮余则成的妻子。左蓝作为解放军军调的干部与余则成在天津相遇了，两人情感迸发，但不得不隐忍。后来左蓝为救余则成牺牲了，余则成、左蓝和翠平的三角关系解体。而穆晚秋的出现，又建立了一个新的三角关系。穆晚秋的丈夫谢若林又和穆晚秋、余则成构成了一个新的三角关系。最后，谢若林、李涯和余则成也构成一个三角关系，将内外关系连接起来。当谢若林与李涯联合时，余则成与李涯的平衡关系被打破，这就将余则成推向了本电视剧最大的危机，要解决这个危机就必须让矛盾的一方消失，这就到了影片的高潮。当李涯最终被消灭后，这个故事的外部主要人物关系链断了，故事也就该结束了。

我们再以电影《两杆大烟枪》为例，其人物关系图如下：

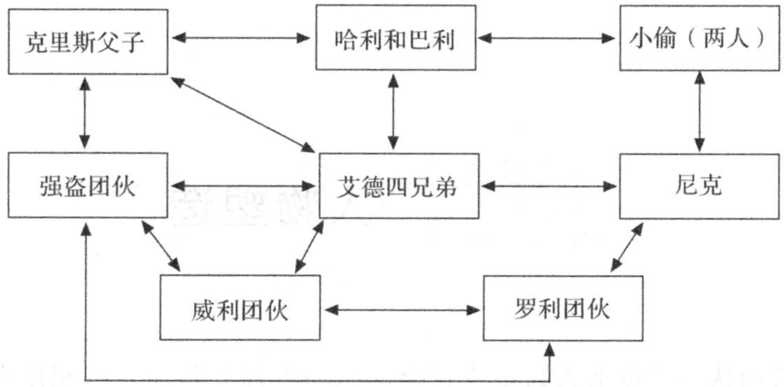

《两杆大烟枪》的故事以艾德四兄弟为中心，艾德赌钱输给了哈利，如果不在一周内还钱，哈利就要艾德父亲的酒吧，艾德四人也会被干掉；克里斯是哈利和巴利雇佣的凶狠打手，克里斯父子负责向艾德四人收债。这就形成了哈利和巴利——艾德四兄弟——克里斯父子的三角关系。巴利雇佣小偷为哈利夺来古董烟枪，但小偷把古董烟枪卖给了尼克，尼克转卖给艾德，艾德又为还哈利的债才去买烟枪，最后，小偷干掉了哈利和巴利，于是又形成了哈利和巴利——小偷——尼克——艾德四兄弟的循环关系。强盗团伙准备抢劫威利团伙的白粉和钱，正好被艾德知道，于是艾德等人上演了“螳螂捕蝉，黄雀在后”的一幕，黑吃黑，绑了强盗团伙，夺取了威利团伙的白粉和钱，于是形成了艾德四兄弟——强盗团伙——威利团伙的三角关系。强盗团伙发现绑他们的人是艾德，又误会收债的克里斯拿走了他们的钱，最后强盗老大绑架了克里斯的儿子，最终被克里斯干掉，这又形成了艾德四兄弟——克里斯父子——强盗团伙的三角关系。威利团伙实际上只是罗利的手下，艾德四兄弟拿了威利团伙的白粉托尼克出手，尼克把白粉卖给罗利，罗利发现原来自己买的白粉本来就是自己的，于是又形成了艾德四兄弟——尼克——罗利团伙——威利团伙的循环关系。最后，罗利团伙为夺回威利团伙失去的白粉和钱，与强盗团伙火并，这样就形成了强盗团伙——威利团伙——罗利团伙的三角关系。其实，《两杆大烟枪》之所以让人感觉故事很精彩，结构很新颖，与其编剧设定的错综复杂而又联系紧密的人物关系密切相关。

总而言之，在某种程度上，当剧作者确定了人物关系网络之后，人物之间的纠葛已经蕴含着情节进展的可能性。应该说，人物之间的关系与主要情节几乎是同时被设计出来的。

第二节 人物塑造

老舍曾经认为，“创造人物是小说家的第一项任务”，而人物塑造在影视剧作中是指剧作者将故事中的人物活化、独特化和意念化的过程。

现实生活中的人是活生生的人，他们生活在各自的自然环境、社会环境和历史环境之中，拥有各自的生活目标。文艺是生活的一面镜子，观众在这面镜子中要看到生活的本质意义。从某种意义上来说，文艺中所创造的人物不能肤浅地复制生活，但是至少他们是生活中的人，他们也应该拥有自己的目标，有自己的生活状态，有生活在这个世界上的人必须拥有的喜、怒、哀、乐，有七情六欲。那么，剧作者只有将上述的内容展现出来，才能够说在剧本中创造了活生生的人、真实可信的人。

真实性所引发的第二个问题就是人物的独特性。在现实生活中，没有两个人是完全一样的，即便是双胞胎也是有一定区别的。从某种意义上来说，独特性是人物成为一个独立个体的最重要的标志，也是人们能够记住个体、区分个体的关键。在剧本中，你所设置的人物有什么独特性？人们怎样才能对你所设置的人物留下印象？一个故事中作者会设置众多人物，那么人物和人物之间应该怎么区分？如何让观众感受到你所设置的每个人物都是不同的？这就需要作者在每个人物的塑造上下足功夫。

每个作者都有自己的意识形态，对事物有自己的理解和判断，其中包括伦理观念、宗教观念、哲学观念，当然这些观念都是社会存在的反映，但已然内化为作者个人的价值判断。在写作中，作者会自觉或不自觉地将自己的意识形态作用于人物身上，通过人物的行动及其结果展现作者的人生观、价值观。

因此，在剧本写作过程中，人物塑造是必不可少的，而且，鲜活独特的典型人物，能够给观众留下深刻的印象，具有强烈的艺术魅力。对于很多故事，观众可能已经不记得故事情节了，但对故事中的人物却记忆犹新，这也彰显了人物塑造的重要性。

一、人物形象的总体构思

在动笔之前，首先我们要确定需要多少人物，需要怎样的人物，这些人物在故事中有怎样的作用。其中，“需要怎样的人物”就属于人物形象的总体构思层面。

青年编导庄宇新曾经在《北京电影学院学报》上发表了一篇名叫《对〈爱情的牙齿〉进行自我拆卸》的文章，谈其编剧、导演的影片《爱情的牙齿》的创作心得，在谈到设计影片人物的时候，他写道：

> 庄宇新美其名曰煞有介事地把这说成是突出个人，是因为他在叙事上找到了一个平衡点，以性别视角替换政治视角，所以影片有了唯一的女主角钱叶红，并且牢牢封闭在她的个人感情生活或者说内心体验之内讲述，这里，女性的＝情感的，情感的＝个人的，呈现出不证自明的逻辑，而叙事利用这个性别差异的逻辑建构了所谓的个人体验。……
>
> 庄宇新意图实现的其实只是通过对女性的讲述完成表意和历史讲述的转换，把一部外部斗争史转换编造为内心体验史，进而摆脱对政治正确的区

分与表态。……

钱叶红的社会身份变换不定，却有着逐渐清晰地借由身体疼痛确立的自我身份。无疑，"女性更接近身体，并对疼痛有着更好的耐受力"是一种经典表述，但这对于女性的精神存在有什么意义，《爱情的牙齿》给出了叙事表述。钱叶红由被动而自觉，逐渐把疼痛作为寻找自我的途径。毋宁说，疼痛被她用来作为占有自己身体的一种方式。那么这是否是对女性性别的贬低和对男性权力的礼赞呢？关键在于我们如何界定身体和疼痛的价值。有论者观片后指出，身体伤痛是驯服女性的过程，影片中三个男性不约而同地以自残夺回了性别优势，并逼迫钱叶红付出同等伤痛代价作为惩罚。但这一判断恰恰来自一项男性价值，即身体是次要的，疼痛是弱者被伤害的标志，是负面的，或者谁是痛者谁就是输者。可对钱叶红来说，庄宇新的核心虚构是，她是一个疼痛的享用者！疼痛不是一种负面价值，而是一种经历，甚至是财富！在钱叶红的三段情感经历中，如果说何雪松的一板儿砖是强加于她的伤痛，那么指挥孟寒为自己打胎就是主动承受伤痛，而影片的最后，也是叙事张力的极致处，钱叶红要牙医不打麻药为她拔一颗牙已是自信而坚定地在主动寻求伤痛。钱叶红在完全主宰自己的身体，并把它用来寻求个人的目的，而不是对任何男性分享或献出。相反，倒是影片中的男性，他们之于伤痛都是被迫的，虽是自伤，却是外力压迫的产物，何雪松拍脚是为了找回尊严，孟寒割腕是为了平衡内疚，魏迎秋拔牙是为了保住记忆。对于伤痛，他们只是承受而不是悦纳，所以他们身上也没有对伤痛递进的认识。

伤痛在这里也成为沟通的可能，钱叶红和三个男人之间性别的差异其实体现为交流的困难，她与他们纠葛在一起，却每每陷入相互的误解和错会之中，只有当伤痛同时作用于他们时，他们之间最好的沟通才达成。伤痛直接施于身体而超越了语言，也就超越了男权话语的束缚。

在文中，我们可以看出，庄宇新的故事是围绕着主人公钱叶红建构的，而故事与人物设计明显受到西方女性主义思想的影响。因此，在影片中我们可以看到这样一个钱叶红：在影片开始的时候，她是学校的大姐大，坚强、任性，很漂亮却是一个"女汉子"，从来不打扮自己。何雪松是钱叶红的爱情启蒙者，他让钱叶红开始意识到自己的女性身份，可惜这段朦胧的爱情还没有开始就因何雪松溺亡而夭折。孟寒是钱叶红真正爱的第一个男人，但孟寒是有妇之夫，当钱叶红告诉孟寒她怀孕的时候，孟寒立刻不知所措，而此时是钱叶红安慰了孟寒，并决定在家里堕胎，钱叶红的坚强与孟寒的软弱形成鲜明的对比。最后，当两人的婚外情被组织发现之后，孟寒为了自救把责任推到钱叶红身上，而钱叶红却将责任全部揽到自己身上，以至于被学校开除。后来，钱叶红和魏迎秋结婚，钱叶红并不爱魏迎秋，魏迎秋常年在外地工作，钱叶红独自带着孩子，直到魏迎秋调回北京，她才发现自己无法和魏迎秋生活下去了。在影片中，钱叶红是独立自主、具有强烈的个人意识的女性，所有的选择都是她自愿的，在情感关系中总是占有优势地位，这是编剧围绕着主题思想而对人物做了精心的总体构思，才产生了我们看到的钱叶红。

著名编剧王兴东在写电影剧本《一个人的奥林匹克》时，影片的主人公刘长春早已在1983年去世，作者无法采访到刘长春本人，而了解这位短跑名将的人也大多已经故去。王兴东在进行了艰难的调查研究之后，虽然无法了解刘长春的生活细节，但是对刘长春的形象有了自己独特的构思。他在2008年发表于《电影新作》第四期的一篇名为《高举奥运之炬向银幕冲去——〈一个人的奥林匹克〉编剧谈》的文章中详细地介绍了其对影片主人公刘长春的人物形象构思的过程。

当我在大连理工大学刘长春雕像前，一次次与他无语地对话时，一遍遍地重温他如何成长为一个短跑名将：父亲是一个修鞋匠，母亲在他九岁时病逝，他十六岁结婚，很早就在日本人开的工厂做工，养家糊口。后来被张学良办的东北大学破格录取为体育系学生，受训于德国教练，九·一八后学校被占失学。这些经历在他内心产生怎样的影响？面对日本人的重金高官收买，为什么他会拒绝代表“满洲国”参赛？家庭在大连，就在日本人的控制下，跑了和尚跑不了庙，他就不怕得罪了日本人会遭到报复吗？他的性格中这部分因素来自哪里？他有没有被日本人“大东亚共荣”蒙蔽的过程？是代表“满洲国”还是代表中国？在两难选择时他没有犹豫过吗？他父亲曾在日本人的逼迫下写过信劝他服从日本人的要求，面对父亲的态度，也是展示主人公性格的剖面，拒绝过程和手段也是他的性格决定的。从大量的资料研究到他与张学良校长关系很近，他的抉择与张学良的影响有多少关系？张学良怎样看待刘长春的选择？为什么张学良要个人出资8000大洋支持刘长春前去赴会？

为更好地揭示人物性格，我先把主人公推到了为谁出征的焦点之中。他选择什么是最能表现人物性格的。一面是强大的占领军和他们掌控下的妻儿家小，一面是国破山河碎的饱受战火贫穷的祖国，选择什么标志着他是什么样性格的人，他选择的过程是揭示这位身处于殖民地统治下的东北男人性格特征的关键情节。

面对刘先生的雕像，我一次次地揣摩，刘长春当年23岁，没有去过美国，没有参加过奥运大赛，单刀赴会的胆魄何来？一个人坐船从上海码头起航，漂泊23天，面对茫茫大海他在思考什么？孤独吗？自信吗？他的障碍困苦是什么？想没想到，如果此行失败，如何回来面对江东父老？如何面对寄予厚望的中国同胞？如何面对日本人的迫害？

……当我把自己当作23岁的刘长春，且有了两个孩子，如何拒绝日本人的要求？正是因为刘长春长期在殖民地的压迫下，看过多少中国人被日本人欺压，骨子里埋下了反抗的情绪，在代表还是拒绝“满洲国”的选择之时，民族的本能记忆以最朴素的正义感从内心性格最本质、最潜层中强有力度地激发出来了。这样，一个在戏剧中被认为最高需求的目标出现了。于是，主人公开始采取动作，为了中国沦陷的东北父老，“豁出去了！”

“豁出去了！”大有荆轲出征一去不返的义气。我庆幸找到人物性格内心世界中带有支配和领导意志的主脑，他不留后路，不留余地，不瞻前顾后，一去不返的执拗，决定了他敢于单刀赴会的气概。这是他长期奔跑、多次参赛磨炼而成，也与职业特性有关。短跑运动就是闻枪而动，一往无前，绝不犹豫，行为果决，义无反顾，这成了他的核心性格。找到性格的核心就有了结构人物性格的焦点，用“糖球滚芝麻”的方法，将一切对性格有作用的生活细节，如同芝麻都滚粘在糖核上了，粘不上的一律不用……我粘贴上他爱吃大连的咸鱼饼子。因为这是大连海边居民的普通饭菜，不仅联结了夫妻烧火做咸鱼饼子的情感戏，而且联结了在异国他乡牵动人物的故土之情。在美国他怀恋吃咸鱼饼子的时光，让人联想到人物情感深处的乡情。看似生活的细节，我反复使用了多次，目的皆为创造人物性格。另外，在剧本里我有意赋予了刘长春“闻枪而动”的习惯动作，这是源于刘长春的起跑动作特别快，即使在他失利的奥运赛场上，他开始起跑都是在前边的。他的助手邹继豪教授向我解释，刘长春的起跑是经过德国教练布起训练过的，爆发力很强。所以我有意图地重复这个“闻枪而动”，也是有意图地揭示人物的兔子腿的性格，会给观众留下特别的印象，使人物鲜活起来。

可见，人物塑造首先需要创作者对人物有总体的把握，因为故事情节是由剧中的人物来推动的，人物的总体设计会影响到故事情节的发展。同时，故事的主题是由人物在剧中的行动、选择和思想决定的，人物总体构思完成，有利于剧中主题思想得到彰显。

《天龙八部》中的乔峰的总体设计就很好地体现了电视剧的主题思想。乔峰可以说是一个中国传统伦理体系中的完美形象。论能力，乔峰少年成名，年纪轻轻就成为江湖上第一高手，曾经统领过中原第一大帮派——丐帮，后来还成为辽国的南院大王，富有领袖气质。论智慧，虽然不能说才高八斗，但也能赋诗作词，且聪明伶俐。乔峰胸襟宽阔，当他遇见江湖上没有任何名气的段誉、虚竹时，仅仅因为意气相投，便和他们结拜为兄弟，完全不顾自己的江湖地位。乔峰义薄云天，丐帮长老出卖了他，他还愿意为这些长老流血赎罪，为了朋友不惜牺牲自己的性命。他视金钱权力为粪土，面对丐帮众人的弹劾，他并不在意地放下手中的权力。他当南院大王也是为了帮那位结拜兄弟皇帝理清朝政，并且为汉族人在辽国争取一点人权，当皇帝要求他入侵宋国的时候，他立刻挂印辞官。他为人孝顺，他的父亲萧远山从小就将他抛弃，后来萧远山为了报仇害得乔峰身败名裂，他却告诉中原武林人士自己把父亲的仇全部担上了。在爱情上，他情深义重，为了救爱人阿朱，可以独闯龙潭，不顾生死。他一生只爱阿朱一人，即便阿朱已经离世，也从来没有移情别恋，后来阿朱的妹妹阿紫对他深爱不已，他也不为所动。可以说，乔峰是一个完美的人物形象，但现实生活中，本来没有完人，这样的形象完全不接“地气”，所以，许多观众和读者对电视剧中不完美的主要人物段誉和虚竹更加喜欢。那么，作者为什么要设计乔峰这样一个不太受观众和读者欢迎的主人公呢？

其实，作者的目的就是要将美撕毁给观众看，如果乔峰不完美，那么悲剧色彩就不够浓烈。这样一个完美形象，他应该得到幸福的生活，但是观众看到的却是乔峰最终不得不在雁门关外自杀而亡。那么，我们不得不问，是什么将这样一个完美的人物逼上了绝路呢？那就是乔峰的身份，他是契丹人，但是汉族人将他养大，培养成才，他有契丹的身体，却具有汉族人的思想，这使得他不得不生活在巨大的冲突之中，他的自杀让观众意识到，民族仇恨究竟有多么的残忍，让这样一个完美的人一生不幸。这样，故事的主题通过人物的总体设计得以彰显。

二、利用人物行动塑造人物

故事总是展现人物做了什么事情，这就是人物在剧情中的行动线索，那么什么样的人做了什么事情，就是在塑造人物了。因此，给人物设计个性化的行为是塑造人物的关键。

（一）利用人物日常生活行为塑造人物

看过香港拍摄的1983年版电视剧《射雕英雄传》的观众一定对电视剧中的人物记忆犹新。例如，影片在原著的基础之上对郭靖与周伯通的第一次见面做了一些改变。郭靖来到桃花岛找黄蓉，结果误入桃花阵，不小心闯入了周伯通所住的山洞。周伯通一人分饰两角，先蒙着头告诉郭靖有人要把他大卸八块，然后又装作凶手问郭靖有没有看见一个老头。郭靖稀里糊涂地给他指了路。然后周伯通又立刻装回蒙头老人责怪郭靖出卖他。这样，通过周伯通的行为，将“老顽童”的形象迅速地展现在观众眼前。在原小说中，周伯通是一个武痴，喜欢跟人比武，而电视剧也对周伯通喜欢比武的性格做了生动的刻画，但也有一定的改变，那就是周伯通在比武的时候，经常比到一半不分胜负的时候就告诉对方自己不玩了，这反而让对方心痒痒，这也凸显了“老顽童”的性格。

“北丐”洪七公的趣味性就在于他的“贪吃”。郭靖和黄蓉行走江湖，偶遇洪七公，黄蓉希望能够让郭靖学得洪七公的本领，然而洪七公虽然喜欢郭靖的善良、勇敢、正义，但嫌郭靖太笨，害怕他丢自己的脸，不愿意教郭靖武功。这时，黄蓉就以做好吃的给洪七公以换得一招“降龙十八掌”。这一简单的诱惑就让洪七公将“降龙十八掌”的大部分秘诀传给了郭靖。后来，洪七公被“西毒”欧阳锋打成重伤，武功尽失。然而他对这一切并不在意，唯一念念不忘的是南宋皇宫中的珍馐美味，于是冒着生命危险，潜伏到皇宫中偷吃。电视剧与原小说相比，更加强化了洪七公的这一特征，让一代英雄、正义的化身拥有这样的“小癖好”反而让观众觉得这一人物生动有趣。

由美国编剧迈克·韦布和迈克尔·科勒里联合编剧，吴宇森导演的经典美国动作片《变脸》，很好地塑造了恐怖分子卡斯特·特洛伊的形象。卡斯特心狠手辣、阴险狡猾、自私自利，却性感迷人、情商很高，当他和联邦调查局警长肖恩·阿切尔互换身份后，他那不拘小节的性格，反而受到了阿切尔身边的人欢迎。例如：

A. 卡斯特第一次接触阿切尔的女儿杰米

内景　杰米的房间　白天

杰米掐灭了她的烟——

杰米：我收到你的 E-mail 了，卡尔。那首诗很甜——（瞥见门口的卡斯特）等一下……（她想关上门，卡斯特却把脚卡在门边）

杰米：我再打给你。（对卡斯特）你不尊重我的空间。

卡斯特：我进来了，贾尼。

卡斯特险恶地逼进了房间。

杰米："贾尼！"

卡斯特瞥见一个枕头上绣着的她真正的名字。他挑逗地看着她，当他走过来时，杰米有些胆怯。

卡斯特：我觉得你没听我说……杰米……你这儿有我想要的东西……

他向她逼近，从她身后走过。他从桌上拿起一盒烟。

杰米：这些是克莱丽莎留下的。

卡斯特（耸了耸肩，点了一支烟）：我不会告诉妈妈的，如果你也不说。

杰米：你什么时候开始吸烟的？

卡斯特：你还会看到好多变化——（吐出一个完美的烟圈）爸爸改头换面了。

杰米看着他，非常吃惊，卡斯特走了出去。

B. 卡斯特"立功"后走进办公室

内景　联邦调查局工作区　白天

一位同事对卡斯特竖起大拇指，其他人微笑着——但是他们都知道最好不要鼓掌。

卡斯特：你们都没看电视吗？为什么没有掌声？！

他们都面面相觑，有些害怕。但是卢奇·卢米斯率先拍手，于是其他人也开始激动地鼓掌。

卡斯特：——卢米斯，布兹，嗯——万达……你们所有人，我从心底感谢你们。谢谢你们这些年来忍受我这个讨厌的粗人。从现在开始——我获得新生。

万达：肖恩·阿切尔脱胎换骨……

疯狂的掌声被兴奋冲过来的金打断了——

金：长官……白宫的电话。

卡斯特装作很吃惊，仿佛不知所措的样子。然后他昂首阔步地走向办公室，经过金时停下来戏谑地在她臀部拍了一下，使她有些意外。

C. 卡斯特与阿切尔妻子伊芙的约会

内景　阿切尔的家　夜

疲惫不堪的伊芙打开了门。屋里很黑。她摸索着寻找灯的开关……一根火柴点燃了，卡斯特开始点蜡烛。餐桌上摆放着烛光晚餐。他微笑着，而伊芙有些惊异。

卡斯特：别告诉我你忘了，伊芙——今天是约会日？

饭厅　稍后

在一阵尴尬的沉默后，伊芙从她的座位这边抬起头来。

伊芙：为什么我感觉这是一次我毫不知情的约会？

卡斯特：有必要保留一丝神秘感，事情才会难以预料。

伊芙看着他，卡斯特给她斟上更多的酒。她的笑容渐渐消失，她猜到了原因。

伊芙："难以预料"？你总是像海浪一样难以预料。（认真地）这次你又要走多长时间？！

卡斯特：走？！

伊芙：不就是这样吗？倒酒，做饭——你的另一个任务？！

卡斯特：我哪里也不去。

伊芙：你总是这样说——然后你就走了。

卡斯特：我想这是我活该。肖恩·阿切尔是世界上最粗心、最不温柔的丈夫。

伊芙：肖恩，这不是真的——

卡斯特：这当然是真的，但是我想要改！我现在想单独跟你在一起，我想要看蜡烛在你美丽的——

卡斯特说不出来伊芙眼睛的颜色。

他假装浪漫地向前靠了靠，我们知道真正的原因——

卡斯特：——棕色的眼睛里舞蹈。

他吻着她的头发，然后是她的肩、她的皮肤。她有些激动，却又很小心。

所以卡斯特更进一步——

卡斯特：我希望一切都很好……当我告诉你我升职了。

伊芙：你怎么了？！

卡斯特：其实还没有。但是拉扎罗已经老了——他不可能一直在那儿。而我渴望更上一层。

伊芙：肖恩……这样很好。

卡斯特：所以说，我哪里也不去。除了和你一起上楼……

阿切尔为了报儿子被杀之仇，不断地逼迫自己工作，希望尽快逮捕卡斯特归案，他的自我逼迫让自己的家人和下属感到"压力山大"。在家里，他没法跟妻子、女儿沟通；在工作单位，他时时板着一张脸，事事逼迫下属迅速行动，让下属们喘不过气来。而当卡斯特变脸成了阿切尔，冒充阿切尔进入其生活的时候，他很快就发现了阿切尔的问题，他通过和女儿一起抽烟改变了两人僵持的关系，通过感谢下属、性骚扰女下属的行为给下属们解了压，通过策划与妻子伊芙浪漫约会，使伊芙重燃激情之火。这些日常生活行为，让卡斯特"油滑"的性格展现出来，一反恐怖分子的变态形象，反而让观众感到有意思。

（二）通过危机和两难选择塑造人物

美国著名电影编剧教父罗伯特·麦基在其经典著作《故事：材质、结构、风格和银幕剧作的原理》中论述道：

"人物设计应从下面两个主要方面的安排出发：人物塑造和人物真相。重复一遍：人物塑造是所有可观察到的素质的总和，是一个使人物独一无二的综合体，如外表特征加上行为举止、语言和手势风格、性别、年龄、智商、职业、个性、态度、价值观、住在哪里、住得怎样。人物真相潜伏于这一面目之下。撇开他的人物塑造特征不谈，这个人本质上是什么样的人？忠诚还是不忠？诚实还是虚伪？充满爱心还是冷酷无情？勇敢还是怯懦？慷慨还是自私？意志坚强还是意志脆弱？

"人物真相只有通过两难选择来表现。这个人在压力之下选择的行动，会表明他到底是一个什么样的人——压力愈大，选择愈能深刻而真实地揭示其性格真相。"

在电视剧《射雕英雄传》中，有一段情节，郭靖在黄蓉的指点下大败完颜洪烈的部队报了父仇之后，成吉思汗给郭靖下了一道密诏，待灭了金国后拆开看。郭靖回家后，母亲李萍听说密诏之事，感觉不对，于是把密诏拆开一看，上面居然写着让郭靖在灭金之后，立刻带兵突袭南宋，灭宋成功后封郭靖为宋王。母子俩立刻决定逃回南宋，向南宋政府揭示成吉思汗的野心，没想到成吉思汗早料到郭靖可能有此行为，派人设下埋伏，将郭靖母子逮捕。在成吉思汗的帐篷中，成吉思汗对郭靖母子恩威并施，教训郭靖，说他是蒙古人养大的，其实就是蒙古人，成吉思汗待他恩重如山，将自己最喜欢的女儿嫁给他，封他为“金刀驸马”，还任命他为大将军，将来还要封他为宋王，说自己把郭靖当作自己的亲儿子。蒙古男人个个都是英雄好汉，相反，南宋政府腐败不堪，完颜洪烈勾结南宋政府官员害死了郭靖的父亲，汉族官员为了一点小利不惜出卖自己的同胞。成吉思汗正在训斥，让重情重义的郭靖不知所措。这时李萍告诉成吉思汗自己来给郭靖做思想工作，她让郭靖拿出当年丘处机送给郭靖的出生礼物——刻着郭靖名字的匕首。李萍向郭靖回忆当年丘处机、杨铁心和郭靖的父亲郭啸天都是英雄好汉，因为爱国而意气相投成为好朋友，郭靖和杨康的名字就是丘处机取的，目的是让他们不要忘记北宋的“靖康之耻”。母亲告诉郭靖，杨康的悲惨下场正是因为其认贼作父，出卖民族造成的，让郭靖千万不要走杨康的老路。说完，李萍便抽刀自杀。李萍的自杀，将其性格塑造推向了极致。李萍在电视剧中是一个次要人物，她的主要作用就是将郭靖养大，但她的性格与杨康的母亲包惜弱的性格形成鲜明的对比。包氏虽然也深爱夫君杨铁心，但当她听完颜洪烈说杨铁心已死的时候，最终还是为了让儿子杨康有好的生活环境，委身于完颜洪烈，正是因为包惜弱无民族意识的选择客观上把杨康引上了一条不归路。而李萍在影片中表现得十分坚强，不仅在段天德的屠刀下保住了自己的性命和郭家唯一的血脉，还在条件极其恶劣的蒙古草原靠自己将郭靖养大，在客观上指引郭靖走上一条正确的人生道路。

在国产电视剧《潜伏》第一集中，无论是主人公余则成还是次要人物余则成的老师吕宗方，这些人物的塑造都比较成功，编剧多次将他们推向危机和两难之中，成功地展现了人物性格。例如，在影片开始，观众知道故事的时代背景是抗战接近尾声，国共矛盾逐渐紧张，而余则成是一位军统特务。观众还知道，左蓝是余则成的未婚妻。一天，余则成奉命监听民主人士林怀复家的民主集会，当听到“孟先生”进林怀复家后，立刻打开窗帘向埋伏在外面的军统特务发信号，这样军统特务就一起涌上去，将这些民主人士和孟先生一网打尽，没有想到……

17. 阁楼　日　内

余则成边听边记录。这时他听到又有人进来了，大家在寒暄、介绍。这时，余则成竟然听到了这样的介绍……这位是中央公校的左蓝，外语很好，贯绪尔的《我看中国革命》一文就是她翻译的。

余则成一脸惊惧，下意识地摁住耳机。

接着他听到了左蓝的声音：你好，宋先生，延安那边还好吗？

宋先生：很好，你介绍过去的那几个进步学生都很优秀，能唱能跳，觉悟也高。

余则成听着有些发毛。这时又有人进来，余则成听到了林怀复的声音：哎呀，孟先生，您终于来了。

孟先生：对不起，迟到了一会儿，路上好像有尾巴，我绕了一大圈。左蓝，还好吗？

左蓝：我很好，孟先生你还好吧？

余则成立即摘下耳机，来到窗前，要打开窗帘，这时他犹豫了。耳机里传出电话铃声，余则成戴上耳机继续听。

林怀复接听电话的声音：对，这是林宅，你找哪位？

余则成可以听到隐隐约约的电话声音，但听不清楚。接着是林怀复：孟先生，找您的。

孟先生：找我的？没有人知道我在这呀。接着是孟先生的声音：喂，你是哪位？

安静片刻。接着是孟先生的声音：快，马上离开，军统特务很快就到，从后门走，那边有个集市，大家尽快分散。接着是忙乱的声音。

左蓝：林老师，我留下来吧，如果特务来了，我可以帮您周旋。

林怀复：都走，谁也不用，我自己在家看书他们能怎么样我？你快走左蓝，快。

又是一片忙碌的声音，余则成思索，急忙到背阴的窗口看出去。

18．楼下 日 外

孟先生等人快速离开，左蓝在指挥大家离开的路线。

19．阁楼 日 内

余则成迅速到另外一个窗口，看着紧闭的窗帘，销毁录音，片刻，他才打开窗帘。

对于余则成来说，自己是国民党军统特务，而自己的未婚妻原来跟共产党交往密切，并且此时就在林怀复家，这次他的任务就是来抓他们的。那么余则成应该如何选择呢？最终，余则成冒着杀头的危险选择了爱情，这样，余则成极重爱情的性格就展现在了观众眼前。

吕宗方是一位潜伏在军统中的地下党员，在第一集的前半部分，观众并不知道他的身份，只知道他懂官场、忠于国民党、爱护自己的学生余则成，但是当他带领余则成到南京执行暗杀任务时，他突然在余则成的眼前被杀害，他地下党的身份被揭示让观众吃惊，然而在吃惊的同时，更被他的品格所震撼。吕宗方的行动是放在暗线中讲述的，而正是因为放在暗线中，观众在组织信息时才能真正地了解吕宗方。

38. 街道　日　外

余则成走来，抬眼，看见不远处的“喜乐会浴池”。

余则成看表，差五分五点，他打开报纸看着。

这时突然传来枪声，余则成一惊，观察。

又是一声枪响，二楼浴室的一扇玻璃窗户被击碎，接着一个人从窗户里跳了出来。

余则成一惊，周围的路人开始乱跑。

跳窗出来的人是吕宗方，落地之后，他显然腿受伤了，浴室里有人冲出门，被吕宗方开枪击倒，马路边突然冲出一个人，朝吕宗方开枪，吕宗方倒下前也开枪击中了那人左肩膀。

余则成朝吕宗方方向跑了几步，立即隐蔽在墙角观察。

这时，朝吕宗方开枪的人抱着受伤的左肩膀向已经倒地的吕宗方连开几枪，然后就迅速跑开。

他是朝余则成这边跑来的，他们擦肩而过。

一些人朝两具尸体跑去，观看，余则成也快速过去。

吕宗方已经死去了。

余则成呆呆地看着，这时传来警笛声和叫喊声，余则成抬头看着周围。

39. 街道　日　外

余则成匆匆走着，满脸悲伤。

40. 政治保卫总署大门外　日　外

余则成有些紧张，深出一口气走了进去。

41. 电讯处办公室门口　日　内

余则成进来，打量周围。

李海丰正在训斥着甲、乙、丙三人：这不是我的意思，这是陈主席和影佐的意思。

甲：处长，我家老父老母要我来养呀，再说"清乡"的时候我是立过功的。

这时，里屋电话响了，李海丰恼火地：你们都立过功，那就让丁默村和万里浪去吧。说着他回屋接电话去了。

余则成径直坐到自己的座位上。

甲、乙、丙还在小声议论。

余则成观察周围。

这时李海丰突然从里屋出来，一边穿衣服一边快速地朝外面走去。

丙急忙收拾东西：你值班吧，我去电话局。

这时电话响了，丙示意余则成接：如果找我，就说我去电话局了。

余则成只好接听：电讯处，哦，他去火车站了，他……（余则成看着丙）

丙小声地：去电话局了。

余则成只好：他去电话局了，都是刚走，我？那……那好吧。

余则成放下电话问丙：怎么了？

丙：是不是处长的？

余则成点头：是。

丙：是不是去日军司令部？

余则成：不是，说是到楼上做个什么记录。

丙松了口气：哦。

余则成：你们都怎么了？

丙叹气：日本人在抓差，去东北，将来执行潜伏任务，大家都躲着呢，你也小心点吧。

42. 会议室　日　内

万里浪、李海丰在审问左肩受伤的马奎（就是击毙吕宗方的那个人）。

余则成作为记录员坐在马奎的侧后方。

李海丰在看吕宗方的照片：这个人叫吕宗方，我认识，军统行动处策反科科长。

马奎意外：对。

万里浪：谁让你杀他的？

马奎：我有我的上级。

万里浪：你们都是军统的，为什么自相残杀？

马奎的肩膀很疼，他忍着：军统在南京有个秘密策反据点，专门培训去延安执行特殊任务的人，两个月前，派去的九个人，很快就被延安破获了，抓了八个。上面很恼火，开始调查，昨天一个中共叛徒供出了他，上面决定除掉他，就这样。

余则成惊呆了，他努力掩饰。

李海丰：吕宗方是中共的人？

马奎：这不稀奇，他这时候来南京，就是为了调查第二批秘密去延安的人。

万里浪：放屁，据我们所知，他还另有使命。

余则成低眼观察。

李海丰突然跳了起来，拔出手枪，上前顶在马奎的头上：你他妈知不知道，他来南京是要杀我的。

马奎害怕：不，这些……我真的不知道。

李海丰一掌扇倒了马奎，还在咆哮：你们晚动手半个小时，我们就能把他们一网打尽。

余则成有些紧张，不敢看。

马奎倒在地上：我们也想抓跟他接头的人，可是被他发现了，他开枪就是为了救那个人。

这个部分，作者先写吕宗方被马奎杀害，接着通过一个小插曲塑造了几个敌伪特务贪生怕死的嘴脸；然后，让观众看到马奎这个杀人凶手，知道他也是军统特务，了解马奎杀害吕宗方的原因，让观众看到马奎被敌伪逮捕后立刻全招供了；最后，通过马奎的招供让观众知道吕宗方是为了救余则成而死。

其实，这段人物塑造震撼人心。我们可以试想一下，吕宗方在“喜乐会浴池”的遭遇：他一定是一进浴池就被马奎用枪指住，马奎不会立刻杀他，因为他还在等余则成来之后一网打尽（当然，马奎并不知道其实余则成根本不是地下党）。吕宗方如果放下武器，兴许暂时还能保命，如果等马奎打死余则成之后，他接受策反也可能活下来，但是吕宗方选择了开枪，这是必死无疑的选择，最后余则成得到提醒，保住了性命。编剧还运用了反衬的手法，通过一个插曲展现了敌伪特务们贪生怕死的嘴脸，接着马奎也招供了，观众了解到马奎杀吕宗方的原因是因为军统发现其是共产党。这样，不但塑造了吕宗方的性格，而且将国共两党的巨大差异展现在观众面前。因为通过马奎的招供，观众知道，延安那边抓住军统特务是送回重庆，而军统这边抓住地下党却是无情地杀害；而且，稍微了解历史的观众应该还记得，当时国共两党在名义上还是同盟，这样对待盟友是不义之举。作为共产党员的吕宗方为救一个国民党特务可以牺牲自己的性命，而国民党特务被敌伪抓住立刻投降，两人人格上的距离就代表着两党在当时的品格差异。

三、利用人物语言塑造人物

现实生活中，我们总是说“言由心生”，什么样的人说什么样的话。例如，《儒林外史》中新任南昌知府的王惠，一上任就向前任谈起“三年清知府，十万雪花银”，其人之贪欲可想而知。鲁迅在《看书琐记》中写道：“在上海的弄堂里，租一间小房子住着的人，就时时可以体验到。他和周围的住户，是不一定见过面的，但只隔一层薄板壁，所以有些人家的眷属和客人的谈话，尤其是高声的谈话，都大略可以听到，久而久之，就知道那里有那些人，而且仿佛觉得那些人是怎样的人了。”当然，对白可以直接塑造人物，也可以间接塑造人物，真话和假话都能反映人物形象中的某一层面。

在《泰坦尼克号》中，作者通过露丝和其未婚夫看毕加索的画时的对话展现了两人格格不入的性格。

46. 内景·B层52—56套间·白天

对比之下，那个所谓的“百万富翁套间”实属王室风格，它包括两间卧室，一间浴室、厕所、衣柜间，还有一个大起居室。外面还有一个50英尺的独用散步甲板。

一个客房服务员把香槟酒倒入一只有橘子汁的郁金香花形玻璃杯里，并把“布克费兹”饮料送到露丝手里。她正在浏览她收集的画作，其中有莫奈的《睡莲》、德加的《舞女》和一些抽象派绘画，多半是些不出名的画……失败之作。

卡尔在外面有顶篷的甲板上，那儿有盆栽植物和葡萄架。他越过门道和起居室里的露丝说话——

卡尔：以后别再买那些画了，这是白白浪费钱。

露丝（看一幅立体派艺术家的肖像画）：你说得不对。它们是引人入胜的，像在梦幻中……那里有不合逻辑的真理。他叫什么名字来着？（在油画布上看到）毕加索。

卡尔（走进起居室）：他永远成不了大气候，相信我吧。至少它们不值钱。

一个搬运工把卡尔的私人保险箱（我们认得的）用手推车送进房间。

卡尔：把它送进衣柜间。

从这段对话中，观众可以看到，露丝虽然是一位落魄的贵族少女，但是长期的贵族教育让她有一定的品位，当时毕加索并不出名，但是她却能够感受到毕加索的画作的艺术价值；而卡尔是一位资产阶级暴发户，在他的眼中，画作的艺术价值并不重要，它值多少钱才重要。这段看似没有意义的对话，将两人性格上的冲突跃然纸上，为两人将来的决裂埋下了伏笔。

我们再看看《潜伏》第一集中，当在林怀复家集会的民主人士知道军统马上就要逮捕他们时，作者不忘通过对话塑造左蓝和林怀复的形象。

17. 阁楼　日　内

……

安静片刻。接着是孟先生的声音：快，马上离开，军统特务很快就到，从后门走，那边有个集市，大家尽快分散。接着是忙乱的声音。

左蓝：林老师，我留下来吧，如果特务来了，我可以帮您周旋。

林怀复：都走，谁也不用，我自己在家看书他们能怎么样我？你快走左蓝，快。

又是一片忙碌的声音，余则成思索，急忙到背阴的窗口看出去。

从这段对话中可以看到，在危难时刻，像左蓝、林怀复这样的民主人士并不是各顾各地逃命，而是互相掩护，宁愿牺牲自己也要让战友们脱身。

我们再看看，在《潜伏》第一集中，有一个刚出场就死了的次要人物张名义，他因为不愿意和李海丰一起逃亡到日伪那边去，而被李海丰杀害。李海丰的叛逃在军统中引起轩然大波，局长戴笠亲自调查。

10. 戴笠办公室　日　内

吕宗方面对戴笠：张名义的老婆说，李海丰曾经鼓动张名义跟他一起投靠日本人，张名义跟老婆商量后，决定不跟李海丰走。李海丰离开重庆时给了他三天时间，说如果想叛逃就跟一个什么人联系，如果不想叛逃也跟那个人联系，说明一下，那个人就不等他了。张名义已经死在医院了，我估计他是见了那个人，表明自己不愿意叛逃，所以就遭到暗杀。

戴笠：他为什么要鼓动这个张……

吕宗方：张名义，因为张名义是李海丰的内弟。

戴笠沉闷地：这个张怎么不早说，该他死。

剧本通过吕宗方和戴笠的对话，让观众了解到张名义被杀的原因：他的姐夫李海丰要他一起叛逃，但是张名义决定不叛逃，但他也没有去揭发自己的姐夫，这样的行为虽然是对国家不忠，但是情有可原，因为他不想看到自己的亲人被正法。而且，他在临死前，也向组织汇报了情况，至少他洁身自好，没有当汉奸。张名义念亲情放了李海丰一马，李海丰居然恩将仇报，丧心病狂地杀害了他。可以说张名义已经够惨了，而戴笠却来了一句“这个张怎么不早说，该他死”，让人感到心寒。戴笠心狠手辣的性格就因为这一句话得到凸显，这不得不让人联想到，当时像戴笠这样的人居然身处国家重要岗位，难怪国民政府会尽失民心。

有时候，人物的谎言、违心的语言，对人物塑造也有积极的作用。在美国电影《林肯》中，编剧托尼·库什纳成功塑造了撒迪厄斯·史蒂文斯这位政治人物形象。撒迪厄斯·史蒂文斯是美国内战时期联邦众议院议员、共和党激进派领袖，他在美国内战和战后南方重建初期，全力以赴地为彻底摧毁南方的奴隶制度而进行了坚持不懈的斗争，从而为美国黑人的解放事业做出了巨大贡献。剧本围绕着美国议会通过宪法第十三修正案这一历史事件来叙述故事，这个修正案第一款规定：“在合众国境内或属合众国管辖的任何地方，不准有奴隶制或强制劳役存在，惟用于业经定罪的罪犯作为惩罚者不在此限。”剧本通过大量的情节展现美国白人对赋予黑人平等的权利的反对，在美国议会中民主党议员使用各种手段反对第十三修正案通过，因此，如何拉拢议会中的中间派对第十三修正案的顺利通过极其关键。中间派同情黑奴，希望废除奴隶制，但骨髓中的种族歧视观念又让他们对赋予黑人公民平等的权利持保守态度。剧本的前半部分通过行动和语言塑造撒迪厄斯·史蒂文斯是一位激进的废奴主义者，在语言上对种族主义者毫不留情。然而，激进的思想，特别是他主张人人平等的思想很容易引起中间派的不满，让中间派怀疑第十三修正案的目的是赋予黑人与白人同等的权利。民主党派保奴派代表费尔南多·伍德等人计划在众议院会议上利用撒迪厄斯·史蒂文斯的激进思想打击共和党派拉拢中间派，于是便有了下面的对话。

内景　国会众议院议事厅　上午

议事厅里一片嘈杂、人头攒动。报社记者在旁听席的前排筑起一道人墙，笔记本在手，随时准备记录。

字幕：众议院，1月27日

阿什利、科尔法克斯和史蒂文斯走向史蒂文斯的桌子。科尔法克斯朝旁听席的记者点头示意。

斯凯勒·科尔法克斯：《世界报》《先驱报》《纽约时报》，还有《商业日报》，就连你家乡的报纸都来了。

詹姆斯·阿什利（对史蒂文斯）：就说你只认为所有种族在法律上平等，不是种族平等，我恳求你，先生，做出妥协，否则我们不得不孤注一掷。

史蒂文斯看见玛丽和凯克利太太请两名记者让出了前排的位置。

内景　国会众议院议事厅　稍后

讲台上的史蒂文斯正在接受站在座席上的费尔南多·伍德的质疑。

费尔南多·伍德：我向你提出了一个问题，史蒂文斯先生，你必须回答。你是否认为，"人人生而平等"这条原则表达的就是字面的意思？

所有目光都聚集在史蒂文斯身上，议事厅里静悄悄的，唯有唰唰的写字声。记者们已经开始记录。

费尔南多·伍德：这不是修正案的真正目的吗？实现你狂热的终极梦想——提升……

撒迪厄斯·史蒂文斯：修正案的真正目的吗？伍德先生，你这人如其名、不长脑子、就会处处刁难的家伙？

费尔南多·伍德：你一直坚持认为，史蒂文斯先生，黑人和白人是一样的。

撒迪厄斯·史蒂文斯：修正案的真正目的……

史蒂文斯抬头看旁听席，看看等待中的记者们、扬起双眉的玛丽，再看看座席上的阿什利和利顿。苏厄德在旁听席上关切地注视着。

史蒂文斯转头面对伍德。

撒迪厄斯·史蒂文斯：我不认为众生一律平等，只认为法律面前人人平等，仅此而已。

费尔南多·伍德（吃惊地）：这不是实话！你认为黑人和白人是完全平等的。你说过无数次……

乔治·彭德尔顿(跳了起来):无耻!无耻!别再闪烁其词了,回答伍德议员的话!

撒迪厄斯·史蒂文斯:我不认为众生一律平等,只认为法律面前人人平等,仅此而已。

乔治·彭德尔顿(站着):你几十年都在代表黑人热烈鼓吹……

詹姆斯·阿什利(霍然起身):他已经回答了你的问题!这次修正案与种族平等无关。

彭德尔顿在喝彩声和嘘声中继续追问。

乔治·彭德尔顿:长久以来你一直坚称,黑色人种和白色人种没有区别,没错吧?

撒迪厄斯·史蒂文斯:我不认为众生一律平等,只认为法律面前人人平等,仅此而已。

包括文特纳·利顿、旁听席上的一群妇女参政权论者和凯克利太太在内的修正案支持者,都以言语或神情对史蒂文斯的妥协表现出震惊和沮丧。

玛丽(对凯克利太太耳语):谁能想到这个噩梦般的老头子竟能如此自制?有朝一日他或许能成为政治家……

伊丽莎白·凯克利(猛地站起来):我要走了。

玛丽吃了一惊。凯克利太太挤过记者们,离开旁听席。议员席上——

乔治·彭德尔顿:凭你现在妄图哄骗我们的行径,你根本不配当议员。事实上,你不配当白人。

撒迪厄斯·史蒂文斯(假意对他的怒火表示让步):我怎么能认同人生而平等,因为眼前(指一下彭德尔顿)就站着一位浑身散发着道德腐败恶臭的俄亥俄绅士,证明有些人的确是低劣的,被造物主赋予了愚蠢的头脑,他们不能接受理性的思考,血管里流的是惨白的黏液,而不是鲜红的热血!你更像爬虫,而不是人,彭德尔顿,你是如此渺小与低下,以至于人的脚都没法碾碎你!

全体骚动起来。

乔治·彭德尔顿:你居然敢出口伤人!

撒迪厄斯·史蒂文斯:但即便是你,彭德尔顿,早就应该以叛国罪上绞刑架的人,即便是一无是处、一钱不值的你,在法律面前也应该得到公平的对待!因此,先生,我再一次,再一次,再一次重申:我不认为众生平等,只认为法律面前人人平等。

议事厅炸开了锅：笑声、掌声、嘘声。

阿什利坐在那儿，如释重负，几乎落泪。

乔治·彭德尔顿：议长先生，您要是放任这个卑鄙粗野的家伙诋毁我、威胁我……

记者们纷纷收起记事本，事情很有趣，但是没有新闻价值，只有少数人不厌其烦地记录下来。

史蒂文斯一瘸一拐地从热烈鼓掌的共和党人中间走过。他抬头看旁听席，玛丽正赞赏地向下看。他垂下目光，不让她看见自己的笑容。

在剧本中，史蒂文斯是一个尖酸刻薄的人，但是他的尖酸刻薄总是在面对愚蠢的保奴派才展现出来，他理想坚定、坚忍不拔，然而在政治上还不够成熟，在积极推进第十三修正案的过程中，在与林肯的接触中，他逐渐明白了一个道理，那就是很多时候为了理想只能牺牲自己的尊严，只能进行一定程度的妥协。于是，在众议院的会议上，阿什利求史蒂文斯妥协让步，史蒂文斯在与伍德和彭德尔顿的辩论中，终于说出了“我不认为众生一律平等，只认为法律面前人人平等，仅此而已”，并且重复了 3 遍。作者利用玛丽的评价：“有朝一日他或许能成为政治家……”来突出史蒂文斯此时的转变，“阿什利坐在那儿，如释重负，几乎落泪。”这个动作既展现了史蒂文斯这句“谎言”的政治价值，也展现了史蒂文斯“谎言”的感人效果，因为要一位自尊心极强、对理想坚定不移的人妥协是一件很不容易的事情，这句“谎言”与史蒂文斯原来的正直不阿的性格形成了鲜明的对比，因此这段对话让观众更加感受到了史蒂文斯的伟大品格。

第三节 人物语言

人类的语言是人与人之间进行信息交流和情感交流的主要渠道，因此，在剧本中推动故事发展、塑造人物形象需要人物语言，观众了解故事信息也主要依靠语言。在剧本中,人物的语言包括对白、旁白和独白,这些语言会占据剧本绝大部分的篇幅,下面我们就对人物语言的功能和要求做简单的介绍。需要说明的是,影视剧本中很少使用独白,而且它的功能与旁白很相似,所以这里我们就不专门介绍独白。

一、人物对白

所谓对白是指剧作中两个或两个以上的角色之间用于交流的话语,它是影视剧有声语言的主体。

(一)人物对白的功能

人物对白有交代信息、推动情节和塑造人物三种功能,塑造人物的功能我们已经在上一节做了介绍,这里我们主要介绍交代信息、推动情节这两个功能。

1. 交代信息

在影片的故事情节中,有一些信息是必须在影片中展现的,但也有很多信息只能作为暗线而存在,这些暗线可能是生活的内容或者事件的过程。但因为剧本的篇幅限制、风格限制或者结构上的限制,这些暗线信息不能很详细地展现在剧本之中。但是,如果没有这些信息的交代,剧情将会有不合理之处,或者不利于塑造人物形象。而通过人物的对白,可以将一些不必要占篇幅但又必须交代的信息展现出来。例如,情节发生的时间、地点,故事的时代背景、人物及其关系,以及省略的但又必须让观众了解的事情,等等。

在《潜伏》第一集的开端部分,作者利用余则成监听林怀复家的对话介绍了故事发生的时代背景。

2. 阁楼　日　内

余则成的手在调试监听设备的音量旋钮,耳机中出现了林怀复说话的声音。

林怀复(OS):……据我所知,参加旧金山会议的代表,蒋介石早就内定了,有宋子文、顾维钧、王宠惠、胡适等8个人。多无赖的决定呀,怎么能没共产党的代表呢?别说这是国际事务了,就算在袍哥帮会里做这种过河拆桥的事，也会有人骂娘的，不仗义嘛。

余则成一边听一边记。

窃听设备的连线，从设备后面顺着墙壁往上，然后进入顶层缝隙，在缝隙里延伸。

3. 林怀复家　日　内

连线经过缝隙，进入林家的吊灯，这是安装有窃听器的地方。

六七个中年激进人士在听。

林怀复：周恩来跟赫尔利说过代表团必须要有中共的人，而且很具体地提出了周恩来、董必武、秦邦宪三人必须参加，他们置之不理。周恩来给王世杰的信里措辞很强烈，说中共坚决反对此项分裂之举措。

人物甲开玩笑：周恩来给王世杰写信的内容你都知道呀，小心《中央日报》又要说你造谣了。

林怀复：造谣的是他们，我的话都是有根据的，政府上层我也有关系。我林怀复打探消息的能力不比那些军统特务差。

……

7. 阁楼　日　内

余则成从窗前思考着回到监听设备边，烦闷地拿起耳机接着听。

林怀复(OS)：抗战胜利在即，国共关系处在一个十字路口，许多人面临着新的抉择。

甲(OS)：是呀，前不久我外甥在津浦路战役中率部起义，投向了共产党。家人诧异，眼看就要过好日子了，为什么要投共呢？我说，越是这时候，越能看出人心的向背，过去的年轻人认为只要抗日，就是革命，而现在不一样了，抗战胜利后，年轻人如何看待革命，就很难说了，国共之间必须做出一个选择。

余则成听着深有感触。

这个段落放在影片的开端处。通常情况下，开端需要带入观众，让他们了解故事发生的时代背景，但是又不能表现得太刻意和太独立，因此，作者在这里将交代时代背景的篇幅用在主人公余则成的工作——监听民主人士集会——之中，很自然地通过林怀复等民主人士的谈话了解到，故事发生在抗日战争末期，国共两党的矛盾逐渐上升为主要矛盾。

有些人物关系的展现，也可以通过对白让观众了解。例如，由科恩兄弟编剧的《醉乡民谣》中，作者想要展现民谣歌手勒维恩·戴维斯的潦倒，影片一开始，不但展现了勒维恩·戴维斯无家可归，也展现了他的个人生活极端混乱。吉恩是勒维恩的好朋友吉姆的妻子，但是勒维恩却背着吉姆和她偷情。这段关系并没有必要作为情节展现在荧幕上，但补充这段情节能够让观众对勒维恩·戴维斯当前潦倒生活的雪上加霜加强认识。

街道

他们沿着华盛顿广场北街向前走，勒维恩穿着借来的外套。

吉恩：我不知道。

勒维恩：你不知道是不是我的？

吉恩：是的，我怎么会知道？

勒维恩：所以也可能是吉姆的。

吉恩：没错！混蛋！

勒维恩：但是不管怎样你都不想要这个孩子。这一点很明确。

吉恩：很明确的一点是，混蛋，你他妈的混蛋，如果是吉姆的孩子我会非常想要。这是我一直想要的，但是我不知道是谁的。你跟我上床，而且很可能让我怀孕了，把事情搞得一团糟，但是即使孩子不是你的，我也没办法知道，所以我不得不打掉这个有可能完美无缺的孩子。我想要的孩子，因为凡是你碰过的东西都会变成垃圾，你就像迈达斯国王的白痴兄弟。

勒维恩：好吧，我明白了。

吉恩：你认识一个医生，是吧？

勒维恩：是。

吉恩：是那一次——叫什么的——戴安那次认识的。

勒维恩：是。

吉恩：你付钱？

勒维恩：好。

吉恩：不能告诉吉姆，很显然。

两人沉默着走了一会儿。

吉恩：我应该让你戴两个避孕套，唔——一开始我们就不应该那么做。但是如果你再碰到这种事——为了所有女人着想，你就不应该这样做，但是如果你真的要做，你一定得戴上两个避孕套。再缠上绝缘胶带。你就该给自己套上一个大大的避孕套，走得远远的。因为你就是一坨屎。

勒维恩：好。

吉恩：你不应该和任何活物接触，作为一坨屎。

两人走了一会儿。

勒维恩：你知道有种说法叫一个巴掌拍不响。

吉恩：去你妈的。

又走了一会儿。

勒维恩：我想说，我们应该在你心平气和的时候谈这个，不过那会在……那会在……什么时候……

吉恩：去你妈的。

他们继续走。

吉恩：我想念迈克。

勒维恩：能请你帮个忙吗？

吉恩：你在开玩笑。

勒维恩：不是帮我，是帮戈法因。他们的猫跑了，你能不能开着太平窗不关？

她瞪着他。

吉恩：现在是冬天。

勒维恩：只要能够让猫进入就行，让它能钻进去，它会回去的。

吉恩：回去？回我们的公寓？它好像只在那里待了几个小时。为什么它会回那里？

在两人的对话中，勒维恩第一次表现出焦虑。

勒维恩：我不知道，我又不是那该死的猫！你想想吧，我把他们的猫弄丢了！我觉得很难受。

吉恩：你就为这个感到难受？

2. 推动情节

推动剧情的发展是对白最基本的功能。在一部影视剧中，剧情的发展可以通过动作来展现，也可以通过对白来实现。比如侦探片中，最后侦探揭示犯罪情节的推理往往是影片中最精彩的部分；在爱情片中，关于爱情的陈词也往往是影片的感人之处。过去，不少研究者和创作者强调为突出影视的视听特性，应该减少对白的运用。实际上减少对白可以形成影片的某种风格，但是如果要求所有的影视剧都按照同样的风格来拍摄就有点偏颇了。随着家庭和个人媒体的发展，在某些时候，观众很难全身心地投入影片之中，有时观众因为正在做其他的事情而忽略了关键的叙事镜头，从而造成观众不能连贯影片情节的情况发生；而且很多时候，观众实际上是在听故事。所以，在电视、电脑和移动媒体逐渐成为常规观影手段的今天，对白的叙事作用变得越来越重要。

我们以美国经典电影《肖申克的救赎》为例，在该影片中，许多关键的情节甚至情节点都是用对白完成的。影片的主人公安迪因为谋杀妻子及其情夫而被判无期徒刑，被关押在肖申克监狱，本来他只能作为一个平凡的罪犯在监狱中度过余生，然而剧情需要他越狱，如何越狱？犯人、狱警都盯着他呢！所以他必须在监狱中有特殊的地位才更有可能越狱。于是有了下面的情节：

54. 外景，房顶，白天，1949

沥青桶被在房顶上干活的犯人拽上来。

他们用大刷子将沥青铺开。镜头转向哈德利，他正在和其他狱警发着牢骚——

哈德利：……所以这个白痴律师从得克萨斯打来长途电话问，是拜伦·哈德利吗？我说，是。他说，很抱歉通知你，你的哥哥去世了。

扬布拉德：哦，天哪。我为此感到难过。

哈德利：我可不觉得。他是个混蛋。很多年前就离家出走了，从此一直没有他的音信。我们都还以为他早死了呢。那蠢货律师还说，你哥哥死时留下了不少遗产。有油井什么的，大概值上百万美元。上帝啊，这真他妈难以置信，他这样的混蛋竟然如此走运。

特劳特：一百万？天哪，有你的吗？

哈德利：三万五。给我的就这些。

特劳特：美元？天哪，太好了！好像中了彩票……（看见哈德利不愉快的眼神）……不是吗？

哈德利：他妈的，你知道政府会怎么对付我？他们会狠狠地敲去一笔。

特劳特：噢，这我没想到。

哈德利：也许剩下的还够买辆新车。然后呢？还要交税，花钱修理和维护。该死的孩子们会吵着让你带他们出去兜风……

默特：等到了岁数，还会吵着要开呢。

哈德利：没错，要开，要用它学车。天哪！到了年底，如果算错了税额，还得自己掏腰包。山姆大叔把手伸进你的衬衫，猛挤你的奶子，挤紫为止。永远都不公平。这就是事实。（吐了口痰）什么他妈兄弟。

犯人们还在铺沥青，眼睛盯着自己干的活。

海伍德：可怜的拜伦。看来也不过就是个过路财神。三万五美元也就是想想吧。

雷德：倒霉，可怜虫。

雷德瞥了一眼——惊讶地发现安迪站在那儿，听着狱警们的对话。

雷德：嘿，看什么？干自己的活儿！

安迪将刷子扔进桶里，慢步朝哈德利走去。

雷德：安迪！回来！见鬼！

斯努兹：他要干什么？

弗洛伊德：找死。

雷德：见鬼……

海伍德：接着铺沥青……

安迪继续靠近，狱警们紧张地僵直在那儿，扬布拉德伸手抓住自己的枪套。监视塔上的警卫也做好了开枪的准备。哈德利转过身，惊讶地发现安迪就站在他身后。

安迪：哈德利先生，你信任你的妻子吗？

哈德利：真可笑。如果你他妈掉没了牙吹我的喇叭就更他妈可笑了。

安迪：我的意思是，你觉得她会背着你干什么事儿吗？或者说她会不会背叛你？

哈德利：好了！让开点儿，默特。这个混蛋要自找麻烦。

哈德利揪住安迪的领子，用力将他推到楼顶的边缘。

犯人们继续卖力地铺着沥青。

海伍德：噢，天哪。他要把他从楼顶扔下去了……

斯努兹：噢，妈的，噢，天哪……

安迪：因为如果你真的信任她，那么你完全可以拿到那笔钱的全部。

哈德利猛然住手。事实上，安迪已经失去了平衡，鞋尖踩着楼顶的边缘，只是哈德利还揪着他的衬衫，才没从楼顶摔下去。

哈德利：你他妈最好说清楚点儿。

安迪：如果想保住这笔钱，一分不差，就把它送给你的妻子。要知道，国内收入署允许你一次性赠予，最高限额为六万美元。

哈德利：真的吗！免税？

安迪：免税。收入署一分钱也不能动。

在场的人都被这番对话惊呆了。

哈德利：你就是那个打死了自己老婆的银行家。我凭什么要相信你？当心我要了你的命。

安迪：这绝对是合法的。你可以去问国内收入署，他们会告诉你同样的话。事实上，我觉得跟你说这些很傻。我相信你自己肯定已经研究过这些事了。

哈德利：他妈的。我用不着一个愚蠢的杀妻的银行家来指点我。

安迪：当然用不着。但是你需要一个人帮你设计怎么送这份免税的礼物，比如说，一位律师，为此你要花一些钱……

哈德利：吃里爬外的律师，拼命要价的混蛋！

安迪：……或者你可以考虑，让我为你做这件事，这会为你省些钱。我会列出你需要的表格，你把它们搞来，剩下的事就交给我，你只管签名就行……我免费为你效劳。（目光离开哈德利）我只要求给我的每个同事三瓶啤酒，如果可以的话。

特劳特（大笑）：同事！听见了吗？够新鲜吧？同事……

哈德利瞪了他一眼，他不再作声。安迪接着说下去。

安迪：我觉得在户外干活的人如果能喝上瓶啤酒才更像男人。我的想法而已。

犯人们目瞪口呆地站在那儿，忘了干活。看上去他们完全被这一幕惊呆了。哈德利看了他们一眼。

哈德利：你们在看什么？都回去干活，该死的！

在这段情节中，安迪无意中听到了一位狱警聊到他获得遗产的事情和抱怨国家遗产税高的对白，所以安迪告诉狱警自己能够帮他避税。这一行为让安迪在监狱中的地位迅速提高，甚至可以直接面见典狱长。这一关键情节的推进完全依靠对白。后来，逼迫安迪下定决心越狱的情节推动也是靠对白，安迪从新来的狱友那里听说了杀他妻子及妻子情人的真凶，但是典狱长害怕安迪出狱后，自己洗钱的秘密会被安迪泄露，所以不许他申请法院重审。

182. 内景，监狱图书室，白天，1966

汤米坐在安迪和雷德对面。

汤米：4 年前，我因为偷车被判两年，在托马斯顿服刑。(停顿了一下)没剩几个月时，来了一个新室友，埃尔莫·布拉奇。那家伙有焦躁症，从眼神就能看出他的疯狂。就是你祈祷永远不要碰到的那种人，你们明白吗？他是因为持枪抢劫进来的。他声称干过百十多票。像他这么容易紧张的人，这简直难以想象，听见个响屁都会跳起三尺高。他还总是喋喋不休，没有住嘴的时候。他去过的地方，干过的活，搞过的女人，甚至他杀过的人。用他的话说，那些惹得他不爽的人。有天晚上，我跟他开玩笑，我问他“你杀过谁？”他说……

布拉奇：有段时间我在一个乡村俱乐部干活，想摸清那些阔人的底好下手。我盯上了一个家伙，晚上摸到了他家。他醒了，惹得我不爽，所以我就杀了他，还有和他在一起的那个骚娘们儿(开始大笑)，这才是最绝的！她和那家伙搞在一起，就是那个高尔夫教练，但其实她有老公！一个什么银行家。他们把罪定在了他头上！把他关进了缅因州的一个什么地方。怎么样？

布拉奇仰起头，狂笑起来。

183. 内景，监狱图书室，白天，1966

沉默。汤米讲完了。雷德惊呆了……

安迪像是被冻僵了一样站在那儿不动。

雷德：安迪？

安迪一言不发。接着，他坚定地、义无反顾地走了出去。

184. 内景，诺顿办公室，白天，1966

诺顿：行了。我不得不说，这是我听过最令人惊讶的故事。最让我吃惊的是你竟然相信了。

安迪：长官？

诺顿：很显然，这个叫威廉斯的很同情你。他听说了你的不幸，很自然地想哄你开心。他还年轻，不太明智。所以根本不奇怪，他并不知道这会将你置于怎样的处境。

安迪：我相信他说的是真话。

诺顿：让我们假设真有布拉奇这个人。你认为他会跪地承认：“是的，是我干的！我承认！无论如何，请在我的刑期上再加个终身监禁吧！”

安迪：这不是问题。有汤米做证，我就可以要求重新进行审判。

诺顿：我们不过是假设布拉奇还在那儿。很有可能他现在已经被释放了。这太有可能了。

安迪：他们也许有他的地址或者亲戚的名单……（诺顿摇摇头）这也有可能的，不是吗？你怎么这么傻呢？

诺顿：什么？你说我什么？

安迪：傻！或者是装傻？乡村俱乐部会有他的记载！纳税单上也会有他的名字的！

诺顿（站起来）：迪弗雷纳，如果你想沉溺于这个幻想，那是你的事，别来烦我。会见结束了。

安迪：你看，如果问题在此，你不用担心。我永远不会把这儿发生的一切讲出去。我为你洗钱，与你同罪。

诺顿：不许再跟我谈钱的事，你这可怜的杂种！不许在这里提起，不许在任何地方提起！（打开对讲机）来人！快点儿！

安迪：我只是想让你放心，仅此而已。

诺顿（警卫进来的同时）：禁闭！一个月！

安迪被拖走，他挣扎着，大喊着。

安迪：你怎么回事？这是我重获自由的机会，你没看出来吗？这是我的人生！你不明白吗？这是我的人生！

（二）人物对白写作的基本原则

影视剧本中人物对白的写作是一件比较困难的事，因为影视剧中的对白不是日常生活中的对话。美国著名编剧理论家罗伯特·麦基就曾说过：“现实生活中的对话总是充满着笨拙的停顿、极不规范的遣词造句、不合理的推论、无意义的重复；它很少能说明一个问题或得出什么结论”，“银幕对白必须具有日常谈话的形式，但其内容必须远远超越寻常对话”。长期以来的影视剧实践证明，人物对白应该符合以下原则。

1. 个性化

清代著名戏曲理论家李渔在其著作《闲情偶寄》一书的《词曲部·宾白第四·

语求肖似》中曾提出，人物对白写作应该“说一人，肖一人，勿使雷同，弗使浮泛”。也就是说，什么样的人说什么样的话，而且每个人物的对白要有不同之处。夏衍在《写电影剧本的几个问题》中批评早期中国电影时说：“我们的电影剧本作者写对话的时候不太考虑到人物的性格……”在“利用人物语言塑造人物”这一部分，我们已经介绍了“什么人说什么话”的问题，这里我们主要介绍剧本写作中不同性格的人说不同的话的问题。

现实生活中，每一个人说话的方式都是不同的，而影视剧作可以说是现实生活的凝练，其真实性的表现之一就是剧本中所涉及的每一个人物因为其性格的不同而说出不同的对白，即便是面对同一件事情，因为个性不同，他们说出来的话也是不同的。下面我们以《大秦帝国》第 14 集第 23 场政事堂人事调动会议为例。在这一场戏中，秦孝公为给变法派的新人腾出实权职位，专门召集老臣在政事堂开会，将所有老臣的实权地位改为虚权，大家普遍对此次人事调动不满，但是每个人的对白却有所不同。

23. 栎阳　政事堂　日　内

一只只热气腾腾的大陶碗连续摆上大案。

四只大燎炉木炭火红亮，七位新老重臣连案坐成马蹄形，每案一只热气蒸腾的大碗。

秦孝公大案移下高台，坐在马蹄形口处，与左右大臣分外亲近。

左排首案。嬴虔敞开翻毛皮袄举起大碗：今日竟有陈年米酒！来，干了！

左排次案。子岸兴奋举碗：嘿嘿，稀罕！干！

右排首案。甘龙微微皱眉。

右排末案。杜挚拍案高声：君上在此，上将军焉得无礼！

秦孝公笑着摇手：说好的，今日我等君臣不拘朝礼，只敞开说话。

右排中座。公孙贾一笑：中大夫总是一惊一乍，先喝一碗米酒有甚？

景监、车英一齐举碗：对！先暖和暖和。我俩也先干一碗！

甘龙平淡拱手：君上，今日若是窝冬闲聚，老臣这老寒腿可是坐不久也。

子岸赳赳高声：君上有事便说，我那军营里也还有一摊子烂事哩！

秦孝公一笑：好！都是老臣子自家人，我便说说。

杜挚瞪眼又揉眼，迷惑地盯住秦孝公，憋不住便要说话。

甘龙正襟危坐，猛然咳嗽一声。

杜挚一个激灵，收势肃然坐正。

秦孝公娓娓亲切：自河西撤兵，连番事端一个接一个，我等君臣始终没有一天安宁。今岁大雪早降，许能安生窝冬几日。今日聚来喝喝陈年米酒，我等君臣也说几句心里话。

车英揉搓着红脸高声：君上有话便说，我等听命便是，客套甚！

嬴虔拍案：车英大胆！有你唠叨的么！

子岸一瞪眼：小子没高低！才打了一仗裤裆便翘，还没长大！

景监黑着脸：子岸粗鄙！车英何错之有，你倒是打了几仗？

子岸拍案而起：景监！你小子不就弄来一群臭鱼烂虾么，敢欺辱老子！

秦孝公面色阴沉。

甘龙面无表情。

公孙贾目光闪烁。

杜挚兴奋得连连咳嗽。

嬴虔拍案怒喝：反了！都给我坐好！闭上狗嘴！

厅堂顿时沉寂。

秦孝公：几句闲话也尿不到一个壶里。好！我说几件事，完了自个回去折腾。

嬴虔一瞪眼：你好耐性！

秦孝公自顾侃侃：朝野皆知，求贤令召来了一群山东士子，日前官职也派了。招贤为甚？为秦国富强。秦国如何富强？只有推行新政。推行新政，免不了有人事职位之变动。

大臣们骤然紧张，个个盯紧了秦孝公。

惟有甘龙依旧淡漠，只两手使劲揉着膝盖。

秦孝公：诸位都是老臣老将，动谁都不好。渠梁反复思忖，只能将诸位擢升高职，腾出几个做事的位子，教士子们施展施展。否则，求贤令没有了结果，谁都不好看。说到底，我也拿不准新政究竟能否成功。只要诸位以大局为重，支撑新政，我等君臣便对国人、对天下、对祖先都有个交代。若三两年新政无功，自然还将借重诸位，重整大局。

杜挚昂昂插断：君上不说变法，说新政，能否见告新政纲目？

秦孝公：我比你还急，可新政纲目也得一宗一宗来，我能一口说清？

杜挚：可求贤令说了，以恢复穆公霸业为宗旨！

秦孝公：那是自然。

嬴虔拍案怒喝：偏你个杜挚聒噪！说事！

秦孝公颇显烦躁，一摆手：好好好，黑伯宣读书令！

座后肃立的黑伯跨上高台，从书案捧起了一卷竹简展开。

黑伯念诵：诸臣辛劳，功过有定，今酌情贬黜封赏，如左：其一，内史景监虽有招贤辛劳，然多有纰漏，迁左庶长府长史之职。

景监面色阴沉：臣奉命。

子岸狠狠剜了景监一眼。

黑伯念诵：其二，卫尉车英历练不足，迁左庶长府任卫尉。

车英满脸涨红，一拱手：臣奉命！

子岸又狠狠剜了车英一眼。

黑伯念诵：其三，栎阳令子岸理政粗疏，原职回军，任前将军。

子岸拍案：岂有此理！

嬴虔怒喝：子岸大胆！

子岸黑着脸：臣，奉命。

景监、车英嘲笑的神色。

黑伯念诵：其四，中大夫杜挚德行修明，礼仪通晓，擢升太庙令，爵同上大夫。

杜挚惊愕，左右顾盼：这叫甚事？我素来执掌府库，教我做太庙令整日烧香？

甘龙无动于衷，面无表情。

杜挚咬牙，一拱手：臣，奉命。

黑伯念诵：其五，长史公孙贾博学多闻，擢升太子右傅，爵同上卿。

公孙贾一拱手：臣奉命。

黑伯念诵：其六，公子嬴虔职多难以兼顾，擢升太子首傅。

嬴虔拍案：鸟！我能做太子傅？我只要领兵打仗！

甘龙淡淡：太子首傅位列三公，与打仗并无冲突。

嬴虔黑着脸：也好！奉命。

黑伯念诵：上大夫甘龙年高德劭，谋划深远，擢升太师，位居大臣之首，襄助国君协理阴阳、融通天地、凝聚朝野。

甘龙微微一抖，目光闪烁。

黑伯念诵：前述擢升四臣，琐碎政务一律分交国府各署。君书完毕。

甘龙拱手高声：老臣奉命！

嬴虔霍然起身，径自大步而去。

杜挚、景监、车英、子岸一直铁青着脸。

秦孝公自嘲一叹：嬴渠梁，孤家寡人矣！

甘龙：老臣拥戴新政！

公孙贾、杜挚一齐拱手：臣谢过君上！

在这段会议中，因为每个人的个性不同，所以说出的对白有很大的区别。秦孝公此时已经是一位比较成熟的政治家，具有王者风范，他能放下架子，用语言拉近君臣的距离，就像一家人话家常一样。他说："今日我等君臣不拘朝礼，只敞开说话。""今日聚来喝喝陈年米酒，我等君臣也说几句心里话。"对于政治事务，秦孝公逻辑清晰，一切以大局为重，并不计较大臣在他面前展现出的逆反心理。在对这些老臣下降职令的时候，还不忘说些客套话，保住老臣的面子。他说："诸位都是老臣老将，动谁都不好。渠梁反复思忖，只能将诸位擢升高职，腾出几个做事的位子，教士子们施展施展。"大伙儿都清楚，秦孝公召集大家前来必然有重要事务，于是他们都急迫地想知道秦孝公葫芦里到底卖的什么药。甘龙老谋深算，他不直接表露自己心里的迫切欲望，而是十分隐晦地说："君上，今日若是窝冬闲聚，老臣这老寒腿可是坐不久也。"而有勇无谋、头脑简单的子岸嘴里却说："君上有事便说，我那军营里也还有一摊子烂事哩！"车英务实忠诚，坦率地说："君上有话便说，我等听命便是，客套甚！"然后，几个政见不同的大臣开始争执，子岸自视甚高、心胸狭窄，对车英立功盖过自己的风头耿耿于怀，于是骂起了粗话；景监是文人，虽性格耿直，但骂人不带"把"字；嬴虔功高盖主，但对秦孝公极其忠诚，他也是行伍出身，虽贵为公子，但也是武夫脾气，他时不时代表秦孝公喝止众臣，直来直往，脏话频出。杜挚是个小人，为保住自己的利益反对变法，他会察言观色，唯甘龙马首是瞻；他懂得用言语给人下套，张口就是"穆公霸业""新政"，实际上是提醒秦孝公不要忘记当初改革的目标只是恢复秦穆公时期的霸主地位，改革不能改过头剥夺老贵族们的利益。当黑伯宣读秦穆公的命令时，他发现自己管理国家财政的大权被剥夺，获得了一个没有实权的太庙令时，极为不满，左顾右盼希望有人帮他鸣冤，但他一看甘龙无动于衷，立刻接旨，不敢多说。

2. 情境化

所谓情境化是指人物所处的具体环境、条件和情势的结合。人物对白主要的决定因素是其性格，但是具体的情境也会对人物说什么产生重要的影响。一位性格懦弱的人，长期受到别人欺负不敢反抗，但是当别人将他逼急的时候，他也会出言反抗；一位凶残成性的人，面对自己唯一的亲人离世的时候，他也会哀婉叹息。例如在王兴东编剧的《离开雷锋的日子》中，主人公乔安山的妻子张淑芹是一位温柔贤惠的媳妇，通情达理。乔安山救了被轿车撞倒的梁老汉，却被梁老汉的子女冤枉为肇事者，张淑芹感到委屈，但一直只是安慰丈夫，面对梁家人的咄咄逼人，张淑芹还是选择了隐忍，直到警察和梁老汉突然出现，证明乔安山是冤枉的，张淑芹终于爆发了。

57. 医院某会议室

……

张淑芹：老乔救你老爹一命，不求感谢，但你们也不要讹我们，实话说，老乔当年是和雷锋开一辆车的，他见老人被撞倒在路边，能不救吗？

梁梅：别提雷锋，先谈钱，雷锋解决不了咱们的账。

乔安山：我说我得给你拧几扣，这人的良心不能像狗一样，给块骨头就跟着跑了，为了钱连雷锋精神也给否了？

李格：乔师傅，你说话也文明点。我知道你是雷锋战友，我也搞了点调查，雷锋是怎么死的？你不会不清楚吧？

乔安山顿时瞪大了眼睛。

李格越发进攻地：雷锋是不是你撞死的？同志们，雷锋他都敢撞，何况我岳父区区小民？你能说你开车从没出过事故？没撞过人？

这是致命的一击！乔安山支撑不住了，像是埋在心里的一颗地雷的引线被人当众拉断，就要爆炸了，他抓起茶杯，欲砸向李格，被张淑芹给按住了。

乔兵：你诬陷，雷锋怎么是我爸撞死的？

李格：你问他吧。

张淑芹：乔兵，这事回头跟你说……

乔兵：爸，这是真的吗？

乔安山愤然地点点头。

乔兵痛苦地离席。

会场气氛像绷带一下子把人缠紧了。

乔安山气得说不出话来，捶着胸脯：想逼我签字吗？错了，你们必须还我八百元押金钱。

他气得瘫软在椅子上。

张淑芹：算了，我们不谈了。你们爱怎么告就怎么告吧！

僵持。

门，突然推开了，两个公安警察和医护人员推着坐在轮椅上的梁老汉进来了。

这意外使大家怔住。

梁老汉锥心痛悔地呼喊着：老乔兄弟，我对不住你呀！你救了我一命，我还栽赃于你，我是老了，可我不糊涂呀！都是这帮畜生逼我咬的，他们是一个钱儿不肯出，又找不到肇事人，我是没法子呀！丧良心啊！（说着要跪地上给乔安山磕头）

乔安山堵塞在心里的郁结，终于被捅开了，他扶起梁老汉，舒了口气：老哥，你总算说了真话啊！

交通警察周队长在桌上亮出人物和车辆的几张照片：一二·八交通肇事案，昨天晚上十一时，抓获真正的肇事者黄国明和齐丽两人，这是肇事车桑塔纳34768。这是撞坏车漆补修的地方。据黄国明交代，他们利用假日开车去情人齐丽二姐家玩，返回来时，齐丽无证开车，撞上了梁老汉。由于怕暴露两人的不正当关系，逃离现场。乔安山同志是真正的见义勇为，助人为乐，我们向你致敬了！（他敬了个礼）

李格、梁德等人尴尬难堪，想趁机溜走。

桌上，一摊医药费单据。

梁德自愧地：乔师傅，我们不明事理，实在对不起你了。咱们是梁山兄弟，不打不成交嘛。

他收起医药费单据欲走，把乔安山身份证放在桌上。

突然，张淑芹哇地放声大哭：你们把老乔坑苦了！你们就这么说句对不起就完了。都别走了！（她挺身拦在门口）你们扣了老乔的身份证，你们也不好好看看，乔安山，男，汉族，1941年5月20日出生。这张身份证，证明老乔是一个堂堂正正的中国公民，他懂得救死扶伤，多行善事，可你们是怎么对待他的呢？你们不去调查真正的肇事者，又不愿给老人拿医药费，咬住老乔不放，调查他的历史，你们用雷锋的死来戳他的心窝子！正是因为雷锋的死，他要像雷锋那样活，遇事都要想一想雷锋会怎样做。他见你家老人路边求救，送到医院，可你们对他这般无情无义！

李格：大嫂，真正肇事者已经查到了，咱们是误会了。

张淑芹像一头怒吼的母狮：不，谁是谁的肇事者要弄清楚！他姓黄的撞了你父亲，他是车祸的肇事者。可你们诬陷老乔，你们是他精神创伤的肇事者。你们想过吗？你们为了这点医药费，红口白牙地咬住老乔不放，逼人啊！昨天他去了雷锋墓，他连死的心都有啊！

梁梅想打断：大嫂……

张淑芹：你让我说完，我们都是唱着《学习雷锋好榜样》走到今天的。如果没有雷锋的精神，还有这位被救老人的今天吗？我不是为我的丈夫争理，我是想为这社会讨一个公德，为雷锋精神作一个证明。老乔，这事你后悔吗？

乔安山：干吗要后悔呢，今后再遇上这事我还会管的！

按照张淑芹的性格，她很难说出这样的长篇大论，但是此时，她心里极为憋屈，忍耐已经达到极限。这时警察出现证明丈夫是冤枉的，梁老汉也当众承认了自己的错误，而她心中的委屈终于爆发了。她连珠炮式地鞭笞了梁家人的无耻，道出了丈夫品格的高尚。

3. **目的化**

在影视剧中，人物对白应该具有交代信息、推动情节和塑造人物的功能，这其实就是其目的性所在。当然，有些对白看似没有什么意义，但也有其目的性，比如保持生活的真实性和趣味性，或者让对白看起来没有什么目的。这些情况在喜剧片中表现得特别明显。下面，我们以国产电影《夏洛特烦恼》为例，看看其剧本中那些看似没有目的，但目的性很强的对白。

24. 夏洛家客厅|内|夜

马冬梅和邻居们陪着夏洛妈。

邻居：老姐，没事的，那么大个孩子丢不了。

夏洛妈：夏洛要是有个三长两短的我也不活了，不瞒大伙说，夏洛这孩子没爸爸，夏洛刚出生夏洛他爸就下落不明了。

马冬梅：阿姨，我特别能理解你，我们家也是这种情况，我爸爸叫马冬，我一落地我爸爸就没了，所以我叫马冬梅。

门被推开，门外站着夏洛，夏洛笑嘻嘻地看着母亲。

在故事中，夏洛在梦中回到过去，在戏弄完王老师后，他为苏醒过来跳下了教学楼，但是他发现自己并没有回到现实中，而是因为跳楼受伤住进了医院，这段对白就发生在夏洛住院之后。这段对白，极具喜剧性，作者的目的之一就是为博观众一笑。其实，这段对白还交代了夏洛和马冬梅的身世，他们都没有父亲，都是可怜的孩子。再比如：

27. 户外厕所|外|日

张扬和大春、孟特在厕所旁边抽着烟。

张扬：夏洛够牛掰的呀，敢打老师！

孟特：太吓人了！我早就说过夏洛脑子有问题，以后见着他我得躲着点。

张扬：你没事，你阴气重，克他。

孟特：讨厌！就不愿跟你们这帮男孩玩，烦人！气死老娘了！

张扬：你说夏洛到底中什么邪了？傻春把烟掐了。（把烟屁递给大春）

袁华把烟吐在大春脸上，大春晕。

大春：（接过烟屁，把烟屁按在墙上）我对这事有点看法……

广播（OS）：厕所旁边抽烟的那个大傻个子，哪个班的？到教导处来一趟！

大春不情愿地离开。

这段对白在剧本中没有什么叙事作用，也没有交代信息的作用，但是极具生活感，而且也是一个喜剧桥段。

4. 风格化

影视剧本对白的主体风格是生活化。夏衍曾在《写电影剧本的几个问题》中说道："毫无疑问，舞台上、银幕上的生活决不是日常生活的翻版，艺术的真实不等于实际生活中的真实，但是，即使是加工提炼过了的银幕上的对话，也必须要给观众以一种可信的真实之感。没有这种'真实感'，那么不论你文字写得如何美妙，都会显得虚假，没有生命，不能使人'信以为真'。"生活化的突出表现是"口语化"，人物的对白需要使用日常生活用语。生活化是相对概念，因为每个时代都有那个时代的日常生活用语，而且，如果该人物的形象特征就是"不接地气"，那么他的对白很可能就不能设计成生活化的。还是以《夏洛特烦恼》为例，我们来看一段对白：

29. 操场大柳树下|外|日

秋雅扭捏地跑到树下，袁华在后面追。

二人四目相接，（《一剪梅》音乐起，柔光，zoomin，柳枝、梅花入画）袁华一拳砸向柳树，手被砸破。

秋雅：不要！不要这样！

袁华：我好懊恼。你知道吗？我突然就变成了一个爱哭鼻子的傻瓜，哪里还有一点三好学生优秀团干部的样子?!

秋雅：我也没想到夏洛会……

袁华：别提他！

袁华又一拳砸向柳树，手流血。秋雅握住袁华流血的手。

秋雅：袁华别这样，都流血了。

秋雅握住袁华的手吹了吹，然后把手递到袁华嘴边，袁华吸干净自己的血，借机将嘴唇靠近秋雅的手，秋雅立刻抽开手。

袁华：我才碰下你的手你就……他碰的可是你的嘴!!! 不不不——

一位女老师拿着教材经过柳树。

女老师：这不是袁华同学吗？怎么了?!

袁华：不不——这道题我不会做！不会做啊！

（摄像机向上拉出全景）

《夏洛特烦恼》总体的对白风格是生活化、口语化的，然而凡是秋雅和袁华的对白都不同于日常生活用语，而是经典话剧化的。这些话剧化的对白用在邱雅和袁华两个小人物身上，喜剧感倍增。

有的影视剧为了一定的艺术追求，其对白极具风格化，与日常生活用语完全脱节，却能造成一种独特的感觉。例如由侯孝贤、朱天文、阿城等联合编剧的电影剧本《刺客聂隐娘》，为追求唐代社会生活的真实展现，其对白运用了半白话文、半文言文的语言。

序 3，道观

道观，亮挞挞的内院廊下，黑衣女子进廊，跪地。

隐娘：师父。

幽暗的厢房内传出道姑责问的声音。

道姑：为何延宕如是?

隐娘：见大僚小儿可爱，未忍心下手。

道姑：以后遇此辈，先断其所爱，然后杀之。

道姑语音方落，一阵群鸟疾雨般掠过道观檐下飞往树林子里。

剧本中，编剧通过运用这样的半白话半文言的对白，使整个影片风格突出，仿佛将观众带入大唐时代。虽然影片对唐传奇原作做了翻天覆地的修改，但因为这些对白的设计，反而保留了古典的风格。

5. **简约化**

罗伯特·麦基指出："首先，银幕对白要求压缩和简约。银幕对白必须以尽可能少的词语表达最多的内容。"因为在日常生活交流中，很少有人会长篇大论。夏衍就曾指出："在我们日常生活中，除出作大报告，开辩论会，我觉得我们是很少发表长篇言论的。在我们日常生活中，除去法庭上的陈述，诉苦会上的诉苦，或者对少先队员讲故事，我觉得我们也很少有系统地叙述过去的历史或者自己的身世的……我不是说电影剧本不能有议论和叙述，问题是在于必须在有必要和可能发议论、讲历史的情景。"所以，在影视剧本中，尽量少用太过冗长的对白，如果一些长对白确实有戏剧性意义，那么最好也分为几次写完。例如在美国电影《林肯》中，林肯已经遇刺身亡，剧本为展现林肯虽死，但他的理想永远回荡在美利坚民族的心中，于是在最后一场戏将林肯的一次演讲展现出来。这段演讲的内容展现了林肯的理想信念，但对白太长，于是，作者用林肯扫视听众来隔断冗长的对白。

外景　国会的东门廊　中午

林肯戴着眼镜，站在仍搭着脚手架的国会大厦前的讲台上，天空阴沉。他对着两页纸朗读——

林肯：然而，如果上帝一定要让它继续下去，直至二百五十年来利用奴隶无偿劳动积聚下来的财富销毁殆尽，直至，如三千年前之人所言，皮鞭抽出的每一滴血都用刀剑刺出的鲜血偿清，而到那时，我们仍然要说，"主的判决是完全公正无误的"。

他扫一眼听众：来自全国各地的四万人，有受伤的士兵，穿黑色衣服的平民。并且第一次在人群中间——而不是边缘——出现了数百名美国黑人，有平民也有士兵。

林肯：不以怨恨对待任何人，对所有人宽大为怀，坚持上帝让我们认识到的正义，让我们继续努力前行，完成我们正在进行的事业，医治国家的创伤，关怀那些为战争牺牲的人及其遗属，尽一切力量，在我们国内、在我国和所有国家之间实现并维持一个公正的、持久的和平。

画面渐黑。

二、旁白

所谓旁白是指以画外音形式出现的解说性语言，它可以代表剧作者或剧中人物进行叙事或评述。旁白一般分为“第一人称式旁白”和“第三人称式旁白”。一般情况下，“第一人称式旁白”的发声者就是剧中的某一角色，以“我”“我们”为叙事视角让观众感觉主观性较强，是限知的视角；“第三人称式旁白”的发声者通常是剧作者或者非故事中的角色人物，通常以“他”“他们”为叙事视角，让观众感觉客观性较强，是全知的视角。需要注意的是，如果剧本不需要旁白，能够用画面表现的就尽量不要用旁白，只有当故事情节或故事风格需要时才使用旁白。这里我们简要介绍剧本中旁白的作用。

（一）补充信息

故事的一些信息可以通过旁白进行补充交代，例如，故事发生的时间、地点、人物和相关的背景等等，以便观众更好地融入剧情。在影视作品中，我们很容易找到这样的例证。例如，美国电影《肖申克的救赎》中的一些旁白就起到了这个作用。

12. 内景，监狱巴士，傍晚，1947

安迪坐在汽车尾部，手上和脚上都铐着铁链。

雷德（画外音）：安迪是1947年上半年进的肖申克监狱。因为他谋杀了自己的妻子和与她偷情的家伙。

汽车缓慢向前行驶，穿过层层狱门。安迪四下望去，视线被监狱的高墙挡住。

雷德（画外音）：在外面时，他曾是波特兰银行的副总裁。如果你知道那个年代的银行是多么保守，你就会明白，对于这个年轻人来说，那的确是一份相当不错的工作。

这段旁白，主要通过雷德介绍了安迪进肖申克监狱的时间以及安迪在进监狱之前的身份。

再如，秋实编剧的电影剧本《暖》一开始，就用主人公的旁白交代其离家已经很久了，回到家乡有了一种陌生的感觉。

2. 日外，乡间

林井河，剧中的男主人公，三十来岁，城里文化人的打扮，戴着眼镜。他骑在一辆自行车上，与其说是在赶路，不如说是漫游。他骑得很慢，有意无意地划着“八”字，他的眼睛盯着路面，漫无目标地蹬着车。不远处可以看到村庄错落有致、黑白分明的屋宇的轮廓。还有高音喇叭，正在放着最流行的歌曲。

[画外音]井河：自1980年考上大学，我已经有十年没有回来了。家乡没有太大的变化，我却已经成了外人。

(二)浓缩事件

有的事件在影片中有一定的叙事和表现的作用，但是由于篇幅的限制或者影片风格的需要，可以利用旁白将事件进行浓缩，把碎片化的影像叙事联系起来。例如，在电影剧本《布达佩斯大饭店》中，编剧韦斯·安德森为营造影片的小说风格和加快影片节奏，用了大量的旁白来浓缩事件。在影片中，当“作家”第一次见到穆斯塔法时，就用了一段旁白将他向琼先生询问穆斯塔法身份的过程浓缩了。

内景　大厅　傍晚

……

作家(画外)：“这个有意思的老先生是谁?”我问琼先生。让我吃惊的是，他马上反问我：“你不知道吗?”“你没认出他?”他看起来是挺眼熟的。“这就是穆斯塔法先生本尊！他今天一早到的。”

……

再如，在英国电影《两杆大烟枪》中艾德有赌博的天赋，于是他就和他的一群朋友合伙凑钱赌博，没想到被哈利“出老千”骗光了钱，还倒欠哈利五十万英镑。哈利要求艾德一周内还钱否则就剁掉他朋友的手。于是艾德需要向他的伙伴们解释这一切，作者在剧本中也用了旁白将这一事件浓缩。

内景，“萨摩亚乔”酒馆，夜晚

艾德走进酒吧。他的朋友们都睡着了。贝肯睁开了一只眼睛，看到艾德在清洗。

贝肯：看上去不太妙。

听到他的话，其他人也醒了。镜头在小伙子们及他们惊愕的表情间切换。

小伙子们震惊的定格镜头。

艾德(画外):我解释了我们的不幸处境。一周之后哈利就要来数我们的手指了,因为他知道我自己不可能解决这么庞大的债务。哈利认为牌桌上的钱是我们一起凑的,所以债务也都有份儿。我虽然不愿承认,但我真想为这个想法亲这个老混蛋。如果我说想要独自承担这个债务,那是说谎。

小伙子们的定格结束。

(三)展现心理

影视剧与小说相比最大的劣势就是无法直接展现人物的心理世界,虽然影视剧可以通过人物动作和人物对白来展现心理,但是无论是人物动作还是人物对白都是间接的,如果影片此处需要让观众直接了解人物此时的心理状态,旁白则是一种非常有效的方法,它可以起到小说中心理描写的作用。例如,在电视剧《潜伏》第一集中,余则成被派到南京执行刺杀投日叛徒李海丰的任务,但他的师傅、领导兼接头人吕宗方因为被军统发现是中共潜伏在军统中的地下党而惨遭军统内部清理。余则成失去了接头人,军统中就没有人知道他是谁,他可以选择逃跑。然而就在这个时候,他看到了自己和吕宗方的合照,然后作者利用了一段旁白,直接展现了余则成此时内心的犹豫。

46.旅馆房间　日　内

余则成没有在意,把照片放进了口袋里,然后拿起那把枪端详着。

(旁白:真要做个逃兵吗?不行,老吕的枪似乎在向他传达一个使命,使他内心突然卷起一股急流,这急流让他血液沸腾,他迅速做出了一个大胆决定,要单枪匹马继续下去,锄掉李海丰。他很清楚,这个决定不是为军统,而是为吕宗方,为真心抗日的人。)

再如,在《肖申克的救赎》中为表现雷德与狱友安迪逐渐亲密的关系,作者直接利用雷德的旁白来展现这种变化。

36.外景,操场,白天,1947

……

他们握了握手。安迪慢慢地走开了。

雷德望着他走远。

雷德(画外音):我现在能明白为什么有些家伙觉得他恃才放旷。他有着儒雅的气质，举手投足都和这儿的其他人不同。他漫步着，像是在公园中的游人，看上去，没有任何担忧与顾虑。他像是披着隐身衣一样，将自己与这个地方的一切隔离开来。（继续玩接球）是的，平心而论，从那一刻起，我就开始欣赏他了。

……

（四）转换时空

影视时空不是现实的时空，影视时空通常是省略的时空，因此影视剧中时常会出现大的时空转换。另外，现实时空是线性的时空，而影视时空通常是非线性的时空，因为叙事视点和风格的需要，影视剧经常采用时空交错结构，因此，影片一会儿是现在时空，一会儿是过去时空，一会儿是未来时空，这样也会出现大的时空转换。为了连贯这种大的时空跳跃，使用旁白也是一种有效的方法。我们以美国电影剧本《本杰明·巴顿奇事》为例，当进入回忆时空时，编剧将卡罗琳的对白过渡为本杰明·巴顿的旁白。

18. 内景，新奥尔良，医院病房，现在，清晨

……

戴西：我想读它千百遍……但我没有那个决心……

卡罗琳：什么意思？

戴西：读给我听。

戴西闭上双眼……卡罗琳取出封套里的纸张……那是一些手写的日记……有几页已经脱落……一些小纸片，甚至还有纸巾……

戴西（继续，喃喃道）：我只想听见你的声音……

为了妈妈，她开始朗读……并没有什么特别的兴趣，就像为别人读菜单上的菜谱一样……

卡罗琳：这上面写着"1985年，4月4日"，"新奥尔良"（停顿片刻），"这是我最后的遗嘱"（从这儿开始吸引她），"我没有太多的东西留下……没有财产，没有金钱……我会以我当初来到这个世界的方式离开它，孑然一身，空手而归。"（她发现自己被吸引了）"我所有的只是我的故事……在我记忆尚存的时候将这一切写下来……"

她兴趣盎然。卡罗琳看了看母亲。戴西的眼睛依然闭着……

卡罗琳(继续):“我的名字是本杰明……”

卡罗琳的声音变成了一个年轻男子的声音。

男人(画外音):“本杰明·巴顿……我出生在一个不平凡的年代。”

19. 外景,新奥尔良,1918 年,夜晚

响亮的焰火爆炸声。

本杰明·巴顿(画外音):以战止战的日子结束了。

新奥尔良的街道到处都是醉汉和唱歌的狂欢者……鹅卵石路面上塞满了汽车,人们互相亲吻,开心地欢叫……又一个焰火绽放开来。

本杰明·巴顿(画外音,继续):有人对我说,出生在那个夜晚特别好……

在焰火的光亮中,一位 30 出头的年轻男子,托马斯·巴顿,向一座时尚寓所的大门跑去。他差点儿和一名同时到来的牧师撞到一起。托马斯从他身边跑过,上了台阶。

(五)突出风格

旁白作为影视剧的听觉语言,可以和影片的视觉语言及其他听觉语言一同决定影片的风格,特别是在那些追求小说化风格或者保留原汁原味古典文学作品意味的影视剧中尤为明显。例如 2000 年出品的国产电视剧《大明宫词》就是利用旁白确定了影片的整体风格。影片第一集一开场就用了一段旁白。

旁白:据你奶奶讲,我出生的时候,长安城阴雨连绵。一连数月的大雨将大明宫浸泡得仿佛失去了根基,甚至连人们的表情也因为多月未见阳光而日显苍凉伤感。按算命先生的说法,这一切主阴,预示着大唐企盼的,将是一位公主的临世。

1. 后宫　白天　外景

绵绵细雨周密而仔细地覆盖住这座精致皇家小院中的每一个角落,通往紧闭着房门的主厅的砖红通道两侧,两排卫士纵向一字排开,雨水沿着他们铁灰色的冰冷头盔亮晶晶地滑下。

透过雨雾,檐下横向站着一队神色黯淡的侍从,瞪着空洞木然的眼睛懒懒地注视着眼前铺天盖地的雨雾。风悄悄地鼓动着他们轻盈的麻制盲服,于是,那瑟瑟抖动的宽大衣袖,就成了此时死气沉沉的潮湿空气中唯一的自由。

突然地,门被拉开,两侧的侍从像是遭到了惊吓,又诚惶诚恐地垂下了眼帘，武则天沉沉地吸了一口气，眯起双眼，望着阴郁的天空，她腹部高高隆起，两手沉重地扶住腰部。

这段旁白是太平公主以第一人称的方式所做的叙述，其中运用了描写、比喻等多种修辞方法。丰富的修辞和华丽的辞藻增加了旁白的华丽感，与宫廷生活的华美、皇家至高无上的地位以及太平公主对回首往事时的留恋和对目前处境的惧怕紧密而又完美地融合在一起。这样的旁白运用，为影片营造了一种典雅、华丽的风格。

需要说明的是，对人物语言在影视剧本中的运用的介绍很难全面周到，这里只是介绍最常用的手法，同时影视创作随着时代变化需要不断创新，那么如何用好人物语言也需要在实践中不断总结新的经验。

【本章小结】

人物是剧本故事的核心，他们能够推动故事情节的发展、彰显故事的主题，使故事生动有趣。编剧要注重利用情节和影响的手段塑造人物形象，要注意通过人物关系去塑造人物性格。人物的性格决定人物的行动，一个人物的行动又影响其他人物的行动，进而推动整个故事的发展。人物形象塑造是一个完整的体系，在具体操作时需要从整体上思考。

【思考与练习】

根据下面的新闻素材，完成以下构思：

1. 人物关系图谱。

2. 各人物基本形象设定。

小强今年12岁，他的母亲三年前离家出走，其父亲于今年10月底因突发心衰去世。小强有两位同父异母的哥哥，大哥已经结婚了，现在有两个孩子，由于家庭条件不好，所以不可能抚养他。二哥在车祸后，生活不能自理，更不要说抚养小强。小强打算去吉林省孤儿学校。申请到孤儿学校学习需提交父亲的死亡注销证明。小强为申请去省福利院，只能自己为父亲申请销户手续……

第3章

情节与冲突

【教学目标】

1.理解情节的基本含义及特征。

2.掌握情节线索构建的技巧。

3.理解戏剧故事冲突规律。

【重点】

1.情节线索。

2.冲突规律。

【难点】

冲突规律。

我们通常把常规的商业片称之为情节剧,这是源于文学创作的一种风格技法,它被实践证明能够长期吸引大众。人物的命运在跌宕起伏的情节中展现,人物与欲望、人物之间的欲望在情节中相互联系、相互冲突,引起了观众的好奇与期待,直到影片的高潮出现。那么什么是情节?情节在故事中的作用是什么?如何构建情节?如果说冲突是情节发展的动力,那么冲突又是什么?

第一节 情节的基本概念

一、情节含义

在影视剧中,情节是表现人物角色之间相互关系的一系列生活事件的发展过程,由一系列展示人物性格、表现人物与人物之间或人物与环境之间相互关系的具体事件构成。这是影视编剧中不容忽视的一个概念,那么我们就有必要弄清楚情节的本质是什么。这里我们先从前人的论述中来考查情节的含义。

（一）亚里士多德

两千多年前的古希腊哲人亚里士多德在《诗学》一书中为情节下了一个定义："故事的事件的安排。"他将情节列为悲剧的六个要素之首，他说："悲剧之第一要素，亦可谓为悲剧之生命与灵魂，是乃情节。"由此可知情节的重要性。在亚里士多德看来，情节是一种宏观的对故事中的事件的安排，其本质是一种全局视野下的"安排"。

（二）高尔基

高尔基说："情节，即人物之间的联系、矛盾、同情、反感和一般的相互关系——某种性格、典型的成长和构成的历史。"这段话对我们的启发是：情节只是某种"关系"或某种"发展历史"的体现，它不一定像传统观点所说一定要有极具戏剧性的、出人意料的曲折变化……而只要艺术地反映了某种人物关系、生活逻辑的线性联络与演进过程就行。高尔基强调情节的本质即"关系"，人与人之间的关系、人与环境之间的关系，这种关系能构筑出人物的性格、描绘典型的成长等等。情节是人物性格成长和构成的历史，包括体现着这一历史内容的人物动作的组合，对于影视剧来说，结构是其骨架，情节则是使其丰满的血肉。

（三）佛斯特

佛斯特（又译福斯特）在《小说面面观》中指出：故事是按照时间顺序安排的事件叙述；情节是事件的叙述，但重点在其因果关系。"国王死了，然后王后也死了"是故事；"国王死了，王后也伤心而死"则是情节。他简洁而明了地分析了两者的差异及其间的因果关系。在佛斯特看来，情节的本质在于因果关系，也即是"逻辑"。事件与事件在逻辑的连接中完成了情节的构建。

（四）波德维尔和汤普森

美国电影理论家戴维·波德维尔和克里斯琴·汤普森合著的《电影艺术导论》一书中对情节所下的定义如下："叙事片中直接向我们呈现的所有事件，包括它们的因果关系、顺序、频率和空间位置。"它与故事相对，故事即是："在一部叙事片中所见所闻的全部事件以及我们推断或认为发生过的事件，包括其假定的因果关系、时间顺序、持续时间、频率和空间位置。”两位作者以故事为参照来认识情节，情节是实际扮演出来的某些叙事事件。其本质意义在于“实际扮演”，而故事则加入了推断和想象的假定性成分，如时间顺序、持续时间等等。

情节在剧本中是形式和内容的统一。影视剧是通过银幕形象来表达思想、反映生活的，不能用数据和论证来说明某种思想和概念。对于影视作品的主题思想来说，情节是表达的形式，观众只能通过人物的行动才能了解到剧本的思想内容。正如恩格斯说的：“我认为倾向应当从场面和情节中自然而然地流露出来，而不应当特别把它指点出来。”这就指出了情节与剧本思想倾向的关系，主题从情节中流露出来，情节是人物性格成长的历史，语言、动作、音乐、场景，都是为了把这些生活内容生动、深刻地传达给观众，对于这些表现生活的形式来说，情节又是内容。情节的重要性在于它是形式和内容的统一，影视剧要通过情节来传达剧本中深刻的思想，情节又决定着剧本所反映的生活的外部形式。

情节是性格成长和构成的历史，情节是否生动深刻决定于人物性格典型和丰满与否，这就明确了戏剧主要是写人，写出活生生的有性格的人。情节不仅仅是故事发展的过程，还要表现出人物丰富和具体的个性特征，通过许许多多生动的个性细节表现人物性格成长和构成的历史。因此，组织好情节的关键，在于作者对人物个性的熟悉和了解，要在写好人物性格的基础上，生发出好的情节构思。

二、情节与剧作中其他元素关系

如果说主题是剧作的灵魂，那么情节就是剧作的生命。影视剧中若无情节的安排，使故事的发展有冲突、纠葛、高潮、惊奇与悬疑，那么这部影片一定单调乏味，不能引起观众的兴趣。在以上大家们对情节不同的认识中，我们可以窥见情节与其他一些剧作概念有着相似或相对的含混关系，认识它们的区别与联系有助于我们更好地理解故事的本质，掌握剧作创作的技巧。

（一）情节与故事

我们已经把故事解释为：叙述若干按照时间的先后顺序排列起来的事件。一段情节也是对若干事件的叙述，但这里强调的是因果关系。“国王死了，然后王后也死了”，这是一个故事。“国王死了，然后王后由于哀伤过度而死”，则是一个情节。时间的顺序仍被保留，但因果关系的比重更大。再如，“王后死了，没有人知道她的死因，后来发现她是由于过度哀伤国王而逝世的。”这是一段含有一个未知因素的情节，是一种可以大大发展的形式，它拉长了时间顺序，而它和故事之间的区别已达到了最大的限度。从王后之死这件事来讲，假如是在一个故事中，我们会问：“死了以后呢？”假如是在一段情节中，我们会问：“为什么死的？”这是两个概念之间的基本区别。

故事指的是实际生活中或虚拟情景里发生的事实，是按照时间顺序叙述若干事件的自然联系；情节则是强调事件与事件之间的因果关系，也就是作者对故事进行艺术构思和艺术处理的结果。故事和情节的具体区别，我们可以从四个方面来分析。

1.故事只有一个，它本身是不会变化的；而情节是根据同一个故事（事实），不同的作者可以创造出不同的情节。

2.故事不一定有认识价值，未必有某种指向性的意义，它可以只是简单的一些事实的罗列。而情节一定有认识价值，它是具有逻辑关系的精心安排，体现着创作者的意义导向。

3.故事通常都没有性格鲜明的人物，正如杜勃罗留波夫所说，在故事里，性格对观众来说还是不清楚的。而情节要求人物性格鲜明、心理活动丰富、拥有个性化的反应和行为。

4.故事总是按照事情发生的经过、进展的时间顺序来叙述。而情节按照最有效地影响读者和观众的方式来表现，既可以顺叙，也可以倒叙，将时空交错起来叙述也行。情节依据的并非时间的先后顺序，而是叙述技巧的逻辑。

故事与情节，两者是该有所区别的，但它们之间绝不是相互对立、彼此无关的。故事应是情节的大框架、总轮廓，情节则是故事的具体体现、细致的发展变化过程。也就是说：凡故事（注意，这里不是“本义”的过去发生、存在的真事）必有情节，凡情节必定体现某种故事。

（二）情节与人物

搞清楚了故事与情节的区别，对作者进行剧本创作是大有益处的。故事的来源多种多样，安排情节的途径和方法也非常复杂。但剧作者必须牢记，观众看“戏”最关心的是人物，剧中人物的遭遇或变故会引起观众的同情或憎恶，他们所表现出来的品质会让观众敬仰或唾弃，这都是由于人物的行为和人物之间的矛盾冲突所造成的，也就是情节所产生的艺术感染力。

情节与人物性格有机地联系在一起，情节因人物活动而产生，人物性格因情节的发展而呈现，情节总是为塑造人物性格服务的。剧作者组织好情节的关键，在于对人物性格的熟悉和了解，要在写好人物性格的基础上，生发出好的情节构思，不能违背生活逻辑，脱离人物性格发展的轨迹，人为地胡编乱造。

有观点认为情节就是人物的行动，这种说法太笼统了。情节是由人物的一系列行动表现出来的，但并不是人物的所有行动都是情节，人们的吃、睡、走等动作或生活现象并不是情节。情节是表现人物性格成长和构成的一系列动作的组合。因此，情节不是某一个人物的行动，而是不同的人物或全体人物的动作组合。同时，如果不在戏剧冲突之中，不在人物性格之间的抵触、矛盾和斗争之中表现情节，就不能反映出人物性格成长和构成的历史，因此必须强调情节的动作性。

影视剧作的核心就是塑造典型人物的艺术形象，这是多数作者都承认的道理，但在创作实践中，却有不同的理解和不同的做法，不少作者常常不能正确处理写人和写事之间的关系。有人从搜集素材开始，就仅对故事感兴趣，对离奇的案件有兴趣。他们说有了一个好故事，戏就成功了一半，而另一半就放在安排离奇曲折的情节上。这样，戏里的人物只是情节的附属品，是没有个性的，故事产生的令人惊奇的效果也是短暂的、有限的；而且由于缺乏人物性格内在的逻辑性，情节也常常牵强不真实，我们应该摆脱这种倾向。

另外一种观念认为，既然人物性格是影视剧作的核心，情节是由不同人物的行动所决定的，就应该先有人物后有情节。当然，这也并不能反映创作实践中作者的思维过程。人物性格导致其在规定情境中的行动，这并不是认识上的先后顺序，情节、人物、规定情境常常是一起出现的，也一同反映在作者的头脑中。当作者对某一生活现象感兴趣的时候，他是被生动的人物形象和他们在行动中所表现的性格力量所触动。因此，在作者头脑中活跃着的人物，总是在情节中行动着。当作者进行创作构思的时候，他不能静止地酝酿人物形象，而应该安排各种不同的情节去促使人物在其中行动，推动情节的发展。当作者把这些“烂熟于心”的人物写进剧本中的时候，他们就不仅是人物，也是在情节中积极行动着的个性。

情节是人物行动的产物，剧作要强调写人，强调从人物出发、真实感人，绝不能单纯追求情节的离奇曲折，以写好情节为目标，把人物淹没在情节之中。同时也不能忽视情节对表现性格和塑造人物的积极作用，它们是不能分离的，它们同时出现在生活中，又同时反映在作者头脑中，出现在作者的笔下。所以作者写自己熟悉的人物，情节就会生动，即使是常见的现象也可以表现得鲜明突出，令人难忘。

情节要有情，情节是感情的倾诉与表露，情节动人与否，常常在于有情与无情。情感在戏里，可能表现为深沉的、强烈的、隽永的、恬淡的……种种不同情况，都是情节动人的不可缺少的因素。作者冷静地思考，挖空心思找出几个表现人物性格的情节，往往达不到目的。如果人物之间展开尖锐的冲突，形成感情的运动和变化，感情的运动和变化使作者的感情燃烧起来，产生了激情。这时剧中人物内心的强烈活动被作者体验到了，动人的情节才有可能出现在作者的脑海中，出现在作者的笔下。

总之，我们要以人物的性格冲突作为情节的基础，以人物动作作为情节的内容。人物动作和戏剧情境是不可分离的，我们在生活中要观察人，观察他与周围人的关系、与环境的关系；在创作中，也要把写人和写事统一于创作的全过程，以塑造典型性格作为创作的主要目标，同时也要注意到情节对塑造人物的作用，通过情节来表现性格。

（三）情节与生活

剧作者如何选择生活素材、组织安排情节，是很重要的一环，这是从生活到剧本的一条必经之路，熟悉这条道路是很重要的。在情节上下功夫，选择安排得当，戏就会别开生面，主题思想也能得到充分的体现。这首先在于作者对生活熟悉的程度、理解的深度，对生活素材选择、提炼、剪裁、取舍、巧妙安排的能力，而不仅仅是纯技巧的问题。

影视剧是人们的生活在银幕上的再现。情节必须反映生活的真实，在生活真实这面镜子面前，要经得住检验。它是作者从生活中提炼出来的，符合生活本身的面貌，符合生活的本质规律，不应该是虚假而不合理的。

情节的真实，必须避免俗套。有的人生活体验贫乏，或者不善于调动自己的生活积累，写剧本时，总是到别人的剧本中去找情节和处理方法，许多情节都是从别人的戏里摘取来的，像个大拼盘，处处似曾相识。别人用过的情节，是从他的生活中提炼出来的，不过是客观世界中的一点，如大海中的一滴水。为什么作者不在生活中去寻求，而在别人的作品中混日子呢？

李渔在《闲情偶寄》一书的《词曲部·结构第一·脱窠臼》中说过："吾谓填词之难，莫难于洗涤窠臼，而填词之陋，亦莫陋于盗袭窠臼。吾观近日之新剧，非新剧也，皆老僧碎补之衲衣，医士合成之汤药。取众剧之所有，彼割一段，此割一段，合而成之，即是一种‘传奇’。但有耳所未闻之姓名，从无目不经见之事实。”如今仍有一些剧本犯这个毛病，叫作“雷同化”。雷同化与公式化、概念化，是我们长期与之斗争的一种创作倾向，由来已久，根源仍然是作者生活的贫乏和思想的浮浅。

戏剧情节不能超越戏剧情境的规定性，不能离开时代和生活的特点。例如，在国产电影《一八九四·甲午大海战》中，邓世昌敢于在李鸿章的大厅里怒斥洋人雇员，这已经是以下犯上的“放肆”行为了，他绝不可能直接顶撞李鸿章和冒犯朝廷。观众看了感到憋气。这正是作者想要表现的效果，因为这正是一个让人憋气的时代，到处是让人憋气的事情。如果作者只图痛快，简单地使人物做出他不可能做的事情，超越历史的局限性，那就不符合生活的真实。

总之，情节一定要建立在生活真实性的基础上，只有真实地反映生活本质，反映人物个性的生活素材，才是典型的情节的材料，从这里选择和提炼出来的情节才能把真实性和典型性结合起来。

三、情节的意义

在影视创作中，情节与情节进程的设计安排是十分重要的。首先，影视作品反映社会、人生，而社会、人生总要通过形形色色的人物经历或事件过程来具体体现。这经历、这过程，在某种意义上，就是情节。其次，影视作品不同于其他文艺篇章，它是通过让观众“一次性”观看来展示其内容。它必须紧紧抓住观众的注意力，使之从头到尾看下去，这就必须靠情节来吸引观众。即使是有特色、有性格的人物，也正是通过情节（各种类型、品格的情节）来展示。当然影视历史上也出现过一些所谓无情节的作品。

第二次世界大战后，在某种电影哲理化思潮的影响下，一些苏联艺术家提出了“思想电影”的号召，并进行了积极的试验。例如，导演谢尔盖·尤特凯维奇与剧作家格布里洛维奇共同创作了一部“思想电影”的重要代表作《列宁在波兰》。在这部影片中，几乎没有传统观念中的情节，主要是表现列宁在波兰监狱里的思想活动。影片中列宁以哲学家的姿态对战争与和平以及国内革命等问题进行深沉的哲学思考。故事发生的地点十分窄小，就在监狱小屋和放风处。列宁与世隔绝，但他的心与千万革命人民紧紧连在一起，一系列紧迫的重大问题萦绕心头，使他不得安宁，甚至失眠。影片的表现方式也与众不同，它不是多用闪回镜头和意识流去突破闭锁的空间，而是要靠大段内心独白，靠语言直接“说”出思想。导演坚持这种处理方式，并且一再强调：“我们的台词应有叙述的语调，甚至是平稳的语调。它很长，简直长极了，但千万不能厌烦。”经过艰苦的排练与反复的配音，影片终于拍成。导演自己也兴奋不已，但又有些担心，生怕观众会中途退场，甚至会有人捣乱。然而事实却是——放映厅里鸦雀无声，观众被“吸引”住了，直到灯亮，观众仍然深陷在沉思中，过了好一会儿，才爆发出掌声……

但是，这个例子，能说明情节的可有可无吗？

细究其没有“失败”的原因，其实是在艺术之外：其一，当时的社会环境、时代背景，使观众感到列宁思想的重大和迫切，影片“迫使”（笔者所加）“人们思考各国人民的命运问题、战争与和平的问题……”（当时影评）。如果影片中出现的不是列宁而是别人，他所想的也不是当时人人都关心的重大问题，那么，影片中的大段独白，能让观众不厌烦吗？其二，根据20世纪60年代苏联的政治氛围，看这样的影片，观众也不敢随便中途退场吧！

所以，影视剧中情节的作用，是不能随便否定的。早在二十世纪二三十年代，以谢尔盖·爱森斯坦为首的苏联电影艺术家们曾提倡“理性电影”，强调在影片中要表现抽象思想，爱森斯坦甚至想把《资本论》搬上银幕。爱森斯坦、普多夫金等人都进行过“理性电影”的试验，结果均遭失败，使观众对这类影片敬而远之。

在叙事作品和戏剧作品中，情节是作品内容的组成要素之一；在戏曲剧本中，情节也是十分重要的。综观戏曲剧本，有情节浓化和情节淡化的作品之分，却没有无情节的作品流传于世。这是因为戏曲作为一种剧场艺术，要在两个多小时的演出时间内，征服观众、吸引观众，让观众饶有兴趣地从头看到尾，固然与表演、音乐、舞蹈、舞台美术等有密切联系，但起决定作用的，还是剧中的情节。同时，又因我国戏曲艺术的形成和发展，直接或间接地受到说唱文学的影响，不少戏曲剧目都是将唐代传奇，以及之后的诸宫调、平话小说、鼓词、评书改编为舞台戏的，其情节性都比较突出，久而久之，便形成了我国戏曲观众的审美心理和审美情趣，喜欢看情节性较强的作品。鉴于此，戏曲创作者在进行艺术创作的时候，不会忽略广大观众的欣赏习惯，并且重视戏曲剧本中的情节因素。因此，可以说，情节在整个叙事艺术中都是非常关键的元素之一。

第二节 情节线索

一、情节线索的类型

情节线索即是情节发展变化的轨迹。剧作中的情节线，大体有三种类型：第一种是简单情节线，第二种是复杂情节线，第三种是网状情节线。究竟哪种情节线更好，很难回答，这如同鲜花有单瓣和多瓣之别，可能都好，但各有所长。另外，在后现代主义风靡全球的文化背景下，许多解构主义的影视作品背弃了经典的叙事风格，把复杂情节线玩出了新颖的形式。有些影视作品采用一种板块结构进行多线叙事，情节线索之间没有必然的联系，几条线索独立叙述，呈现同一个主题。例如，墨西哥导演亚利桑德罗·冈萨雷斯·伊纳里图早期拍摄的影片《爱情是狗娘》即是如此。多线叙事还有一类采用网状结构安排情节线索的方法，几条线索之间反复交叉、环环相扣，利用大量的巧合来推动情节发展，这类情节线索的形式适合表现黑色、荒诞的主题。例如英国导演盖里奇的作品，还有宁浩导演前期疯狂系列作品即是如此。

（一）简单情节线

简单情节线是指全剧从头到尾只有一条贯穿始终的情节线，没有副线或第二条、第三条乃至多条平行展开的情节线。例如，一般传记类型的电影都是围绕着主人公的单线叙事，像国产电影《秋之白华》的情节线主要是围绕瞿秋白和杨之华的革命爱情来安排的；美国电影《阿甘正传》则是围绕着主人公阿甘的人生轨迹安排情节线索，从而折射出美国社会的历史变迁，展示了美国的时代精神。

经典香港警匪片《警察故事》就是简单情节线的典型。影片先讲述警察陈家驹在一次抓捕毒贩交易的过程中逮捕了大毒枭朱滔，然而警方却没有证据证明朱滔进行毒品交易的事实，于是警方就设计让朱滔的秘书莎莲娜转为证人，并派陈家驹保护莎莲娜的安全。然后故事讲述了陈家驹保护莎莲娜的过程，并展现了两人的矛盾。后来朱滔设计嫁祸陈家驹杀害同僚，让他成为通缉犯。莎莲娜洞悉朱滔不择手段的为人，遂偷取其罪证以求自保，但反被追杀；陈家驹既要逃避警方追捕，又要保护莎莲娜及证物的安全以揭发朱滔的奸计。莎莲娜潜入朱滔办公室偷取证物被朱滔发现，危急中被一直在此守候的陈家驹救出。警方救援赶到，朱滔落入法网，陈家驹在莎莲娜的帮助下洗脱杀人嫌疑。像《警察故事》这样的简单情节线很受普通观众的欢迎，简单情节线构成的剧本的最大优点是主要人物较少、情节简单、脉络清晰，有较多篇幅可以用来刻画人物性格和揭示人物心理。它的缺点是，如果影视剧作者把握不住人物复杂的性格和其丰富的心理变化，或者没有足够的思想深度，剧本就会显得单薄、无力，这也是剧本写作的一大忌。

（二）复杂情节线

复杂情节线是指全剧除主要情节线之外，还有一条或几条平行发展的情节线，通常人们称这部分情节线为副线。而且有的时候，在群像式影片中，主线并不是十分明显。例如在美国电视剧《绝望的主妇》中，很难找到一条主线。我们以第一季第一集为例，第一集故事先是讲述拥有完美家庭生活的玛丽·爱丽丝·杨突然开枪自杀，让所有人都大为惊讶，连她最亲密的朋友——曾经是商界女强人的丽奈特·斯加沃、单身母亲苏珊·梅尔、前模特加布丽尔·索利斯、模范主妇布丽·范·德·坎普等都不明所以。苏珊遇到了新搬来的邻居、英俊的水管工迈克·德尔菲诺，女儿茱丽怂恿她先采取行动，但苏珊并不是唯一对迈克有好感的人，多次离婚的伊蒂·布利特比她抢先了一步。为了一探究竟，苏珊偷偷溜进伊蒂家中，不小心引发了火灾，但总算弄清楚了迈克不是在伊蒂家过夜的男人。丽奈特在家被三个儿子弄得团团转，丈夫汤姆出差提前归来，让她松了一口气，但是汤姆要求做爱时不用保护措施，令害怕怀孕的她大为光火。加布丽尔趁丈夫卡洛斯不在，偷偷溜去与情人、年轻的园丁约翰幽会。布丽的丈夫雷克斯·范·德·坎普受不了她时时刻刻的完美要求，提出离婚。玛丽的儿子扎克半夜醒来，发现父亲保罗·杨在把什么东西偷偷埋在泳池下。苏珊等人发现玛丽自杀当天的一张便条，让她们疑云重重。在这一集中，情节线包括苏珊、迈克和伊蒂的三角恋情，丽奈特的家庭关系，加布丽尔的偷情，布丽的家庭关系这四条情节线，使整个剧情复杂多变，展现的生活层面更加丰富。

复杂情节线构成的影视剧本，其优点是可以充分利用影视的时空自由，展示出生活的厚度和广度。但它要求影视剧作者必须进行更精心的结构编排，掌握每部分的比例和节奏，尤其要善于巧妙自然地做到从一条情节线转到另一条情节线，否则，观众会感到跳来跳去，非常不舒服。复杂情节线和简单情节线都要求影视剧作者具备娴熟的技巧和过硬的功底。

影视剧作者采用复杂情节线进行情节构思时，还应当注意使副线有机地服从、配合、陪衬主要情节线。如何服从、配合、陪衬，就各有不同了。但是不能把“主线突出”和“副线必须拧紧”作为一条创作定律，要求一切具有复杂情节线的影视剧本都无条件地照办。或者说，“副线服从主线”的要求不是绝对的。比如《绝望的主妇》中的主线就不够突出，但并没有因此就不是一部优秀电视剧。这部电视剧的主线和副线拧得并不紧，主要是为了展现“家家有本难念的经”的思想主题。

这里是为了便于说清楚情节构思中的“线”，我们才将影视剧本的情节线区分为简单情节线和复杂情节线的。严格说，这种区分只是相对的，因为简单情节线中也有复杂情节线的因素，如电影《秋之白华》中，瞿秋白被捕后国民党对其招降的过程就不是简单情节线中必不可少的。如果机械地从简单情节线的要求出发，这部分内容似乎可以删去。但是如果删去了，显然就很难刻画出瞿秋白高尚的品格。

（三）网状情节线

网状情节线是指多条情节线索去中心化、并行交织发展。它与复杂情节线之间的区别就在于，网状情节线没有中心情节线，它们之间要么因为大量的巧合堆砌而互为因果关系，如国产电影《心迷宫》；要么干脆完全独立，只是在情节线切换的时候生硬地附加一些巧妙的联系，如德国电影《罗拉快跑》。

《心迷宫》的故事时间为5天，本来是一个比较简单的故事。村主任肖卫国的儿子肖宗耀和恋人黄欢夜晚在小树林里私会时被村民白虎偷听到他们“未婚先孕”的事情，白虎敲诈肖宗耀，两人在争执中肖宗耀误杀白虎，之后他带着黄欢逃到城里，但这一切被喝酒晚归的肖卫国看见了。为掩盖儿子的罪行，肖卫国将白虎的尸体焚烧，造成白虎酒后抽烟不小心点着荒草被烧死的假象。第二天，村里人发现尸体后，产生了种种误会。黄欢的家人以为尸体是黄欢，怀疑是与黄欢有仇的王宝山干的。后来,大家又在白虎的尸体上发现了丽琴外出打工的丈夫陈自立的身份证,大家又以为尸体是陈自立。没想到暗恋丽琴的大壮在进城为陈自立买祭奠品时,却遇见陈自立并搭他的车回来。出人意料的是陈自立在闲人坡"方便"的时候接到肖卫国的电话不小心摔下山崖而亡。大壮回来后隐瞒了自己遇见陈自立的事情。后来警方通过陈自立的电话找到了丽琴,丽琴在派出所认了陈自立后把白虎的尸体抬回了村委会。这时白虎的哥哥白国庆为躲白虎的赌债而向肖卫国借尸体装作是白虎的尸体以便让债主们死心。肖宗耀和黄欢在城里躲了几天之后准备回来自首,一回村就遇见白虎出殡的场景,肖宗耀听人说,白虎是自己把自己烧死的,顿时愕然。

《心迷宫》实际上没有按照故事本来的情节线索来讲述,而是以不同的视角来讲述同一件事情,使得情节线索呈现为网状结构,以造成影片悬念丛丛、荒诞不经。

第 1 条线索:肖宗耀误杀白虎,肖宗耀和黄欢两人躲到城里担惊受怕,最后决定回来自首,却听说白虎是自己把自己烧死的。

第 2 条线索:王宝山和丽琴偷情,第二天,黄欢家人误认为王宝山杀害了黄欢,王宝山让丽琴作证,但丽琴撒了谎。王宝山和丽琴的事因此传到其妻子耳里,两人闹矛盾,最后妻子原谅了王宝山。

第 3 条线索:丽琴被告知自己的丈夫陈自立死了,大壮全心全意帮丽琴办丧事,并向丽琴表达了爱意。大壮进城买陈自立的祭奠品回来的路上遇见陈自立。陈自立在闲人坡"方便"的时候接电话不小心摔下山崖而亡。大壮隐瞒了遇见陈自立的事情。出殡时,派出所打电话让丽琴去所里认尸体。丽琴在大壮的车身旁看见了陈自立的拐杖,她没有揭穿大壮,却拒绝了他的爱意。

第 4 条线索:肖卫国酒后夜归,偶遇儿子肖宗耀误杀白虎的场景,为给儿子脱罪,他烧了白虎的尸体。他希望白家人能够来认尸体,没想到黄欢家人先来认尸,然后大家又误认为是陈自立。丽琴将尸体退回之后,他想把尸体埋到自家的猪圈下面,这时白虎的哥哥白国庆前来借尸体。

这本来是一个比较简单的故事,作者却按照网状情节线索来讲述,利用一个案件检测出各人为私欲而居心叵测最后陷入无法自拔的自我谴责之中。

网状结构最大的优点在于能够创作出结构新颖、创意十足的故事,例如昆汀·塔伦蒂诺导演的电影《低俗小说》中的板块结构,盖·里奇导演的电影《两杆大烟枪》中的网状结构等。而其最大的缺点就在于,网状结构因为没有中心情节线,情节之间的黏合要依靠大量的巧合,这样就使得这种形式局限于固定的影视题材和影视风格。

二、情节点

我们要强调指出的是，不论是简单情节线还是复杂情节线，抑或是网状情节线，影视剧作都要求主要情节线上要有几个基点、支撑点，犹如几根花岗岩柱子支撑着大厦一样，支撑着情节线和整个剧本，我们称之为情节点。

前面我们已经介绍过，美国著名编剧理论家悉德·菲尔德将戏剧性结构图示为：

第一幕　第二幕　第三幕

开端　　中段　　结尾

A————————————————————Z

建置对抗结局

情节点 1　　　　　　情节点 2

悉德·菲尔德认为，"情节点，它是一个事件，它'勾住'动作，并且把它转向另一方向。它把故事推向前进"。悉德·菲尔德所列出的情节点 1 和情节点 2，是影片中的关键情节点，实际上他也指出："当你的电影剧本最后完成时，它可能包含有十五个情节点之多。究竟要有多少，全靠你自己故事的需要。每一个情节点都把你的故事推向前进，一直到结局。"

有的故事情节曲折紧张，那么其情节点相对较多。我们以国产电影《火锅英雄》为例。《火锅英雄》讲述了三个从初中就"厮混"在一起的好兄弟刘波、许东和王平川合伙经营着一家火锅店，名为"老同学洞子火锅"。由于经营不善，几人落得只能转让店铺还债。为了店铺能"卖个好价钱"，三人打起了"扩充门面"的主意，自行往洞里开挖。没想到，在扩充工程中却凿开了理财公司的钱库，就这样，濒临倒闭的火锅店和钱库仅有"一洞之隔"。看着眼前随手可得的成堆现金，在"拿钱还是报案"的思想拉锯战中，最终三人还是决定将洞填上，但是不管怎么计划，装瓷砖的人都一定会被锁在钱库里出不来。这时三兄弟偶遇另一个女同学——初中时给刘波写过情书、现在在那家理财公司上班的于小惠。三兄弟请于小惠帮忙填洞，于小惠欣然答应，并策划了填洞的计划。没想到，刘波的债主七哥逼债上门，刘波为还债偷了钱库的钱去赌博，结果钱被七哥抢走了。正在刘波准备投案自首的时候，他在警方处得知于小惠所在的理财公司被劫匪抢劫，理财公司的员工都被劫持了。刘波和王平川从火锅店的洞进入钱库，想要营救于小惠，没想到两人与于小惠一起沦为人质。与此同时，许东抢回了七哥从刘波手上夺走的钱袋，回到火锅店，正好遇到从理财公司出来到火锅店的劫匪，他也沦为了人质。正当劫匪要杀害刘波等四人的时候，七哥带着一群黑社会打手到火锅店报仇，七哥以为劫匪是刘波的帮手，劫匪却以为七哥是刘波的帮手，最终两方火并，两败俱伤，刘波拿回了属于理财公司的钱，成为英雄。影片的主要情节点有如下几点。

情节点1：刘波、许东和王平川为扩充门面不小心打洞打到了理财公司的钱库中。

情节点2：理财公司被劫匪抢劫，公司员工被劫匪劫持。

在情节点1之前，虽然刘波欠了一屁股债，但只要等火锅店转让出去后，还是能过得去，但是三人想让火锅店多卖点钱，于是私自打洞扩充门面，没想到打洞打到钱库里去了。三人虽是混混，但都是好人，不敢拿钱，但如果不立刻把洞补上，理财公司终会发现，即便理财公司没有丢钱也会报警，那么火锅店一定会被查封。这样，情节点1的出现，就推动着故事走向另一个方向——如何把洞补上——这就是后面故事的主要内容。

在情节点2之前，大家已经设计好如何补洞了，但偏偏在这个时候七哥讨债上门，刘波偷了钱库的钱去赌博，想赚钱之后把钱放回理财公司的钱库，没想到七哥逼债太急，刘波还没来得及赌钱，他的钱就被七哥抢走了，刘波只有去投案自首。就在这个时候，理财公司被抢劫，刘波正好在警察局听到这个消息，立刻赶回火锅店。这个情节点的出现又将故事推向高潮——刘波解救于小惠。

有的影视剧因为其风格要淡化激烈的情节和冲突，而主要着笔于细腻的生活和情感展现，所以情节点并不是那么明显，但这类影片大多也是有情节点的，这些情节点主要表现在引发情感转变的事件上。

我们再以韩国电影《外出》为例。《外出》是典型的许秦豪风格电影，影片展现了一段细腻而不伦的爱情故事。妻子秀真遇上交通意外，演唱会灯光师仁书离开工作岗位赶往医院。在手术室外的走廊上，他遇到了舒英。舒英的丈夫京浩与自己的妻子在同一部车上。秀真和京浩重伤昏迷，仁书和舒英在处理事故的过程中意识到了他们两人的关系非同一般，这对仁书和舒英来说比致命的车祸更难接受。与此同时，两人渐渐被对方吸引。两人在医院附近的汽车旅馆里住了下来并一次次地碰面。在共同度过了一段日子后他们堕入情网。就在此时，秀真苏醒了，而京浩却离开了人世。仁书无法抛弃瘫痪的妻子，于是仁书和舒英只能分道扬镳，结束了短暂的爱情。影片看似淡化了情节，但其拥有多处情节点，其中关键的情节点有如下几点。

情节点1：仁书和舒英一同去参加被秀真和京浩撞死的人的葬礼，被死者家属赶了出来，仁书和舒英因此在情感上有了交集。

情节点2：秀真突然苏醒过来，同时京浩却离开了人世。

在情节点1之前，仁书和舒英来到秀真和京浩住院的小城，双方逐渐知道自己的另一半是因偷情而来到这里的，于是仁书和舒英都很郁闷、痛苦。情节点1的到来将故事引向仁书和舒英之间情感的变化发展。情节点1之后，我们看见两人相依相恋，有了肌肤之亲，正在两人爱情甜蜜的时候，情节点2出现了，面对瘫痪的妻子，仁书只能选择留守，他与舒英的爱情也只能走向末路。

近二十年，影视观念尤其是情节观念发生了很大变化。这种变化是同影视技术的日渐完善、影视表现手段的日趋丰富紧密联系着的，就是说影视比以往任何时候都更善于揭示人物的内心活动，并激发观众对复杂的生活做出更多的思考。如果说早期影片主要是靠外部动作使剧情紧张以“激动”观众，观众也乐于接受这种“激动”的话，那么今天的影视剧则要求影视剧作者和观众对影片中的生活以及对影片外的生活进行共同思考，正如罗姆说的：“不仅有可能通过外部事件吸引观众来共同感受，而且还有可能通过更复杂、更巧妙的手法来激发观众的内在感性联想，并诉诸观众的生活经验、思想意识和情绪结构，这是影响观众的最复杂同时也是最强有力的方法，它使观众参与共同创作的程度大大增加了。”

影视观念的这一总的变化又引起了一系列具体认识、方法、手法上的变化，其表现在对银幕作用的认识上、对画面构图的处理上、对影片内涵的解释上等多个方面，情节也不例外。传统的情节观念比较强调因果关系，诸如善有善报、恶有恶报、正义战胜邪恶、大团圆的结局等等。新的情节观念，有的恰恰和传统的情节观念相反，完全不注重情节的因果关系，并将人物和情节对立起来，主张重人物、轻情节，不要生活逻辑。这种反对情节的所谓“非情节化”倾向，从20世纪60年代开始试验，到今天它也没有成为西方电影的主流，但是主张“非情节化”的人所提出的一些问题，确实引起了许多电影剧作家和艺术家的重视，如劳逊所说：“世界各地的电影创作者正在怀疑过去所肯定的东西，正在试验新的技术，正在设想新的可能性。”一些坚持现实主义创作原则的电影剧作家和艺术家们，也不断从世界各地电影的新发现中汲取营养，丰富自己、发展自己，创造出不少优秀的影视剧本和影片。这些影片的共同特点是传统情节观念的淡化，不再强调依靠影视手段制造紧张的外部动作来影响和刺激观众的感受，而是使形象渗入观众的感情、思想深处，引发观众的联想和思考。目前，这类影片还不为我国广大观众所接受，但这只是时间问题。影视剧作者应当相信，既然世界上一切事物都在向前发展、变化，电影剧作的情节观念也不会例外，关键是我们应当重视它。

第三节 类型影视剧的情节模式

一、情节模式

从亚里士多德开始，戏剧就逐渐形成了结构方面的模式。亚里士多德认为，戏剧的结构必须分为头、中、尾这样的三段式。后来人们认为在一出戏里高潮特别重要，应该加以强调，就出现了“起、承、转、合”的说法。

黑格尔总结出“冲突律”的结构思想，他认为戏剧冲突是布局的依据，他进一步发展了亚里士多德关于“头、中、尾”的三段式说法：“合适的起点就应该在导致冲突的那一个情景里，这个冲突尽管还没有爆发，但是在进一步发展中却必然要暴露出来。结尾则要等到冲突纠纷都已解决才能达到。落在头尾之间的中间部分则是不同的目的和相互冲突的人物之间的斗争。”这一结构法则已经成为剧作所普遍遵循的结构。

著名的剧作理论家约翰·霍华德·劳逊所撰的《戏剧与电影的剧作理论与技巧》一书中，将以“冲突律”为核心的结构原则引入了电影剧作理论中。在电影剧作的教学领域里有一本广泛流传的教材——悉德·菲尔德撰写的《电影剧本写作基础》，其在论述结构的部分依然将“冲突律”作为剧作家必须严格遵守的定律，他认为:一部影片的开端就是建置冲突;中段就是发展冲突并使冲突双方反复地较量;所谓高潮就是冲突的总爆发,即冲突的至高点,也就是冲突双方的决战时刻;至于结尾,无非是冲突过后所产生的最终结果。可以说,以这样的原则创作出来的故事在今天仍然是影视剧结构类型的主流。这种被今天的人们称作“戏剧式结构”的原则依然是我们进行影视剧作教学的基础。

情节的模式似乎比结构的模式复杂一些,但模式化的倾向十分明显。早在18世纪末,西方的戏剧家就将剧作的情节归结为36种情节模式,这有名的36种情节模式一直流传到今天,它依然是人们研究剧作情节的工具。

那些被标榜为“新”的一次次电影运动都是以反叛模式为前提,但是真正要突破模式却并不像人们想象的那样容易。例如作为法国“新浪潮”电影主将的戈达尔,几乎终生都在干着反情节剧的事情,但直到最后他也不得不自叹未能逃出情节剧的圈子。他的作品《精疲力尽》和《狂人皮埃罗》依然是36种情节模式中的第5种“逋逃”,显然继承了警匪式的道路片。作为“新德国电影”主将的法斯宾德在这个问题上似乎更聪明一点,他非常痛快地说自己追求的是拍摄“德国式的情节剧电影”,他的代表作《玛丽娅·布劳恩的婚姻》一开始就使用了一个被人们千百次使用过的情节模式:“误以为丈夫已死而改嫁,其实未死之类。”这属于36种情节模式的第18种。

有人将好莱坞比喻为制作电影的工厂,人们在这里进行着电影的批量生产。为了观众口袋里的钱,电影天才们在很大程度上集中于对观众喜闻乐见的模式的研究。一旦某种模式赢得了高票房,那种模式就会成为大量生产电影的样板。从某种意义上来说,故事就是一种“样式”的艺术,在电影艺术中,将作品分为“恐怖片”“惊险片”“言情片”是合乎逻辑的事。艺术家们可以鄙视模式化生产的电影,但是他们却无法回避模式化生产带来的奇迹。好莱坞用模式化生产的方式统治着全球的电影市场,创造着一个又一个令人目瞪口呆的票房神话。好莱坞最古老的叙事传统来自戏剧的“情节剧”模式,被称作西方感伤戏剧的一个种类。剧中所讲的通常是一个弱女子的爱情和婚姻生活的不幸,而造成这种不幸的原因常常是门第观念的障碍。这种情节模式属于36种情节模式中的第28种“因为门第或地位不同而不能结为夫妻”,《泰坦尼克号》便是这种模式的最新翻版。

二、情节模式的时代属性

能够创新的人绝不是仅仅鄙视模式的人，而是尊重模式并研究模式的人。影视剧作观念的发展并不是对传统模式的彻底摧毁，而是对它不合乎时代要求和观众新的审美习惯的那些部分的改革。就以前面我们提到过的“情节剧”的模式为例，它实际上也随着时代发生着变化。当第二次世界大战爆发或刚刚终结时，尽管描写女人在婚姻爱情生活中历尽磨难的情节模式依然在《魂断蓝桥》《雁南飞》《鸳梦重温》《一江春水向东流》《白毛女》等一系列影片中重复着，但如果你再将阻碍两个人美好爱情的原因归结为门第观念显然就太不合时宜了。因为那时人们更加关心的是战争对人生的影响，所以在那些影片里，战争就代替了门第观念而成为制造爱情悲剧的罪魁祸首。尽管如此，我们依然可以看到战争作为门第观念的影子以及象征化意义的存在。

现在，人们都会将法国“左岸派”电影人看作对传统情节剧的反叛者。但如果仔细解剖一下他们的剧作就会很容易看到那些故事与传统模式之间的亲近关系。例如玛格丽特·杜拉斯的《长别离》讲述的依然是一个与《鸳梦重温》非常相似的故事：一个男人在“二战”中失去了记忆，一个女人努力启发他回忆过去。她的确熟知这一传统情节模式，而且她利用了它来完成自己的创新。她摒弃了在那个男人身上制造偶然事件的情节剧方式，将注意力和笔墨都集中到表现女人的内心创伤上，利用平凡的动作和细节来展示她可怜的希望，甚至直到最后我们也没有等来一个大团圆的结局——那男子依然没有恢复记忆。巧合没有了，人为的煽情没有了，大团圆的结局也没有了，但是我们却看到了对战争更深刻的批判和对人物更深层次的内心揭示。在她的另外一部名作《广岛之恋》中，我们依然能够清晰地看到传统情节模式的影子：一个法国女孩在“二战”中爱上了一个德国士兵，女孩被家人关入地下室，德国士兵却被打死。这显然是36种情节模式中的第29种模式“爱恋一个仇敌”，即“被爱者为爱人的亲族所仇恨”这一类。苏联电影《第四十一》便是这样的情节，甚至在莎士比亚的《罗密欧与朱丽叶》时代，这样的故事已经屡见不鲜了。杜拉斯在这里所做的无非是将情感冷漠化并将这个故事与广岛发生的恋情穿插起来，以制造出一种跨故事和跨时代的理性思考氛围。我们很难设想，如果杜拉斯不了解传统的情节模式，她将如何完成自己的创新。

任何量变最终都有可能带来质变。今天的影视作品肯定会出现很多36种情节模式所框定不住的情节模式。例如，如果你细细地查阅一下就会发现，在36种情节模式中没有《为戴茜小姐开车》这类影片的情节类型。也就是说，人们在不断创新，而且创造出了新的情节模式。

在20世纪50年代，影视结构的"冲突律"模式首先是时代所赋予的。而那时的情节几乎都表现为两种突出的倾向：要么表现一个惊心动魄、人命关天的外部事件，要么表现一个人物生生死死的坎坷道路。然而，到50年代中期，战争已经成为历史，虽然进入了冷战时期，但无论东方还是西方的社会内部都是相对稳定的。这时，即便是西方国家，也在逐渐向中产阶级社会过渡，大多数人实现了温饱，失业问题不再像40年代中后期那样突出。然而新的社会矛盾出现了，最突出的矛盾常常发生在两个方面。一是人际关系的危机。物质文明常常会带来社会的异化和人类心灵的间离，尽管在繁华热闹的都市里，人们依然感到难以排遣的孤独。虽然每天都在和人打交道，但真正的沟通却成为普遍的社会障碍。人们近在咫尺，心灵却远隔天涯。二是个人心灵深处的危机。物质的满足不能解决心灵的问题，人是唯一会探求生存意义的动物。这种探求在没有衣食之忧的时代反而变得更加突出，因为只有在这个时候人们才有可能思考这样内省的问题。正因如此，电影剧作关注的生活焦点也就必然从社会外在的危机（比如战争和失业）转移到人类的内部危机中来，将镜头对准人与人之间的关系和他们的内心情感甚至不成形的潜意识。如果好莱坞在过去的岁月里编织过灰姑娘变成公主的梦，今天人们似乎更需要编织的是在任何不同的个体之间最终都能够突破障碍，结成亲密关系的梦。

于是，一种新的情节模式应运而生了。首先，你得找来两个性格存在着差异的人物。这些差异有可能产生于如下原因：1. 性别；2. 种族；3. 年龄；4. 宗教；5. 文化；6. 国度；7. 民族；8. 生理；9. 地位；10. 爱好；11. 气质……总之，你可以找来任何你能想到的差异，但这些差异并不会给人物与人物之间带来你死我活的冲突，相反，作者所关注的是他们如何一步步地突破这些隔膜和障碍达到真正动人的沟通和交流。这类影片的情节线实际就是两个人物之间关系渐近的过程。例如《雨人》表现的是两兄弟间关系的发展变化线，他们不仅在性格气质和价值观念上有很大差异，就连生理上的差异也很大。再如《为戴茜小姐开车》表现的是一个性情怪异的白人老太太和她的性情温和的黑人司机之间的关系变化过程。两人之间除了性情差异外，还存在着种族、地位方面的差异。捷克影片《给我一个爸》则选择了一老一少；美国影片《谈谈情，跳跳舞》则选择了一个呆板的中年男子和一个美丽的舞蹈教师……影片总是从两个过去毫不相干的人由于偶然的机缘相遇开始，他们的关系常常开始于相互的反感甚至对立，但影片不是通过激烈的外部事件来进一步强化和发展他们之间的冲突，相反，总是利用一些有趣的生活细节逐渐化解两人的隔膜，最终将他们之间的关系升华为动人的亲密感情或爱情。

所以，传统的结构模式“冲突律”在这里失去了作用，因为“冲突律”规定，冲突的至高点应该发生在影片邻近结尾的部分。然而这种情节模式下的冲突却常常发生在影片的开场，然后冲突渐渐缓解，直到最后竟演化成亲情、爱情或友情。这并不意味着这种模式里没有情节的高潮，只是那高潮不再是冲突，而是情感的高潮。

也许最初人们会将这种情节的尝试看作大逆不道的对传统模式的挑战，例如米开朗基罗·安东尼奥尼的《奇遇》，人们期待着讲述一个富有悬念的破案故事（妻子突然失踪，丈夫和妻子的女友一道开始寻找）。然而，人们看到的全部情节却是丈夫和妻子女友之间关系的逐渐演进过程。那时人们是很不习惯的，十分惊讶。然而在今天，谁又会对一部影片将两个人物的关系逐渐演进作为情节主题而大惊小怪呢？《相见恨晚》（大卫·里恩导演）、《两个人的车站》《办公室的故事》（埃利达尔·梁赞诺夫导演）、《远山的呼唤》（山田洋次导演）、《老姑娘》（法国影片）、《花边女工》（克洛德·果雷塔导演）、《火车》（巴西影片）、《中央车站》（沃尔特·塞勒斯导演）等影片便是这类情节模式的典型。

第四节 冲突

影视剧中，冲突是剧情发展的动力。在一部影视剧中，人物（包括各类拟人化角色）必须是陷身于矛盾冲突中的人物，否则，人物的设置就没有了意义。而矛盾冲突又必须是体现在人物身上的矛盾冲突，否则，矛盾冲突的设计就没有了着力点。

一、在人物身上表现冲突

冲突的表现离不开人物。一般来说，矛盾冲突分为三类，即人物与人物之间的冲突、人物与环境之间的冲突、人物与自身之间的冲突。在影视剧创作中，这三类冲突是相互关联而非孤立存在的，只是不同作品的侧重点不同。

（一）人物与人物之间的冲突

影视剧中，不同人物之间的冲突是最主要的冲突表现形式。当然，具体到作品又有不同的体现。例如，在一些战争片、警匪片和动作片中，矛盾冲突都采用比较强烈的外在的对抗形式，那种剑拔弩张、针锋相对的冲突态势使人一见便知。

另外一种情况是，人物之间的冲突不是以外在的行为对立方式表现出来，而是存在于内心的冲突抵触之中。这是一种引而不发或蓄势待发的冲突状态。例如，国产电影《小城之春》《一个陌生女人的来信》等。

具体来说，我们将其分为个人与个人之间的冲突、个人与群体之间的冲突以及群体与群体之间的冲突三种类型。

1.个人与个人之间的冲突

不同的个体因为兴趣、爱好、习惯、修养、人生观、价值观等诸多方面的不同，常常会产生冲突。个人与个人之间的冲突是不同人物之间冲突的最常见的形式，因为这种冲突最容易组织情节，最能凸显人物性格。

以国产电影《人在囧途》为例。该片讲述了老板李成功与民工牛耿在“春运”期间不期而遇、结伴回家的故事。片中，李成功是身家丰厚的老板，有钱、有品位、有“小三”；牛耿是讨薪的农民工，直率单纯、一穷二白。两人贫富悬殊，性格、作风反差极大，阴差阳错地撞在一起之后，冲突不断，使得剧情妙趣横生。

2.个人与群体之间的冲突

由于观念立场、生活经历、学识修养、思想境界、现实利益等因素的差异和矛盾，个人与群体之间往往会产生冲突。一般来说，个人是这种冲突的塑造对象，群体往往作为陪衬。

例如国产电视剧《大宋提刑官》中，主人公宋慈呕心沥血破案洗冤，与腐败朝廷的各级不法官员进行斗争。但剧终却是担心引起朝臣大乱的皇帝将宋慈花了两年零六个月搜集的八大箱记载有关官员不法行径的证据、证物付之一炬。显然，宋慈以个人之力对抗腐败的君臣群体，是独木难支、孤掌难鸣。

3. 群体与群体之间的冲突

群体与群体之间的冲突通常表现为不同阶级、不同阶层、不同派别、不同集团、不同势力之间的较量。历史类、战争类影视剧中常常会出现群体与群体之间的冲突。例如，电影《莫斯科保卫战》、《指环王》系列、《赤壁》系列等，电视连续剧《三国演义》等。

群体与群体之间的冲突既塑造群体形象，也塑造个体形象。优秀的作品必须能够塑造出一批鲜活感人的个体形象。例如，电视连续剧《红日》中的沈振新、张灵甫，电视连续剧《三国演义》中的曹操、诸葛亮、刘备、关羽、张飞。但这些个体形象又是为塑造群体形象服务的。我们以张黎执导的电视连续剧《人间正道是沧桑》为例。编剧江奇涛运用了“从钥匙孔里窥看历史”的写法，通过 1925 年至 1949 年间杨氏兄弟姐妹不同的人生轨迹，将个人命运与国家、民族的命运融为一体，将重大主题与生动的人物、丰富的故事巧妙相融，集中展现了从大革命时期的国共合作到国民党败逃台湾这一历史时期中波澜壮阔的政治历史画卷。

(二)人物与环境之间的冲突

环境包括自然环境与社会环境。人物与环境之间的冲突也分为两种。

1. 人物与自然环境之间的冲突

这种冲突主要表现为自然环境对人类生存的威胁、人类对自然环境的改造和征服。灾难类、历险类影视剧多表现为这种冲突。

自然灾难类影视剧方面，代表作有美国电影《群鸟》《后天》和《2012》，日本电影《日本沉没》，韩国电影《海云台》等。

自然历险类影视剧方面，代表作有电影《鲁滨逊漂流记》《荒岛余生》和《狂蟒之灾》系列等。

2. 人物与社会环境之间的冲突

社会环境是由人造就的，所以人物与社会环境之间的冲突实质上还是人与人之间的冲突。我们以美国电影《美国丽人》为例。该片由艾伦·鲍尔编剧，萨姆·门德斯执导，凯文·史派西主演，荣获第 72 届美国奥斯卡电影金像奖最佳影片、最佳导演、最佳男主角、最佳原创剧本和最佳摄影五项大奖。片中，主人公莱斯特·伯哈姆已近中年，工作和家庭生活都很不顺畅。为了改变自己的生活方式，他首先把原来的老板给炒了，并在辞职书上狠狠地骂了老板一通。之后，他在街头找了一个自己认为很快乐的工作，而旁人对此并不理解。再后来，他自慰、吸毒、偷偷约会女儿的同学，干了很多常人无法理解的事情。最后，他死在了邻居的枪下。主人公试图通过改变自己的生活方式来反抗现代社会对人的“异化”，却最终被现代社会所吞噬。

（三）人物与自身之间的冲突

人物与自身之间的冲突也就是人物内心的矛盾冲突。这类冲突是前两类冲突的落脚点，最能够塑造出人物性格。

西方现代主义电影热衷于表现这类冲突，诸如阿伦·雷乃的电影代表作《广岛之恋》、费德里科·费里尼的电影代表作《八部半》、英格玛·伯格曼的电影代表作《野草莓》《第七封印》《处女泉》等。

例如，郑有杰自编自导的台湾电影故事片《阳阳》，讲述了中法混血的长跑运动员阳阳在面对亲情、友情、爱情等一系列人生难题时内心的苦痛与挣扎。片尾是一个阳阳奔跑的长镜头，集中表现了她在对未来人生的不断寻觅与否定中所承受的内心痛苦。

再如，在韩国电视连续剧《善德女王》中，金南佶饰演的这一人物角色亦正亦邪，内心游荡于爱情与野心之间，不断地挣扎，时而爱情占据上风，含情脉脉；时而野心占据上风，雄心勃勃。而青年演员金南佶以其潇洒的动作、凌厉的眼神、恰到好处的拿捏，赋予了人物特别的魅力，使得这一人物活灵活现，成为《善德女王》后半部中最受关注的人物角色之一。

二、在冲突之中塑造人物

人物形象的塑造主要是在对矛盾冲突的表现中完成的。如果把冲突比作金石的碰撞，人物形象则是撞击后迸射出的火花。碰撞越激烈，火花越绚烂，人物越能焕发光彩。

在对冲突的表现中塑造人物形象，主要基于以下三点联系。

(一)冲突的特定性与人物的典型性

矛盾冲突的具体表现多种多样,因时代、地域等因素的不同而有其特定性,从而形成了典型环境中的特定冲突。因此,典型人物的塑造也要在特定的冲突中进行。

例如,同为儿童电影故事片,《闪闪的红星》塑造的是土地革命时期的少年英雄潘冬子;《三毛流浪记》塑造的是旧社会上海滩的流浪儿童三毛;1963 年版《宝葫芦的秘密》塑造的则是新社会的顽皮小学生王葆。所以,只有在特定的环境中才能塑造出典型的人物。

以好莱坞系列电影《加勒比海盗》中的主人公杰克·斯派洛船长为例。影片所要表现的是人类对无拘无束的自由生活的向往与追求。在 18 世纪的大航海时代,海盗是一种自由的象征,因此影片中的主要矛盾是"自由"与"束缚"之间的冲突,而杰克船长正是这样一个热爱航海、追求自由、不受束缚的海盗形象。

在《加勒比海盗》最初的剧本中,杰克船长这个人物并没有大银幕上那般古怪另类。影片主创们认为,这个缺乏魅力的主人公很难吸引观众。因此,他们决定冒险塑造一个新颖、另类的主人公。

杰克船长的形象结合了摇滚歌手基思·理查兹和有着法国腔的著名卡通形象臭鼬的某些共性,诸如生活不安定、性格狂野、想做就做、矛盾而混乱等。在主演约翰尼·德普心中,海盗就是"绝对的自由",感觉就像是 18 世纪的摇滚明星。德普抓住了其精髓——那是一种美丽又懒散的自信,眼睛上的浓眼影、头发上的连串珠子都是"自由"的标志。

于是,德普饰演的杰克船长就这样变成了一个精明狡猾而又神经质的冒险家,有着轻松快乐、不加停顿的圆滑腔调,说着像妇人一样阴柔狡诈的花言巧语,走起路来摇曳生风。当然,这个具有突破性的人物形象最初并不为制片方迪士尼公司的高层们所欣赏,他们认为该形象会毁掉这部耗资巨大的影片。但最终,《加勒比海盗》获得了巨大的票房收益。约翰尼·德普饰演的杰克船长成为影片最大的卖点,他凭借自己推陈出新的表演获得了奥斯卡最佳男主角提名,这一人物形象从此进入了影史的人物画廊,也随之诞生了诸多翻版。

（二）冲突的复杂性与人物的层次性

一部影视剧中，往往并存着多种矛盾冲突。人物在复杂纠葛的矛盾冲突中，才能表现出其形象的不同侧面，才能具有层次性。

例如，在电视连续剧《铁梨花》中，男主人公赵元庚纠缠在多重人物关系之中，多重人物关系又蕴含着多种矛盾冲突。面对徐凤志，他是强娶民女的霸道军阀；面对妻妾儿女，他是威严无比的封建家长；面对高堂老母，他是设法传宗接代的孝子；面对仇人梁飞虎，他是势不两立的凶悍强人；面对日寇侵略者，他又是甘洒热血的爱国将领。

像赵元庚这种人物是难以用正面人物或反面人物来做笼统的界定的。即便要界定，也要结合具体的矛盾冲突。再如，电视连续剧《亮剑》中的国民党军官楚云飞与日寇和八路军都有矛盾冲突。抗击日寇侵略时，他和八路军将领李云龙同为正面人物；而在解放战争中，他站到了人民的对立面，成了反面人物。

（三）冲突的发展性与人物的转变性

矛盾冲突是不断发展的，人物形象在这一过程中也会发生转变。我们以电影《赵氏孤儿》中程婴这一人物的转变为例。影片主要表现的是暴力与仁爱之间的人性冲突的政治斗争，程婴只是旁观的小人物。影片开端展现的是赵氏家族与屠岸贾之间的主要矛盾，冲突发展到“搜孤救孤”阶段，程婴才被卷入冲突的中心。此时，他仍只是一个尽力救人的“好心人”形象。

直到发生“公孙府杀孤”之后，程婴才开始升华为彰显着仁爱精神的英雄形象。最终，赵孤成长为怀有仁爱精神的少年，当他出现在屠岸贾面前时，标志着暴力的失效、仁爱的胜利，程婴这一人物形象的塑造也圆满达成了。

再如，电视单元剧《财神到》的“老虎不吃人”这一单元中，开始是富商雷老虎欺压穷秀才。之后，财神帮助穷秀才买官，又使富商雷老虎破产。此举令穷秀才与雷老虎都发生了转变。有权有势的秀才开始敛财作恶，潦倒的雷老虎却改恶从善。最后，财神与雷老虎一起惩治了秀才。这两个人物形象的转变是人物之间的冲突和人物内心的冲突共同发展的结果。

【本章小结】

对情节和冲突的审美规律的认识并不是来源于影视剧，而是早期电影创作者向戏剧和小说学习的结果。如今，情节剧作为一种创作方法和创作风格深入人心，深受观众的喜爱。但是，情节剧的创作原则也受到了不少影视艺术家和影视理论家们的质疑，他们希望开拓出一种与戏剧和小说不一样的属于影视剧专有的叙事方式。但是，传统故事艺术的讲述习惯和接受习惯仍深深扎根于作者和观众的内心。所以，掌握情节构建、冲突设计的基本技巧对于影视编剧来说还是非常重要的。

【思考与练习】

1. 看一部近期上映的商业大片，试着梳理一下它的情节线索和情节点。
2. 根据下面的新闻素材，构建基本情节线索，设计主要冲突。

网上一段视频引起网友热议。视频中，在上海8号线地铁上，一位妈妈自带折叠桌板，让小男孩在拥挤的地铁里，旁若无人地摊开做作业。

第4章

结构

【教学目标】

1. 了解剧作结构概念的多义性。

2. 理解剧作结构形式与影视时空的互动关系。

3. 理解戏剧性结构和非戏剧性结构的特征。

【重点】

1. 剧作结构形式与影视时空的互动关系。

2. 戏剧性结构。

3. 非戏剧性结构。

【难点】

非戏剧性结构。

结构(structure)一词通常是指:组成整体的各部分的搭配和安排。在 1986 年出版的《电影艺术词典》中,对电影剧作结构的解释是:"电影剧作的组织方式和内、外部构造。电影剧作家根据对生活的认识,按照塑造形象和表现思想内涵的需要,运用电影思维把一系列生活材料、人物、事件等,分别按轻重主次合理而匀称地加以组织和安排,使其符合生活规律,达到艺术上的完整、统一、和谐。剧作结构的优劣,对一部电影剧本的成败常常起很大的作用。"

第一节 多层复杂的剧作结构

结构这个词语并非首次运用在影视编剧创作之中,它作为一种观念形态,或者说是一种物质运动的状态而存在。结有结合之意,而构是构造之义,合起来理解就是主观世界与物质世界的结合构造。结构这一词语在意识形态世界和物质世界得到了广泛的应用,如语言结构、建筑结构等,成为人们用来表达世界存在状态和运动状态的专业术语。结构一词在艺术学领域多指建筑物上承担重力或者外力的部分的构造,或指诗文书画等各部分的搭配和排列。

就像房屋搭建中的钢筋结构一般，电影、电视剧的结构也同样是支撑整部作品的提纲挈领一般的存在，没有结构的存在也就没有整个作品最终完成的效果。在传统的电影理论中，部分学者把电影结构等同于情节，而实际上，电影结构是由与情节不同的一些要素、方面、层次和形态构成的复杂系统，是一个动态的系统。

剧作结构是指剧作的组织方式和内部构造。影片创作者会根据对生活的认识，按照塑造形象、表现主题和表达思想内涵的需要，运用影视思维和各种艺术手段，把一系列生活材料、人物、事件等分轻重主次，合理匀称地加以安排和组织，通过一定的体系和连贯性形成一个统一的整体，使其成为既符合生活规律，又适应特定艺术要求的作品。由于现实生活的丰富性、复杂性，创作者的思想观念和艺术才能的独特性，观众审美需要的多样性，具有创造性的影片的剧作结构不会彼此雷同，甚至对于同一题材，不同创作者也会创造出不同结构的作品。影视剧作结构按时间、空间的处理方式，可分为顺序式和时空交错式两种主要类型；按叙事角度，可分为主观叙述和客观叙述两种格局；按剧作和各文学门类的关系，可分为戏剧式、散文式、综合式等结构形式。后面的章节将对结构与时空关系以及戏剧性结构进行探讨，作者会对剧作结构中的其他分类方式做一个大概的描述。

一、时空结构

时空规定性是影片基本的规定性，学者一般是在环境设计的框架里讨论这个问题。对于那些传统的戏剧式影片来说，也许时空问题只需要考察故事发生在什么时间和什么地点就够了，但影视发展的历史却表明，剧作构思的日趋复杂，也直接带来了时空关系的复杂。时空关系不仅不再是单一的，也不再是完全统一的。从根本上说，影视结构的复杂性是从它突破了戏剧式结构的单一模式才充分显示出来的。于是，对银幕时空的不同设计和配置就有可能产生丰富的且因此而日渐复杂的影视结构。比如，一些影视著作中出现了蒙太奇结构的概念，这实际上是把用于镜头组接的蒙太奇技巧上升为剧作结构的手段，使它成为一种组织方式。影视剧作已经逐渐打破线性叙事所带来的局限与困惑，通过更多、更灵巧的时间安排，让更多的时间元素交互进入影视结构中，进行更有效、也更有魅力的叙事。例如，在电影《盗梦空间》中，多层梦境将电影的时间与空间进行复杂的再组合，呈现了独具特色的审美体验，其实，这种审美体验就是新颖的时空结构所带来的新的观感。

二、情节结构

前面我们已经介绍了情节的概念，而情节结构是设计事件的因果联系所体现出来的组织方式。不管是按照传统的“三幕剧”结构，还是按照开端、发展、高潮、结局这四个阶段来编排的戏剧结构，它们都已经不再能完全适用于当代影视日趋复杂和新颖的情节构思。在电影史上，戏剧式电影是伴随着摄影棚的出现而出现的，当时的电影家们开始向舞台戏剧学习，并把戏剧美学的一系列观念当作电影的美学观念。但是随着电影的发展，除了向戏剧学习之外，电影家们还开始从小说、散文、绘画、音乐等相关艺术那里学到了一些可以运用在电影创作中的结构技巧。例如，不少影视作品向小说学习结构形式，它既抛弃了人为地设计戏剧冲突、把不管怎样的情节一概纳入冲突四阶段的模式那种过分编造的结构，又保留了基本的叙事性来吸引观众；它既有情节的整体框架，又以更具体的生活场景来积累感情；它既有逐步推进的发展，又不局限于仅以外部的动作去制造高潮。

当代影视剧不再局限于某个单一的集中的叙事情节，而是采用多条叙事线索的交叉和互相推进来编造影片结构。过去剧情的多条线索更多的是围绕某个中心事件来展开，这些线索只是这个中心事件的不同侧面而已。所以，线索的交叉很难说是一种结构的方式，而只是情节本身具有的性质。当代影视在这方面的发展就在于，情节的多线索往往体现为多个事件的平行发展，事件本身具有相对的独立性，却被创作者有意识地交叉在一起。这样多线索的交叉就不再是来自中心情节本身的性质，而是对现实生活的概括方式发生了变化。此外，视点和叙述人这两个基本的结构要素在情节构思中的作用越来越重要。视点和叙述人之间建立的关系，形成了丰富多彩的情节叙述方式，它必然会给结构的形态带来更大的影响。美国电影《社交网络》的结构即：通过扎克伯格与另一男主角的不同视角，对美国著名网络公司 Facebook 的成功背后的友情、爱情进行抉择，故事不仅从扎克伯格自身对往事进行一再挖掘，同时还从其他人的视点来重新看待这场纠纷。

三、人物关系结构

在剧作的结构系统中，人物关系的结构与情节的结构有着密切的关联，但其性质与功能都不尽相同。正因为人物关系的设计经常成为对现实生活加以概括的手段，人物关系的结构便常常对把握影片的表意层面产生影响。在戏剧式影片中，人物关系时常采取的是二元对立的态势，像革命与反动、进步与落后、压迫与反抗、爱情与复仇等等，都是建构人物关系的基本模式。而在当今影视作品中，除了在二元对立范围内铺设矛盾之外，也通过设计人物的不同结构定位给予人物更丰富的内涵，也让剧作结构更为复杂。

第二节 结构与时空关系

在观看影视作品的时候，我们往往会有一种错觉，将影视中的时间、空间与现实中的时间、空间视为一致，但实际上影视时空是影视艺术家们创造的另外的一个时空世界，它有自身的逻辑规律。音乐是时间的艺术，绘画是空间的艺术，而影视艺术是关于时间与空间的艺术，所以如果想要理清影视剧作的结构关系，时空关系是其中非常重要的一环。如果对影视的时空特性没有充分的认知，即便有好的作品主题、标志性的故事人物、曲折离奇的情节，那也不是一部真正优秀的影视作品。把握好剧作结构与时间、空间的关系是十分重要的。

一、影视中的时间与空间

在谈剧作结构与其所处的时间、空间的关系之前，首先我们需要对影视作品中的时间和空间有一定的了解，它们本身与实际流动的时间和实际存在的空间是有一定的贴合和区分的，虽然并不是完全一致，但也有着千丝万缕的联系。

（一）影视中三种不同性质的时间形式

从时间的本质性来说，它本身意味着不会停滞的变化状态，生命来源于时间，生命随时间消逝，在漫漫的时间长河之中，人们不断地进化成长，不断更新自己对这个世界的认知。时间不仅支配着自然世界的草木枯荣，也支配着人类的价值世界。

在我们的现实世界中，时间有两种基本的存在形态。一种是物理时间，即从我们身边不断流淌的时间，一般来说这也是最为真实客观的时间概念。而在影视作品中，虽然导演已经尽力想要还原这一时间向度，以完成作品本身真实性的指向，但是由于作品时间的局限，这种真实性的还原也只能在局部片段中实现。除了这种连续的物理时间之外，时间对人类来说还意味着个人主观所能感受到的时间，这种时间通常也被称为心理时间或者感觉时间。当我们在看自己喜欢的电影的时候，总觉得如同白驹过隙，而在读一本佶屈聱牙的理论专著时，我们却觉得时间无比漫长。

而相对我们所处的现实世界中的时间概念来说，我们的影视时间如果从观众接受的角度来划分，它存在着四种不同性质的时间形式。

1. 播映时间

这也是影视时间中最好理解的一种时间方式，简单来说，播映时间就是指单部影视片或者节目播映的时间长度。播映时间与我们所处的现实世界的时间流动是一致的，如一部电影的播映时间是一个半小时，电视剧一集的时间是 45 分钟，则在现实时间中观看这些影视作品的时间也是一个半小时或者 45 分钟。

2. 叙述时间

叙述时间也就是所谓的叙事时间，是银幕上表现故事的时间，是创造出来的艺术化的时间形态，也可以称之为蒙太奇时间。屏幕上的叙述时间与现实世界的时间最根本的区别是前者打破了后者固有的不可更改的连续性，形成了并非连续的连续感。现实时间有持续性、一维性（不可逆性），只能按照过去、现在、未来的方向发展，并且一去不复返。而影视的叙述时间则是主观的、自由的、可控制的、具有弹性的，可以受制作者操作、控制、变异从而实现意义的表达。影视可以对现实时间做相等、延长、缩短、停滞、重复等多种创造性处理；能把过去未来、当前回忆、现实虚拟通过顺序、交错、颠倒等方式组接在一起；还能功能性地再现和运用时间运动中各时间单位的差值来形成节奏感。

（1）叙述时间的表现方式

①压缩

这是影视作品中最基本的处理时间的方式，一部影视作品可以将几个小时、几十年甚至成百上千年的时间压缩在几十分钟或者几秒钟之内，我们看到的电视片，除了直播之外，从叙述总体来看，无一例外的经过时间的压缩和省略。

②延长

在银幕上，现实时间是可以被延长和扩展的。对现实时间的延长，可以让观众更深刻地感受到镜头画面给人带来的视觉冲击。在影视编剧进行创作的时候，对此也要给予一定的注意，把握好延长的时间中所出现的剧情及其节奏。

③停滞

停滞是根据表达需要或者叙事结构中人物特定的心态，利用特技让时间暂时静止的一种屏幕时间表现方式。这是一种主观化的、特殊的时间形态，它通常通过音乐、音响或者剪辑中的重复方式来实现。

（2）叙述时间的时态

①现在

作为一种时间状态，“现在”这个状态有存在、目前活着、今生、眼前的瞬间等多种存在形式，要与过去和将来进行区分。迄今为止，影视作品最多表现的就是线性叙事的故事，其中最常用的是现在时态。作品中的大部分剧情都给观众一种正在进行的感觉，观众与剧中人共同经历过程。这种历程也分为两种。

〈1〉作品中的“现在”与现实中的现在状态是接近的

这种“正在”“目前”的感觉会比较强烈，比如2015年播出的《大好时光》就是将时间放在2015年这个时间段，这对正处在2015年的观众来说在时间感觉上就无限接近，是对当下人们的感情状态、生活环境的现实再现，会让观众有一种真实的感觉。

〈2〉作品在开始时就给出确切的时间，将准确时间作为“现在”

如电影《杀破狼》在一开始就写明了 1994 年，那么故事的讲述内容就是 1994 年“当下”的故事，1994 年那个时间在剧情中就是“现在”，观众也不能用现在的 2018 年去比照情节的时间，将 1994 年认为是过去。故事中的时间，只用故事中的时间作为参照。

②过去

过去是相对于现在的一个概念，是指现在之前，已经发生过的时间部分，多指“从前”。一般用在对往事的回忆或者对过去的某些情景的怀念中。如果想在影视作品中对过去的时间进行表达，前提是一定要有“现在”的时间状态作为参照时间状态。即使相对现实的时间状态来说，影视作品中的时间状态是过去状态，但如果没有影视作品中的“现在”时间打底，那么对于观众来说，他们也会将过去的时间认同为正在讲述的故事。在电影《致我们终将逝去的青春》中，正是因为“现在”时态中郑微情节的交代，参照于这个时间，我们才会知道描写郑微和陈孝正的青春爱情是过去时间。

③将来

将来和过去一样都是相对于现在而言的，指的是即将发生的瞬间或者说还没有发生的时间部分。在影视作品中，“将来”时态多用在对未来的展望憧憬中。将来时态也需要参照时态的参与，比如美国电影《2012》，电影的一开始讲述的是 2009 年发现地壳运动频繁的事情，相对于 2009 年这个时间点来说，2012 年就是未来的时间。电视剧《穿越时空的爱恋》更是将过去、现在、未来的时态交错使用，小玩子穿越回古代创造出了过去的时空，而小玩子本该存在的现在时空对于后来一起穿越过来的朱允炆来说又是未来时态。

④非现实时态

非现实时态在这里指的是心理时态、梦幻时态、科幻时态。它不属于现实生活中的时间概念，而是来自想象和创造。瑞典电影导演英格玛·伯格曼是这一时态的重要开创者之一，其电影《野草莓》几乎没有任何情节，都是由主角的现实时间和梦幻时间交织在一起，来展示其内心世界的。这样类似的作品还有意大利导演费德里科·费里尼的《八部半》、法国导演阿伦·雷乃的《去年在马里昂巴德》等。

3. 实时时间

在影视屏幕的时间表现上，可以不用切换，用一个镜头将一个事件完完整整地拍摄下来。尽管摄像机可以从远景移到近景，从此人动作拍到彼人动作，但只要镜头不中断，事件发展和人物谈话都会在实时中进行，表现在屏幕上，这就是不中断的实时时间。也就是说从表现技巧来看，实时时间的典型表现就是长镜头。

4. **心理时间**

这里的心理时间针对的是由观众的接受程度所产生的主观认定的时间长度。心理时间对于不同层次的观众，其时间的长度是不等的。如我们用镜头去表现从北京坐火车到重庆，如果观众未曾到过北京或者重庆，那么他就无法判断这个镜头表现的实际距离和时间是多久，最多是根据他人的实际经验知道一个大概的时间。而对经历了从北京坐火车到重庆的观众而言，对这段镜头表现的时间的心理感受就有二十多个小时。如果这时还有一名观众也坐过远距离的火车，那么他的心理时间就十分接近镜头想要表述的时间了。

对于编剧来说，观众的心理时间是非常重要的，有时并不是非常长的电影却让观众感觉到拖沓冗长，而一部播映时间很长的电影却让观众在观影后意犹未尽，这不但与观众的个人感受是直接相关的，也与影视作品的艺术感染力息息相关。

二、影视作品中的叙事时空

当编剧对剧本所要表现的主要时间和空间做出挑选之后，所面临的问题就是时空的顺序安排。任何一部影视作品都是由一个以上的时空片段组接而成的，多个时空片段需要编剧顺应某种顺序进行组接。而这种排列对于观众来说就是一种信息的释放和接受过程，观众通过在剧情的发展中对故事的序列不断做出自己的解读，于是形成了自身的一种看法。

这里所说的影视作品的排序问题，并不是指只用一种叙事的方式来描述整部作品中的时空安排。影视作品中的时空并不等同于现实中的时空，像河水一般从过去奔流到未来，时间和空间成为创作者的创作方式，往往被分割、合并、叠加，这从某种程度上来说超脱了一般的时空逻辑，它所遵从的往往是编剧的主观意愿。有时在时间向度上，毫无先后关系的空间的排列和展示，能为影片创造出一番新的意境。这种现象在风光片等影视作品中多有表现，通过展现一幅幅美丽画面使观众对空间有所把握。

按影视作品时序排列的过程分类，一般可以分为顺叙、倒叙、插叙、预叙、交替叙事等五种主导方式。

（一）顺叙

顺叙指的是按照时间顺序安排的叙事内容。事件在叙事中的前后时间顺序与事件在故事中的顺序相同，是一种最为常见的电影叙述方式。顺叙严格遵守着时间流动的自然性，以时间来串联事件，其特点是：

1. 事件前后分明，在时间的顺畅流动中把故事呈现在观众的面前；

2. 叙述故事时，往往按照“开端、发展、高潮、结局”的顺序，这容易让观众在观看时接受故事。

在经典电影《这个杀手不太冷》中，编剧就使用了这个最常规的叙事方式，在开头介绍了杀手莱昂和小女孩的身份之后，将电影的时间发展与二人之间的感情发展、复仇过程相联系。电影故事的开始通过莱昂执行杀手任务展现了一个独来独往的杀手形象，他孤身一人，除了完成任务就是培育自己家中的盆栽，一场意料之外的屠杀将他和邻居小女孩玛蒂尔达联系在了一起。作为警方缉毒组的眼线的父亲因贪污了一小包毒品导致全家被杀光的小女孩玛蒂尔达，因为莱昂的收留而成为唯一的幸存者，并成了莱昂的同居人，两人关系日渐亲密，相处十分融洽。随着感情的不断深入，玛蒂尔达要求莱昂帮助自己报仇。在与警方的对峙中，在即将取得报仇的胜利之际，莱昂最终死在了黑警的手里，只有玛蒂尔达一人独自走向光明。故事按照时间的顺序展开，通过莱昂与小女孩玛蒂尔达之间的感情互动推动故事发展。在故事的最后，玛蒂尔达没有等到早已死去的莱昂，只能独身一人继续生存下去。全片虽然使用了顺叙的排序方式，但是张弛有度，节奏感十足，二人相处时的温馨美好，最后复仇时的紧张刺激，让整部电影一气呵成，没有任何漏洞。

（二）倒叙

倒叙指的是叙述者首先叙述故事的结果或者其他关键情节之后，反过来再叙述故事的原因或者始末。倒叙的影视作品往往选取某个人物作为叙事视点，通过人物的回忆来展开故事。倒叙叙事所在的时空与故事时空往往并没有直接的因果关系，它仅仅作为一种契机提供出来，并营造出一种怀旧的气氛和格调。在影视作品中，倒叙通常有以下作用：

1. 表现过去的事件或者补充介绍故事的背景材料；

2. 为了满足叙事中人物的情绪需要，插入过去重要的场景或者画面；

3. 叙事形式上的一种需要，倒叙打破了叙述上的顺叙性，使叙述本身更具突兀感和曲折感。

在美国电影《廊桥遗梦》中，弗朗西斯卡去世后，她的子女在翻阅她的旧物时，发现了她在他们幼时的一段不为人知的动人感情。她与来爱荷华采风的摄影记者罗伯特·金凯相遇，爱情一发不可收拾，而后的几天中两人整天厮守在一起。但弗朗西斯卡无法割舍幸福的家庭和孩子，两人最终不得不分别，一生未能再见。之后，弗朗西斯卡接到了罗伯特的死讯，而最后走到生命尽头的她希望子女们能将自己的骨灰撒在她与罗伯特结缘的桥边，生前她把所有的时间都留给了家庭，只希望在死后的日子里能够与爱人相依偎。

故事从主人公的子女对她旧信的整理开始，牵扯出了弗朗西斯卡的一段旧事，倒叙的手法也为这个不得善终的爱情故事蒙上了一层忧郁的纱，营造出一种对往日怀念的氛围与情调。

倒叙也具备以下的一些特点：

1. 倒叙主要用来表现人物的回忆，而且在运用的时候有意识地进行了暗示；

2. 倒叙段落一般完整而且延续时间比较长。

美国导演大卫·芬奇的电影《本杰明·巴顿奇事》也是通过倒叙的手法展开的。在飓风即将侵袭的美国新奥尔良，一名病入膏肓的老妇人躺在病床上，她的女儿凯瑟琳守护在她的床前，想要陪伴她走到生命的最后一刻，老妇人尽管数度有晕厥的迹象，她却坚持让女儿找来一本由本杰明·巴顿写的日记为她读。叙事者"我"即本杰明·巴顿，他描述了自己的一生，描述了他是如何由一名刚出生就因为像个老人而被父亲遗弃到养老院，而后却越活越年轻，一生游历世界，最后与幼时的小伙伴黛西也就是病床上的老妇人相爱，最后变成幼儿形态安详地离开了人世。故事一直在黛西和本杰明带着淡淡惆怅的语调中进行着，两人交错的时间让他们不能实现真正意义上的相守，而故事也一直在这种遗憾的气氛中以倒叙的方式展开，既给观众留下了关于本杰明与黛西和她女儿关系的悬念，也流露了一种人生如梦、匆匆流逝的怅惘情绪。

(三)插叙

插叙指的是叙述者打断中心事件的时间流程,插入对另一事件或者场景的叙述。叙述者插叙的目的就是介绍另一事件或者是为了渲染某种情感。在这里要特别注意倒叙与插叙之间的区别:在所叙之事与中心事件的关系特别是时间关系上,倒叙设计的是时间的倒错,插叙插入的事件或场景和中心事件没有直接的时间和因果关系。插叙有以下两种方式。

1. 插曲

插曲并没有明显的情节推动作用,叙述者安排插曲的目的并不是为了推进情节,而是为了渲染某种情感。在进入到插曲的时候,由故事的讲述转入情感的渲染,这时的抒情功能压倒了叙事功能。其特征则是在情节性的叙述中,把情节停顿下来,横空插入一段抒情的段落或是对原本应是情节性的叙述段落进行抒情的叙述。

在电影《匆匆那年》的结尾段落里,陈寻看到了出现在屏幕上的方茴的身影,一时泪目无言,此时响起了电影同名插曲《匆匆那年》,二人相知相恋的青春岁月如流水一般在荧幕上闪过,歌词是:"匆匆那年,我们究竟说了几遍,再见之后再拖延。可惜谁有没有,爱过不是一场七情上面的雄辩。匆匆那年,我们一时匆忙撂下难以承受的诺言,只有等别人兑现。"这段插曲的应用将电影中对过去的不舍与眷恋,和面对现实的残忍与黯然表达得十分贴切,然而一切也不过是"不悔梦归处,只恨太匆匆"的空白罢了。

2. 仪式

仪式在中国第五代导演的电影中几乎随处可见。在仪式插叙时,情节的进展过程停滞了,情节叙述被转入有意指性的隐喻或象征。"仪式"虽然是附着于事件之上的,但和插曲的相同点是:游离于情节之外。

张艺谋导演的《红高粱》中就使用了很多"仪式"性的插叙手法:轿夫们奋力在黄土地上颠轿;如同被蓝色墨水侵袭的夜色;高粱地里的野合;十八里坡上的圆形门洞;剥离人皮的残忍;敬酒神时的肃穆;爆炸之后冉冉升起的黑色太阳……都成了电影中的插叙短语。

(四)预叙

预叙指的是故事发生之前便被描述出来的叙述方法,强调的是故事现时进程和过去对现在进行着的动作和事件的直接影响。观众更多关心的是人物现在的动作将如何发展,而动作的发展方向又与过去紧密联系在一起。

预叙的叙事特征便是"某事发生之前",也就是说,这件事虽然现在没有发生,但将来肯定是要发生的。至于叙述者是如何知道将来会发生什么事情的,则依赖于叙述者的视点是上帝的视点——全知全能的。无论是国外还是国内,无论是文学还是电影,都较少运用这种叙事手法。

香港电影导演王家卫的电影独具风格,其经典电影《东邪西毒》就多用这样的手法,当张国荣饰演的欧阳锋落寞地出现在沙漠中的时候,画外音响起:很多年以后,我有了绰号,叫西毒。

(五)交替叙事

当编剧自身对影视时空的序列安排逐渐深入地认识之后,交替叙事或者说交叉叙事成了编剧们所选择的进一步发挥的对象,编剧们将倒叙、顺叙、插叙等多种时空控制手段交叉使用,以取得独特的艺术成果。

而当影视作品具有多条叙事线索的时候,往往需要采用这种交替的叙事时空序列来安排,通过不同时序与空间的变化排列让影视作品体现出独特的意义,同时这样复杂的编排显示出编剧自身对电影中的时空关系的一种独特的思考。

交替叙事在电影刚刚被发明的年代便已经被使用了,美国导演大卫·格里菲斯独具电影美学特色的故事片《党同伐异》便是将四段不同时空发生的故事组合在一起:巴比伦的陷落、耶稣基督的受难、法国的圣巴托罗米宗教大屠杀以及二十世纪初美国的劳资冲突。正如导演格里菲斯所言:"四个大的循环故事如同四条河流,最初是平静而分散地流动着,最后却汇成了一条强大凶猛的急流。"整部电影虽然分成四个部分,却将宽容与反对暴力的信念融入其中,这虽然与当时美国的高昂参战情绪并不一致,却仍是一部电影史上不容忽视的杰作。

在电影发明之初,人们并不能预测到电影——第七艺术——不仅仅是现实世界的重返,它所代表的是更为广阔的时间与空间。通过对时间和空间的打乱重排,影视成为人类重新认识自我的重要手段,时空手段在电影中的使用也代表了创作者自身不断进步的哲学和美学观念，除开娱乐的外衣，它亦成为探索现代人类生活的艺术手段，而越来越庞大的编剧队伍也让影视作品的叙事时空更加异彩纷呈。

第三节 戏剧性结构

作为第七艺术的电影，在不断发展的过程中一直与戏剧有着密不可分的关系。二者在叙述语言、造型手段、美学追求等多方面都具有很高的相似性，在电影诞生之初，它们已经结下了不解之缘。在乔治·梅里爱的电影观念中，电影表现形式与戏剧舞台相贴合；中国人在电影这个“舶来品”传到中国时，称它为“影戏”；而在 20 世纪 80 年代更是一度掀起了“丢掉戏剧的拐杖”“戏剧与电影离婚”等观点，从这里可见电影与戏剧的关系之密切。

电影与戏剧都属于视觉艺术和听觉艺术相结合的综合艺术，给观众带来了艺术的美感，而因为二者在表现形式上具有一定类似性，大量的戏剧表现手法被电影所借鉴与应用。在电影早期的发展过程中，戏剧的表演、舞台、灯光、人物动作、“冲突律”原则等各个方面都给电影发展带来了很多启示，而无论是西方的歌剧还是中国当时的文明戏等，都对观众的观赏习惯有一定的培养作用。相对于戏剧而言，电影所拥有的优势更为明显，其自身的视觉效果和内容的丰富性迅速为电影集结了广泛的观众群。在此基础上，本节将对影视作品的戏剧性结构做一个初步的探讨。

一、戏剧性结构的概念指向

在了解戏剧性结构的概念之前，我们先对戏剧本身做一个初步的介绍。

戏剧，指以语言、动作、舞蹈、音乐、木偶等形式达到叙事目的的舞台表演艺术的总称。文学上的戏剧概念是指为戏剧表演所创作的脚本,即剧本。戏剧的表演形式多种多样,常见的包括话剧、歌剧、舞剧、音乐剧、木偶戏等。戏剧是由演员扮演角色,在舞台上当众表演故事的一种综合艺术。其起源实不可考,目前有多种假说,比较主流的看法有二:一为原始宗教的巫术仪式,比如上古中文"巫""舞""武"三字同源,可能是对一种乞求战斗胜利的巫术活动的合称,即戏剧的原始形态;另一为劳动或庆祝丰收时的即兴歌舞表演,这种说法的主要依据是古希腊戏剧,古希腊戏剧被认为是起源于酒神祭祀。

戏剧是由演员将某个故事或情境,以对话、歌唱或动作等方式表演出来的艺术。戏剧有四个元素,包括演员、故事(情境)、舞台(表演场地)和观众。演员是四者当中最重要的元素,他是角色的代言人,必须具备扮演的能力。戏剧与其他艺术最大的不同之处便在于角色扮演,通过演员的扮演,剧本中的角色才能得以伸张,如果抛弃了演员的扮演,便不再是戏剧。

影视作品的戏剧性结构主要由戏剧结构转化而来。在两千多年的发展史中,戏剧逐渐形成了其自身十分独特的结构模式,而随着戏剧进入成熟期,影视开始出现并不断发展,同时也将这一优点借鉴到了影视作品当中。在西方,从亚里士多德开始,人们就对戏剧进行了比较深入的研究,认为应将戏剧结构分成头、中、尾这样的三段式,而后人们逐渐认识到了高潮的重要性,"起、承、转、合"这样的说法也在戏剧发展中频繁出现。之后,黑格尔通过对戏剧冲突的认知总结出了"冲突律"的结构思想,他将戏剧冲突认为是布局的依据,这是对亚里士多德"三段式"说法的一种发展。而在东方的中国,其自身的戏剧理论讲究戏剧的"浑然天成",冲突理论包含在"主脑"之中。李渔在《闲情偶寄》一书的《词曲部·结构第一·立主脑》中说道:"古人作文一篇,定有一篇之主脑。主脑非他,即作者立言之本意也。传奇亦然。……自始至终,离合悲欢,中具无限情由,无穷关目……"这里的"无穷关目"指的就是无数回合的戏剧冲突。

从西方到东方,直到今天,戏剧性结构已经成为包括电影在内的剧本艺术所普遍遵循的结构法则。著名戏剧理论家约翰·霍华德·劳逊在《戏剧与电影的剧作理论与技巧》一书中认为,一出好戏必须有合适的题材和结构,引人入胜的故事和情节,性格鲜明的人物和语言,但最好的戏必然有强烈的戏剧冲突。冲突,是戏剧艺术最基本的特征。而悉德·菲尔德在《电影剧本写作基础》一书中,更是将电影的格局归纳为以下模式:即一部影片——以120分钟为例——无论其情节点有多少,情节段落如何排布,皆可分为开头、发展、结尾三个部分。

情节点 1　　情节点 2　　情节点 3

120min

开头 1/4(30min)　　发展 2/4(60min)　　结尾 1/4(30min)

这些情节点就是重要的冲突点,是戏剧性结构电影的矛盾的集中所在。

无论是在教科书还是在理论研究中,很多人对戏剧性结构发表过自己的见解,但是理论毕竟是理论,编剧编写剧本应该更多地到实际生活中去体会,去领会戏剧性结构的要义和技巧,将戏写得更为激动人心,要有自然而然的戏剧冲突而非刻意的粉饰雕琢。

二、戏剧性结构中的基本要素阐释

一般来说,戏剧性结构主要包括开始、发展、高潮、结局四个基本要素。在传统结构的剧作中,这四个基本要素表现得相当规整且比较明显;在非传统结构的剧作中,则经常发生变化。

(一)开始部分

开始部分一般用来表现时间、地点、环境等背景因素,影视作品中的主要事件和主要任务在这个部分开始出现,主要矛盾也初见端倪。开始部分一般用来为发展部分打好基础。

为了让观众尽快进入叙事背景中,也为了让故事尽快进入叙事轨道,在作品的开始阶段,就会尽量以较为快速的方式展现事件与人物之间的关系,这些都是影视艺术构成情境的重要因素。然而,影视作品在完成这一部分的时候,由于时空顺序和画面蒙太奇的参与,让编剧和导演获得了更多的方式和手法来开拓这一部分。如在美国电影《源代码》中,为了加快剧情的推进速度,电影一开始就把主角科特・史蒂芬斯出现的环境直接设置在了一辆即将爆炸的火车上,而一直觉得自己还在阿富汗执行军事任务的主角显然和观众一样,都由于没有明白事情是如何发展到这一步而充满了疑惑,开始部分不仅将事件交代完毕,也瞬间抓住了观众和人物本身的注意力。在剧情的后面部分,观众才知道政府通过利用源代码这一技术,将战场上刚刚战死却还没有脑死亡的战士们的大脑再利用,让他们以替代被卷入火车爆炸案中的人的方式回溯到事件爆发的前八分钟，去寻找事件的源头来遏制恶性公共事件再次发生。故事层层推进，十分顺利，同时也正是以这种方式进行开场为作品提供了情境。

(二)发展部分

在英文中，发展翻译为“Development”，也叫纠葛，这是影视作品最为主要的部分，也是篇幅最长的一个部分，它的内容主要是表现矛盾纠葛是如何加强剧中主人公的困难与危机的。这个部分不仅要对影视作品中的正、反面人物的能量和目的做出展示，同时还要着墨于剧中人物所要面对的险恶环境。经典的发展结构为了不断加强这种紧张感，往往要遵循一个原则，即按照情节发展的逻辑顺序把事情的来龙去脉交代清楚，使剧情能够以一步承接一步的发展趋势走向高潮，它必定是按照因果联系，将每一段循序渐进地连接在一起。

美国歌舞电影《完美音调》的剧情发展过程显然也是这样的。它讲述的是一个大学的阿卡贝拉(人声合唱)合唱团贝拉团队在历经之前的失败后，如何再度崛起打败了刺头小子合唱团并夺得全美大学生阿卡贝拉合唱冠军的故事。在这个发展过程中，影片一直在表现贝拉合唱团与刺头小子合唱团的矛盾，同时还贯穿了分属两个阵营的男女主角的爱情故事并作为次要矛盾出现，两个矛盾虽分主次却完美地融合在一起。通过一次次的比赛将贝拉合唱团中的各色人等是如何面对自己的困境，又是如何通过团队的力量走出来面对自己，并赢得了全美冠军的过程展现了出来。在这个阶段，编剧也一直在表现她们与刺头小子之间的矛盾和和解。这些片段不断且有效地刺激了观众，更让观众为接下来的高潮紧张起来。

(三)高潮部分

高潮部分是戏剧性结构中最为关键的一个部分，这里的高潮指的是戏剧性进展的最高点，也就是所谓情绪、剧情、力度方面的最高点。在经典好莱坞电影叙事中，高潮未必是一场激烈的戏，只要在情绪上表达激烈感也是可以的。高潮未必是一种戏剧性上的突变，反而完全可以是一次意料之中的期待着的对抗。经典好莱坞叙事结构中的高潮往往是结构的顶点，是冲突从量变到质变的时刻。高潮部分也是矛盾发展的必然结果和顶点，在这个情节点上，人物性格的塑造已经完成，主要悬念被叙事性消除，这也是最为激动人心的一刻。

电影《廊桥遗梦》中的高潮段落叙述的是女主角弗朗西斯卡与罗伯特最后难以继续留在小镇上生活,让罗伯特从她的生命中永远离开。而丈夫和孩子回来之后,本片的高潮才慢慢展开。当弗朗西斯卡与丈夫采购完毕坐到车上的时候,她竟然发现罗伯特站在街角的车边默默地注视着她,漫天大雨成为她心头诀别的泪水,而罗伯特将车开到了她的车前方,把她送的项链摘下放在了后视镜上,两个人就此告别。在这场高潮戏中,没有主人公之间撕心裂肺的哭喊和难过,更多的是内心无法排解的痛苦和再三重复的黯然与忧伤,所有的激烈和痛苦在这场戏中都被埋在演员生活化的表演中。

(四)结尾部分

故事的收场,有赖于诸事的平息,也让叙事走到了结尾部分。

在传统的剧作结构中,故事的高潮部分之后,其主要的矛盾和悬念随着叙事的推进而最终解决和揭示,或者说形成了新的平衡关系,人物性格塑造也宣告完成,剧情走向平衡和稳定,这便构成了故事整体的结尾部分。结尾还可继续细分为结局和尾声,结局是作为人物和事件结束的情节交代,是实际性的结果;而尾声则是影片对观众的一个后续的情感交代,不能像童话书中写到的"公主和王子过上了幸福的生活"一样就结束,而是要为影视作品中的生活做一个继续下去的尾声交代。需要注意的是,结尾务必要干净利索,不能拖泥带水,同时也要包含一定的含蓄隽永的味道。

结尾也有多种方式,从大方向上可以分为两类:稳定结尾和开放结尾。

1. 稳定结尾

在大部分影片中,故事在结尾处都是有一个明确的结局的,事情在告一段落之后,人物和叙事都回归于平静之中。稳定结尾也有几种不同的手法:常规式如电影《贫民窟的百万富翁》的大团圆结局;喜剧式如电影《土拨鼠之日》中最后赢得美人芳心的喜剧结尾;悲剧式如电影《大红灯笼高高挂》中终究被封建家族埋葬了年轻生命的女子的死亡结尾;思考式如电影《秋菊打官司》最后村主任被警察带走之后秋菊茫然无措的结尾;突转式如电影《心花路放》中耿浩与妻子离婚后一路走到大理,在最后关头与妻子相遇的记忆冲上心头并改变了他整个心理的结尾。

2. 开放结尾

影视作品中的开放式结局是指故事情节的走向、事件的发展和人物最后的命运没有一个真正意义上的实质性的结果，创作者也并没有给出一个明确的定论，而是在揭示了人物及事件之后，把生杀大权交给了观众，让不同的观众在观看后做出不同的评判和推断。这个没有明确的定论往往带有暗示性、联想性、假定性、延伸性，总的来说就是开放性。

在美国电影《盗梦空间》中，道姆·柯布等人组成的盗梦团队历经艰难险阻，终于从盗梦对象的梦中挣扎出来，大家欢欣鼓舞，道姆也实现了之前的愿望，可以成功入境美国，回到自己的家中看望自己的孩子。当一切都是如此美好的时候，道姆回到家中，就在孩子们要扭头看向他的时候，他一时间竟分不清自己是在梦中还是真的回到了现实，为了知道自己是不是在梦中，他拿出了判定道具——陀螺。陀螺一直旋转着，直到电影黑幕都没有办法给出道姆自身固定的答案，究竟是他进入了更深层次的梦境还是已经身处现实？导演将悬念留给了观众，也留下了巨大的讨论空间。

三、戏剧性结构中的冲突

（一）戏剧性结构中冲突的特征

1. 尖锐激烈，扣人心弦

冲突的双方应该都有足够的冲击力，一触即发，没有丝毫的调和余地，简单来说就是尖锐激烈的。冲突是个中势力、关系、意志的较量，应该时时刻刻处于运动的状态，而不是死水一潭。冲突不论是表现为欣喜若狂还是悲痛欲绝，抑或是怅然若失，总体给人的审美感受都应该是扣人心弦、动人心魄的。但尖锐激烈、扣人心弦并不意味着一定要把故事写得太过艰深复杂，张艺谋执导的电影《我的父亲母亲》中看似没有激烈的冲突，却通过静谧优美的画面和淳朴温暖的爱情将故事呈现在观众面前。

2. 凝练集中，丝丝入扣

在现实生活中，矛盾冲突的进展一般需要有一个相当长的酝酿过程，而戏剧冲突却不同，它必须比现实生活的冲突更加集中、迅速。这也就意味着需要高度集中来展开戏剧冲突，戏剧冲突必然是强烈、紧凑、迅速展开的。在做戏剧性冲突的设计时，务必注意在人物设计上要尽量简练、集中，让戏剧冲突在既定的时间和空间里表现社会矛盾；必须通过巧妙地布置事物和人物，让冲突更加鲜明突出。

对于情节的推进，编剧要注意作品永远要比观众想的快半拍，让情节牵着观众的鼻子走。比如以电影的开头为例，开头要求清楚明了，最好在短时间内吸引观众的注意力。而如何清楚明了地引起观众的注意呢？这就需要编剧们在开头将时空环境、人物关系、故事主要矛盾做一个简单交代。而之后的故事发展方向以及整个故事叙述的进展都要围绕整条主线展开，准确把握简繁疏密，始终保持一定的推进速率。

3. **张弛结合，曲折多变**

戏剧性的冲突并不意味着故事的叙述要一直保持在紧张状态，虽然说戏剧冲突需要扣人心弦，但也需要波澜起伏，矛盾冲突需要层层推进，以便于让读者一直处于紧张和期待之中。因此，剧作在节奏上也需要将“曲折多变”贯穿到戏剧性冲突中，虽有起伏，但起伏有致；虽有变化，但变化多姿；时而迅疾，时而和缓，有节奏之美。

在电影《碟中谍3》中，主角伊森·亨特虽然多年在外出勤，为国家卖命，但是也终于迎来了自己的爱情，与心爱的人共结连理。然而好景不长，他为了拯救自己曾经的学生，让自己连同新婚妻子陷入危机之中，而此时如何拯救妻子和自己的生命成了摆在他面前的一道难题。这部十分传统的动作电影通过蒙太奇的不断切换，让电影在张弛有度之中不断挑逗着观众的观影神经，让观众为伊森和妻子的命运担忧着，直到电影的结尾，才让伊森回转到人间，不得不说它是一部非常符合戏剧性冲突这一原则的作品。

（二）戏剧性结构中冲突的原则

戏剧性结构中的冲突并非随心所欲，属于剧作中的一部分的它也是要遵循一定的原则的。

1. **戏剧性冲突要有合理性**

影视作品的戏剧冲突要做到既在情理之中，又在意料之外。合情就是合乎人之常情，而合理就是合乎事物发展的规律。意料之外即冲突的发展有时候是反常规进行的，用正常的道理是无法进行解释的，但不能否认这种事实意义上的存在。在这个过程中，观众也不会感到反感，而更多地感受到的是一种审美上的愉悦。

将戏剧性冲突做得合乎情理并不是难题，将真实生活中的细节、冲突按照事物发展的客观规律加以表现就可以达到生活的真实性。但是戏剧冲突并不代表完全的生活冲突，它需要一定的戏剧性，在影视作品的安排中我们要注意，合情比合理更重要。

2. 戏剧性冲突要有动作性

影视作品的发生和展开都需要以表演者的动作为载体，通过演员的扮演呈现出来。动作性是影视艺术冲突区别于文学艺术的最为显著的特点。人与自然、社会、自我的关系，都是通过人物的语言、动作、表情表现出来的，人物命运发展的方向一般来说就是戏剧性冲突的走向。动作性也要遵循真实性的原则，尊重客观规律，尊重审美体验。

这其中的动作并不意味着一定要是一个幅度非常大的、可以被捕捉到的动作，也可能是一个眼神、一个欲言又止的轻微动作。情绪的直接表象反应就是动作感，带有剧烈情感的动作的发生必然伴随着一个冲突的发生，它既是冲突的原因，也是冲突的结果。

3. 戏剧性冲突要有情境性

一切的戏剧性冲突都离不开一定的情境，而所谓情境指的就是带有一定感情色彩的典型环境。这些情境一方面推进了戏剧性冲突的发展，使人物与自然、社会、他人、自我的表现有了一个冲突发生的典型环境和典型氛围；另一方面，情境本身就是戏剧冲突所在，特殊情境有时往往预示着新的冲突的到来。

在对影视作品的戏剧性冲突进行策划的时候，需要注意情境的设定要为主题和人物服务，切合情节点的情绪爆发度，如果超过了这个“度”，就会产生令人反感的反作用。所以对“度”的把握就十分重要了。

4. 戏剧性冲突要与情节发展具有同一性

戏剧性冲突并不仅仅以偶然性和突发性作为表现形式，冲突之间的组合与情节的发展必须取得内在的一致性。戏剧性冲突是构成情节发展的最小单元，它的发展与情节的发展是互动的。影视作品戏剧性冲突的设定并不仅仅是为了构筑情节，冲突的设定离不开主题和人物。影视作品的冲突为主题服务，而人物恰恰起到推进戏剧冲突发展的作用。具有内在丰富性的一系列的戏剧性冲突的组合实现了影视作品情节的连贯性，赋予了作品艺术生命力。

四、戏剧性结构的特征

(一)情节因素的完整性

戏剧性结构的剧作,一般都以戏剧性冲突推动情节的发展,造成一种环环相扣、步步紧逼的态势,迫使冲突尖锐化。它不但要求整部剧作有一条包括开端、发展、高潮、结局的结构要素在内的情节线,而且要求每一段(场)戏中也尽量做到有其开端、发展、高潮、结局,造成一个个"小型的霹雳",以促使全剧大高潮的到来。如影片《祝福》主要由出逃、被卖、重返鲁家、捐门槛到砍门槛、死亡等情节段落构成。就整体而言,出逃为其开端;被卖、重返鲁家,直到捐门槛为其发展;砍门槛为其高潮;最后的死亡为其结局。戏剧性结构的情节就是如此既紧张激烈又曲折有致地向高潮推进。因此,其情节必然如戏剧那样具有其完整性。

(二)段落布局的严整性

戏剧性结构既然讲究对情节进行紧张而曲折的安排和处理,它就要求按照因果关系,把段落与段落之间,层层递进地、合乎逻辑地联结起来,使之构成一个相互依存的严谨的整体,"任何部分一经挪动或删削,就会使整体松劲脱节"。如美国影片《魂断蓝桥》,要不是玛拉与罗依之间存在着"等级差距",他们就用不着来回折腾求得批准,以致耽搁了教堂规定的举行婚礼仪式的时间;要不是芭蕾舞团那位老太太不近情理,玛拉就不会失业;要不是玛拉失业和罗依的死讯,玛拉也就不会于绝望中沦落为妓女,也就不会加深她与罗依之间的"等级差距",也就不会有她向罗依母亲吐露真情的高潮。后一个段落是前一个段落的"果",一环扣一环,使得段落布局异常严谨周密。

(三)叙述进程的顺时性

戏剧性结构的剧作,为了造成情节步步紧逼的态势,达到吸引观众的效果,必然要严格按照时空顺序,组织和安排故事情节。即使在十分需要的情况下运用倒叙、插叙甚至闪回的手法,也只能是对主要情节做必要的补充,绝不允许从根本上打乱情节发展的时空顺序。

在影视发展史上，戏剧性结构的作品占有非常重要的地位，直到今天其在影视生产中仍然占有很大的比重，仍然受到广大观众的欢迎。它的优点和长处是不容忽视和低估的，这着重体现在：情节冲突紧张而激烈，人物性格鲜明而集中，情节表达单纯而强烈，符合通俗化、大众化艺术的特点，符合广大观众的审美心理、审美趣味和审美习惯的要求。其短处在于：矛盾冲突线索单纯集中，结构严谨封闭，主题比较单薄，内涵不够丰满，难于反映复杂而丰富的社会生活，容易露出人工斧凿的痕迹。随着现代电影观念的变化，戏剧性结构也在不断发展，诸如戏剧冲突日趋生活化，封闭的叙事方式逐渐被突破，运用技巧注意隐而不露，等等。

第四节 非戏剧性结构

非戏剧性结构是指戏剧性结构之外的其他结构形式的总称。影视艺术是最新的一种艺术形式，所以在它的发展过程中吸收和学习了其他艺术的形式。影视故事片除了吸收戏剧讲故事的方法之外，也学习了小说、散文甚至诗歌的叙事方法。也就是说，小说、散文和诗歌等文学创作结构的方式对影视故事片的结构方式有一定影响，当然戏剧性结构是影视故事片最常用的结构方式，所以也有学者称戏剧性结构为传统剧作结构，而称受小说、散文和诗歌等其他文学形式影响的结构方式为非传统性结构。由于非戏剧性结构纷繁复杂，在影视剧创作中编剧们在结构上不断推陈出新，所以我们很难穷尽非戏剧性结构的类型。因此，下面我们以两部电影为例，分析其结构特点。

一、《活着》的小说式结构

小说式结构的特征、表现手法与小说相似，并运用小说的叙事因素。它以描写人物思想情感的细微变化为特点，不要求情节高度集中，而致力于场面的积累。在主要的情境和人物之外，也需要次要情境和穿插。

小说是重要的叙事文学形式之一，深受广大读者的喜爱，因此，影视艺术在发展过程中也借鉴了小说的创作方式。小说与戏剧相比更加自由，它既可以采用第一人称叙述，也可以采用第三人称叙述，即很容易通过外部表现展现内心世界；它既可以采用戏剧的结构但不必如此严谨，也可以采用比较松散的方式进行叙事，拥有自由的转换时空；小说还可以通过场面的积累来达到动人的效果。大多数根据小说改编的影视剧都采用这种结构，当然也有不少原创的影视剧也利用小说式结构，而且电视连续剧由于篇幅较长，更容易选择小说式结构来讲述故事。有一段时间，小说式结构比较流行，例如台湾新电影由于受到台湾乡土小说的影响，多采用小说式结构。

1994 年，芦苇、余华根据余华小说《活着》改编的同名电影《活着》通过讲述男主人公徐福贵一生的坎坷经历，反映了一代中国人的命运。影片没有集中展现矛盾冲突，而是通过徐福贵在不同时代的遭遇来完成主题呈现。影片分为四个大段落：1. 解放前，徐福贵在一次赌局中把所有家产都输给了龙二，把他的父亲气死了，他也由地主沦为城市贫民。解放战争时期，徐福贵为挣钱养家，四处巡演皮影戏，结果被国民党抓了壮丁，在战场上被解放军俘虏，又为解放军唱戏，最后终于回到家乡与家人团圆。解放后，徐福贵被划为城市贫民，而赢了他家产的龙二被划为地主，龙二因抵抗新政府被枪毙。2.“大跃进”时期，徐福贵的儿子有庆因为劳累躺在墙角睡觉，被同样劳累过度的区长春生开车撞倒墙压死了。3.“文化大革命”时期，徐福贵的女儿凤霞遭遇产后大出血，因红卫兵把医院的老教授都关进了牛棚，凤霞没有得到救治而惨死。4. 女婿二喜、凤霞难产生下的外孙馒头跟老人家继续生活着。

（一）利用场面积累来结构故事

如果说戏剧性结构的魅力之一在于它的“突变”和“急转”，那么小说式结构的魅力就在于它的场面积累。这种场面积累是缓慢地表现人物心理、情感和人物之间的关系变化的过程。它往往不强调集中的戏剧性冲突，而是通过紧密联系的片段式生活场面的展现来突出主题思想。

影片《活着》没有激烈的冲突，没有明显的“起、承、转、合”的推进过程，只是通过一个个场面的积累，着力表现在荒诞的社会环境中，福贵的生存状态和生活态度。在第一个段落中，福贵因沉迷于赌博，不但输光了家产，气死了父亲，而且气得已经怀孕的妻子家珍也离开了他，回了娘家。龙二让福贵家破人亡，但影片并没有写福贵找龙二报仇雪恨，而是利用一些过场戏展现了一无所有的福贵终于开始自食其力，之后家珍带着女儿凤霞和刚出生的儿子有庆回来了，福贵这时已经认识到什么是中国式的幸福——家人最重要。福贵为养家糊口，带着春生四处巡演皮影戏，结果被国民党军队抓了壮丁。在一次战役中，福贵和春生一觉醒来，发现满地都是国民党军人的尸体，这让福贵认识到生命的脆弱，也形成了他的一句口头禅——要好好活着。后来，福贵回家了，目睹了龙二被枪决，他觉得自己能够活下来是幸运的，龙二是替他死了，因此加强了他要好好活着的信念。影片的冲突并不是你死我活的斗争，而是理想和命运的冲突，一个深知平安就是福的人，一个其唯一的理想就是和家人幸福生活的人却被命运屡次折磨。

在第二个段落中，影片先用若干20世纪50年代市井日常生活场面展现家人之间的爱，特别是父子之间的爱，然而，命运却让福贵的好朋友春生意外地将儿子有庆撞死了。第三个段落也沿用了第二个段落的策略，先写女儿凤霞和二喜的婚事。凤霞和二喜虽然是经镇长介绍认识结婚，但十分恩爱，二喜虽然腿上有残疾但勤劳善良，福贵和家珍都对二喜十分满意，对这桩婚事十分满意，一切看起来都很和谐，但是凤霞生孩子的时候，赶上“文化大革命”，医院有经验的医生都被关进了牛棚，最终凤霞因产后大出血而死。

(二)利用真切感情积累把剧情推向高潮

小说式结构不是利用冲突来造成观众的紧张感，而是以亲切、生动、细致的人物描写渲染人物感情，激发观众的情绪。在《活着》这部影片中每一个段落都有高潮，但是这些高潮都不是通过冲突来推动的，而是通过一些日常的生活场景逐渐积累情感，再在高潮处爆发，就像平静的水面突然开闸奔流一样，让观众既感到真切，又倍感震撼。

例如，影片的第二个段落，先写凤霞被别的小男孩欺负，弟弟有庆挺身而出，却双拳抵不过四手。在大食堂，有庆自己调了一碗又烫又辣的面倒在了欺负凤霞的小男孩的头上。这本来是孩子间的打闹，增加了影片的生活趣味。然而，那个小男孩的父亲却给福贵扣上了破坏大食堂、破坏大跃进的帽子。福贵只能当场打了有庆一顿。然后，福贵从家珍口中得知真相，十分后悔。有庆为“报复”福贵，给他送了一碗“醋辣子”茶，福贵在唱皮影戏时喝了有庆送的茶当场就喷了。接下来有一场戏展现福贵背有庆上学，福贵对有庆说：“有庆要是听爹的话，咱们的日子就越来越好——现在咱们家也就是一只小鸡，鸡养大了就变成了鹅，鹅养大了就变成了羊，羊再养大了，就变成了牛……牛以后就是共产主义了，就天天吃饺子、天天吃肉了。”这些生活场景，展现了福贵平凡的幸福和对未来美好生活的向往。然后，影片立刻展现福贵知道有庆在学校被撞死了的事情。丧子之痛将这个段落推向高潮，这个高潮的产生正是在日常生活场景的积累的突转中表现出来的。

（三）通过插曲促进主题呈现

小说式结构的影片在叙事过程中，重视生活层面的铺展，除了主要的情景之外，还需要许多次要的情景和插曲穿插其中，展现富有感染力的人物性格，凸显主题思想。

例如，《活着》第四个段落的“文化大革命”，影片穿插了春生两次来到福贵家的插曲。春生第一次来福贵家是为了祝贺凤霞结婚，然而他等婚礼结束才进来，福贵心里已经原谅了他，但家珍心里始终有梗，她躲在烧水房不愿出来见春生。春生第二次来福贵家是在半夜，这时春生已经被红卫兵打成反动派，妻子受不了精神折磨自杀了，他也已经有了死的心，但怀着对福贵一家的亏欠，希望临死前获得福贵的原谅。临走时家珍对着春生的背影喊道：“春生，你记着，你还欠我们家一条命呢！你得好好活着。”这段插曲场面十分感人。春生和福贵在解放前巡演皮影戏时结下了深厚的友谊，两人一起从国民党军队的尸体中爬了出来，两人被俘后，福贵选择了回家，而春生选择了继续革命，结果，“大跃进”时期，春生被调回乡任区长，不小心将福贵的儿子有庆撞死，福贵和春生便再也不来往。然而当春生落难的时候，福贵和家珍并没有落井下石，为儿子报仇，反而安慰春生让他有活着的勇气，这展现了时代虽然荒谬，但中国老百姓之间的感情是真挚的，福贵、家珍、春生都是极其善良的人。

(四)小说式结构的情节布局更加内敛

如果说戏剧性结构的情节布局有明显的“起承转合”,那么,小说式结构的情节布局就没有那么严格和明显,而是十分内敛,但其实际上是经过精心布局的。

在电影《活着》中,每个段落的时代安排看似按照时间顺序来叙事,然而作者却刻意将故事时间安排在20世纪40年代解放前后、20世纪50年代“大跃进”时期和20世纪60年代的“文化大革命”时期,借以展现福贵的遭遇既是命运的捉弄,也是特殊时代的产物。20世纪40年代末解放前夕,富家少爷福贵因赌博成为穷人,戏班老板龙二赢了福贵的家产成了富人,本来应该是福贵的祸,龙二的福,没想到解放后改天换地,龙二却因此被枪毙,而福贵却好好地活了下来。20世纪50年代“大跃进”,全民日夜不休大炼钢铁,福贵的儿子有庆因太劳累躺在学校的院墙下睡觉,而同样几天没休息四处检查工作的春生因疲劳驾驶撞倒了学校的院墙,压死了有庆。20世纪60年代“文化大革命”,医院被护校的造反派学生占领,而医院妇产科的教授被打成反动派,结果凤霞生孩子的时候大出血因无人救助而死。

另外,小说式结构的情节之间没有明显的因果关系,因此,这种结构更加重视伏笔、巧合等情节技巧的运用,在偶然中凸显必然性。例如,在“文化大革命”时期的段落中,先设定二喜是工厂造反派头子,所以在凤霞生孩子的时候才能从牛棚里将王教授带回医院,王教授因为几天没吃饭饿了,福贵才会去给王教授买馒头,没想到王教授连吃7个大馒头,被噎着了,于是无法抢救凤霞。再如,春生第二次来福贵家与这个段落的高潮没有直接关系,所以,在前一个情节一家人庆祝凤霞怀孕的场景的最后,作者用二喜的对白告诉福贵,春生被打成走资派的信息,这让下一个情节春生半夜到福贵家就不显得突兀了。

总之,小说式结构的特色在于:人物性格虽不如戏剧性结构中的个性单纯和强烈,但要丰满、细腻得多;剧情虽不如戏剧性结构中的情节紧张和激烈,却要广阔和铺展得多。影片采用这种结构形式,作者可以更亲切地以丰富多彩的描述方式,去挖掘他的人物。

二、《四月物语》的散文式结构

影视剧的散文式结构与文学中的散文样式有相似的结构特征：不太注重情节的完整性和因果关系，没有明显的开端、高潮和结局等结构要素，也没有显露完整的矛盾冲突线索。它以造型手段展示生活中发生的一桩桩事件。其总体构思是由若干串联在一起的段落构成，因而并不讲究段落与段落之间衔接的必然性以及它们之间内在的依存关系。其主要采取顺序式叙述方法，偶尔运用闪回。它或侧重表达含义，或追求传达哲理，文体灵活多变，取材自由，在近似散乱之中蕴涵着真挚、深沉的情感，因而使这种独特的叙述格局具有一种特殊的艺术魅力。它由于酷似生活的自然形态而拥有的真实性，使其具有其他类型结构无法代替的真情实感和艺术说服力。这种结构方式在东方化风格的影视剧中得到发挥，往往能够产生韵味无穷的效果。

1998 年由日本著名电影导演岩井俊二编剧的《四月物语》就是典型的散文式结构。这部影片分为以下 7 个段落：1. 榆野告别父母从北海道出发前往东京武藏野大学读书。她来到自己租的公寓，搬家公司帮她送来家具。她想送点北海道特产给女邻居，但吃了闭门羹。来到学校，她参加了开学典礼，在班级自我介绍时，榆野显得很不合群，同学问她为什么考武藏野大学，她回答得支支吾吾。在学校食堂里她认识了同学伢子。2. 第二天，榆野骑车来到武藏野书店，买了几本书，然后在书店附近游荡，在喷泉广场上遇见一对恋人在亲热。她在电影院看了一场无聊的电影，遇见了一位猥琐的男青年，最后她骑车逃走。她再次来到书店，向店员询问书店的作息时间。3. 伢子拉着榆野去参加钓鱼协会，会长深津很会拉人入会，然后大家到草地上练习钓鱼动作。4. 伢子又想拉榆野一起去练习钓鱼，榆野拒绝了，她再次骑车来到武藏野书店，遇见了山崎在书店中工作。5. 榆野回到公寓，做了很多咖喱饭，想要邀请邻居一起用餐，再次遭到拒绝，她只能孤独一人吃饭，没想到邻居却来到了榆野公寓中。6. 榆野和伢子在草地里练习钓鱼动作，伢子告诉榆野她暗恋钓鱼协会会长深津，伢子问榆野是否恋爱过，榆野回忆起自己高中时期对山崎的暗恋。山崎是榆野的学长，他从来没有注意过她。山崎考上了东京的名校武藏野大学，榆野也想考进这所大学。一天，榆野的好朋友鸫从东京回来，送给榆野一本书，并告诉她书是在武藏野书店买的，山崎在那里勤工俭学。

榆野原本成绩很差，但为了能够和山崎在一个大学读书，她通过自己的努力终于考上了武藏野大学。7.榆野再次来到武藏野书店，这次书店里只有榆野和山崎，山崎认出榆野是和他读一个高中的学妹，并叫榆野常来玩。榆野买了书之后，兴奋地离开了，这时突然下起了大雨，榆野躲在美术学院楼下，她遇见了美术学院的加藤老师，向加藤老师借走唯一的一把雨伞，再次来到武藏野书店向山崎借伞。山崎给了榆野一把红伞，然而这把红伞有点破了，于是他拿出许多伞，但每把伞都不合适。榆野撑着这把破红伞回到美术学院，把加藤老师的伞还给了他。目送加藤老师离开后，榆野依然撑着破红伞，幸福地站立在雨中。

(一)散文式结构依赖生活化的题材

散文写作虽然允许在真人真事的基础上进行一定的艺术加工，但又反对虚拟情节和制造人为的戏剧性纠葛，因此，散文本身的生活感很强。影视剧当然不可能完全展现生活中的真人真事，但要实现散文化的风格，首先要选择生活化的题材，这种生活化的题材追求展现朴实的生活和真挚的情感。

《四月物语》这部影片的选题很适合采用散文式结构，它展现了一位情窦初开的少女真挚的情感。榆野对山崎的爱情并没有“惊天地泣鬼神”，而是平凡、朴实的，是生活化的而不是戏剧性的。《四月物语》之所以给人一种清新的感觉正在于影片本身对生活化的追求，在日常生活的展现中凸显出爱情的纯洁，凸显出一位少女为爱的执着。所以，影片本身没有剧烈的冲突，才能将日常生活的美展现出来，让人回味无穷。

(二)段落、情节和场面之间没有明显的联系

通过细节铺垫实现“形散而神不散”的艺术追求。

散文不追求完整的情节和高度集中的矛盾冲突，它写人写事看似只有几个零散的侧面，实际上却“不散”，因为散文的主题明确，笔力集中。所以，散文式结构的影片不追求段落与段落之间的必然联系，看起来好像是在无休止地展现日常生活，实际上这些日常生活的展现往往是朝着影片的主题、人物性格塑造以及作者所要营造的意境的方向前进的。在这种影片中，作者往往重视的是细节的展现，在不经意间联系主题。

在《四月物语》中，有三条行动线：1.主线，即榆野三次前往武藏野书店欲制造

与山崎的偶遇；2.副线，即榆野和伢子参加钓鱼协会的活动；3.副线，即榆野想和隔壁女邻居交朋友。这三条行动线穿插进行，同时，在行动线展开之前，影片展现了离家到东京、搬家、开学典礼、自我介绍等榆野的日常生活场面。这些场面的排列如下：

(1)家人到火车站送别榆野；

(2)榆野来到自己的公寓；

(3)搬家公司问路遇见新娘；

(4)搬家公司帮榆野搬家；

(5)榆野送特产给女邻居被拒；

(6)开学典礼，榆野看校乐队演出；

(7)班级里自我介绍；

(8)在食堂认识伢子；

(9)榆野看学生摇滚乐队演出；

(10)榆野第一次去书店；

(11)喷泉广场遇恋人亲热；

(12)看电影遇猥琐男；

(13)榆野第二次去书店；

(14)榆野、伢子与深津谈判；

(15)草地上练习钓鱼；

(16)榆野拒绝伢子参加钓鱼活动的邀请；

(17)榆野第三次去书店遇见山崎；

(18)榆野请女邻居做客；

(19)草地上练习钓鱼；

(20)榆野回忆暗恋故事；

(21)榆野第四次去书店，山崎认出榆野；

(22)雨中借伞。

这些段落和场面看起来没有什么联系，实则影片通过行动和细节将所有段落和场面联系了起来。

首先，三个行动线是通过间接表意联系起来的。行动主线(榆野三次前往武藏野书店欲制造与山崎的偶遇)和副线(榆野和伢子参加钓鱼协会的活动)正是通过“钓鱼”的引申含义联系起来的——榆野去书店不正是在“钓鱼”吗？副线，即榆野想和隔壁女邻居交朋友。女邻居两次拒绝了她，最后女邻居主动到榆野宿舍做客，这其实隐含表达了榆野的真诚和努力是可以改变关系的，而主线榆野前往书店欲制造与山崎的偶遇和这条副线也有同一个主题，而且也正好是三次前往书店。

《四月物语》中的很多场面看起来没有什么连贯性，完全是生活化的展现，而实际上在这些场面中，作者抓住的是情感上的联系，并且设置了较多的细节来突出情感主题、连接情节线，这些细节的铺垫在影片结束之后让人回味无穷。例如，场面(1)家人到火车站送别榆野，表现了一个女孩为了爱情惜别了北海道所有的家人，前往遥远的东京去了。场面(2)榆野来到自己的公寓，展现了东京四月樱花飘落的美景以及东京早晨和谐的生活图景，实际上这些景象也都是榆野心情的表现，对于一位拼尽全力实现目标的人来说，目的地的一切都是美的。场面(3)展现了搬家公司送家具的过程中遇见新娘，展现了爱情的美好。场面(4)搬家公司帮榆野搬家的过程展现了榆野并不是性格强大的女人，而是无主见、随和的人。因为这样性格的人是很难成功的，但成绩很差的榆野为了爱情居然考上了东京名牌大学，因此作者从侧面赞美了爱情的伟大。场面(6)开学典礼，榆野看校乐队演出，实际上埋下了山崎在高中搞乐队的伏笔。场面(7)同学自我介绍，通过展现榆野穿着毛衣，展现她对东京的不了解。通过同学设问"你为什么考武藏野大学"，而榆野支支吾吾地回答埋下了榆野考大学动机的伏笔。场面(9)榆野看学生摇滚乐队演出，进一步埋下山崎在高中是搞乐队的伏笔。

所以，《四月物语》的情节看起来很散，实际上"文眼"是比较明确的——歌颂纯洁的爱情，在联系段落、情节和场面时，作者构思精妙，不轻易让人明白，待整个故事讲述完成之后，观众联想到之前作者的设计才能体会出生活的韵味。

(三)散文式结构没有明显的高潮和结局

散文式结构没有明显的高潮和结局，这是由于这种结构形式既没有戏剧冲突所形成的那种紧张发展的过程，也没有矛盾激化后必然要出现全剧高潮的那种形势。但大部分散文式结构还是有高潮的，只是这个高潮相对于戏剧式结构力量更弱，或者说，散文式结构并不着意在高潮处让矛盾冲突最大化地爆发，而着重于高潮处所引发的意味。

《四月物语》的高潮处就是场面(22)雨中借伞。在场面(21)中，山崎认出榆野是自己高中的学妹。这时天突然下起了大雨，而榆野欢快地在雨中奔跑，这场大雨跟一般的青春爱情片不同，它没有戏剧性作用，而主要是抒情性作用，是榆野此刻心情的意象化表现——幸福得想哭。她借了加藤老师的伞又折回书店向山崎借伞，山崎给了她一把红伞，榆野打开后，山崎发现伞的边缘有点破，于是他找出很多伞，结果感觉每一把伞都不合适——这隐喻了最初的爱情其实就是最好的。然后，两人有一段对话：

榆野：学长还在乐队吗？

山崎（摇头）：你怎么知道？

榆野：学长很出名的。

山崎：是吗？

榆野（小声）：至少在我心中。

山崎（没听清楚）：啊？

榆野：我会把伞还给你的。

山崎：不用了。

榆野（坚定地）：我会还给你的。

山崎：好。

这段对话才让观众知道场面（6）开学典礼上榆野看校乐队演出和场面（9）榆野看学生摇滚乐队演出的叙事意义。

这段剧情高潮与戏剧性结构的影片相比根本不算高潮，却让人感觉清新、动人。一方面，因为前面的叙事节奏十分舒缓，所以突出了这个并不激烈的高潮；另一方面，它也是主人公榆野压抑情感的宣泄点，榆野朴实随和的性格所爆发出的别样的执着和倔强让观众突然惊喜地发现人物性格的另一闪光点，让人兴奋不已。

影片使用的是开放性结局，以榆野打着红伞立在雨中结尾，并配以她的内心独白："我考上大学的时候，我的老师说真是奇迹啊。不过如果真的是奇迹，我会说，是爱的奇迹。"至于榆野和山崎的爱情关系将会怎样发展，让观众自己去想象，以产生余韵无穷的效果。

总之，散文式结构为影视剧花园增添了一支独具一格、光彩夺目的鲜花。这种影片的文体自由，取材生活化，于形似散乱之中寓有强烈、真挚的感情，富有内在的韵律。这些特点，使得影片在描绘事件、刻画人物等方面具有独到之处，无疑扩大了影视剧的表现领域。但是，要写好这样的剧本，对剧作者的要求非常之高，作者必须克服记流水账的套路，具备在日常生活中发现美的敏锐的艺术眼光。

【本章小结】

由于结构系统所具有的整体性、转换性和自身调整性的特征,不管人们对影视剧的看法如何变化,结构都作为影视剧的基本特性,一直被广大创作者称作剧本创作的重要元素之一。影视剧结构模式是艺术创作和接受之间订立的一种"默契",但突破常规更是艺术在创作和接受之间所进行的一场新的"谈判"。正是在影视剧结构的不断调整和更新中,影视剧的艺术生命才不断获得重生。

【思考与练习】

1. 观看美国电影《空军一号》(*Air Force One*,1997),分析其结构特征。

2. 观看德国电影《罗拉快跑》(*Run Lola Run*,1998),分析其结构特征。

第5章

信息控制

【教学目标】

1. 理解影视剧作信息控制的基本原理。

2. 掌握影视剧作信息控制的基本技巧。

【重点】

1. 影视剧作信息控制的基本原理。

2. 影视剧作信息控制的基本技巧。

【难点】

1. 影视剧作信息控制的基本原理。

2. 影视剧作信息控制的基本技巧。

讲故事的艺术是在讲故事的人与听众、读者和观众的博弈中形成的。在人类历史上，为增强族群的凝聚力，代际间的文化信息传播至关重要，其中历史文化信息起到了关键作用。人类学研究发现，人类社会早期口传部落普遍存在，也许，故事的起源正是来自这种口传部落的行为。但是，那个时候，讲述者只需要将事件讲清楚就行了。然而，当讲故事的人需要听众、读者和观众买账才能生存的时候，讲故事的艺术就不再那么单纯了。讲故事的人将故事信息传达给受众时，不仅要考虑信息传播的清晰性、通畅性，还要考虑观众喜不喜欢的问题。也就是说，讲故事的人不仅要考虑讲什么，还要考虑怎么讲的问题。例如，评书艺人为了留住观众，往往会在一段叙事的高潮即最关键处戛然而止，然后说："欲知后事如何，请听下回分解。"这其实就涉及故事信息的控制问题了。

第一节　故事吸引力与信息控制

这一节我们介绍故事吸引力与信息控制的原理问题。当我们在构思的时候，人物、故事的基本内容、主题思想逐渐产生，接下来，围绕着人物和主题思想，情节线索也会越来越清晰。也就是说，写作的人就是他的作品的"上帝"，编剧知道人物的命运，知道故事将会向什么方向发展，他控制着一切。但是，观众却不这么认为，当他们知道一切之后，这个故事会变得索然无味。打个比方，你错过一场NBA总决赛的第7场生死战，但你通过网络上的文字新闻报道了解到这场比赛的全过程以及最终的结果，你还会回家下载比赛录播视频来看吗？除了专门研究NBA的专家之外，大部分人在知道比赛过程和结果之后都会对比赛录像兴趣大减。

一部影视剧，之所以能够吸引观众看下去，其最主要的原因就是故事人物跌宕起伏的命运，但是，人物命运为何会跌宕起伏？这当然是之前设定好的戏剧性情境在起作用，其中包括环境、人物性格和人物关系等大的方向，但是在细节上，要想让人物命运跌宕起伏，这就需要编剧技巧了。在影视剧中，人物经历的戏剧性事件本身是一个完整的结构，它包含自身的“起、承、转、合”，或者说有完整的开始、发展、高潮和结局。但是，我们是否应该按照这个戏剧性事件本身的逻辑将其展现在观众眼前呢？同时，在人物经历戏剧性事件时，可能会有很多力量在促进或阻碍人物的戏剧性目的，这些力量整合起来就会让整个情节跌宕起伏，但是，是否每一个力量都应该展现在观众眼前呢？

1941年由赫尔曼·J.曼凯维奇等编剧，奥森·威尔斯导演，美国RKO(雷电华)电影公司出品的《公民凯恩》，一直被誉为“世界电影历史上的经典之作”，甚至被认为是“古典电影和现代电影的分界线”。这部电影采用当时看来非常新颖的艺术手法表现了一位报业大王的一生。凯恩在桑拿都庄园中留下“玫瑰花蕾”的“遗言”后死去。一位青年记者受新闻报刊委托调查这几个字的含义。他通过查阅有关回忆资料了解凯恩青年时代的经历及其母亲的艰难身世。报社董事长伯恩施坦介绍了凯恩的发迹历程以及制造舆论使国家卷入美西战争的往事。凯恩的生前好友利兰讲述了他与美国总统侄女爱米丽的婚姻，他与第二任妻子——歌手苏珊的邂逅，以及他在总统竞选中的失败。苏珊则在夜总会中介绍了她和凯恩由情人到夫妻生活的变迁；她在凯恩的支持下想饮誉歌坛，失利后便与凯恩一起隐居在仙境般的桑拿都庄园。直到最后焚烧凯恩的旧家具时，众人才发现“玫瑰花蕾”原来是刻在他童年时最珍爱的雪橇上的字。

如果我们要按照逻辑顺序讲述报业大王凯恩的一生，我们应该从凯恩小时候开始讲，接着讲他如何投资报业，事业如何成功，与爱米丽的婚姻，与苏珊的爱情，以及他如何孤单地死去。对于凯恩的一生，编剧是非常清楚的，但是他并没有按照常规的逻辑来叙述，而是通过不同人物的口述来还原凯恩的一生。因为每一个视点人物对凯恩的认知都是有限的，因此，凯恩的性格和生活信息实际上都是编剧通过各个人物一点一点地"抖"出来的。另一方面，刻着"玫瑰花蕾"的雪橇作为影片呈现的关键性信息，在影片中只出现过两次，第一次是凯恩小时候玩雪橇的很短的场景，而且编剧和导演并没有让观众看到"玫瑰花蕾"这几个字；第二次是在影片结尾处，编剧让观众看到了雪橇上的"玫瑰花蕾"。对于这个关键性的信息，编剧并没有让它出现在影片所展现的凯恩的生活中，并且所有的视点人物都从来没有注意过凯恩所珍藏的雪橇，所以对观众隐瞒了雪橇的信息。而且，"玫瑰花蕾"是作为影片开头凯恩的遗言被提出的，记者在整部影片中所探索的正是"玫瑰花蕾"的意义，支撑观众观看兴趣的也正是这一"玫瑰花蕾"的意义。试想，一个报业大王在临死的时候，没有分配财产，也没有想见的人，也不是说"我一生无悔"这样的话语，而是"玫瑰花蕾"，这确实能勾起人们去了解的欲望。几十年来，研究者对"玫瑰花蕾"主题意义的解读不少，但从主题意义的呈现方法来说，正是编剧隐瞒了"玫瑰花蕾"才强化了凯恩人生矛盾的震撼力。也就是说，无论是在叙事上还是在主题呈现上，编剧对"玫瑰花蕾"信息的控制十分明显，其作用也十分有效。

在 2008 年的美剧《绝命毒师》第一季第一集的序幕中，观众先看到一条在沙漠中飞舞的裤子，沃尔特·怀特戴着防毒面具，赤裸着上身，穿一条内裤，开着房车飞奔，车里还有三个昏迷的男人。最终房车抛锚，沃尔特跳下房车，通过录像机向妻子斯凯勒和儿子留下遗言，说："在接下来的几天，你们会知道关于我的一些事情……永别了……"然后他像西部牛仔一样，掏出枪，站到路中间，仿佛要朝将要出现的人开枪。他在沙漠中干什么？为什么会衣冠不整地逃跑？为什么还戴着防毒面具？车内昏迷的男人是谁？妻子和儿子会知道他的什么事？他要向谁开枪？其实，事件的逻辑顺序是化学老师沃尔特在 50 岁生日之际被诊断出患有肺癌，而他家中尚有怀孕的妻子和脑瘫的儿子，所以他不想告诉他们自己的病情。在一次跟随连襟兄弟扫毒警官汉克抓捕毒贩的行动中，他意外地看到了之前的学生杰西在警方的围捕下逃走的过程。沃尔特想在临死前给妻子和儿女留下一笔钱，于是他想到了一个主意，他决定用自己的化学知识来制作冰毒，而杰西则负责出售。沃尔特拿出所有积蓄，委托杰西去买一辆旧房车作为流动实验室，两人在沙漠中制作冰毒。为了不让家人闻到自己身上的冰毒气味，沃尔特每次制毒时都要将外套和外裤脱下，换上防辐射围兜。

杰西找到毒贩"疯狂小八"帮忙贩毒，结果"疯狂小八"的表弟正是汉克抓捕行动中落网的毒贩，他认为是杰西出卖了他，逼迫杰西带他们找到沃尔特，他们想要杀死沃尔特和杰西，沃尔特在情急之下运用化学知识“毒死”了二人。这时警铃响起（其实是消防车），沃尔特赶紧带上防毒面具，疯狂地逃跑，最后车抛锚了，沃尔特见无路可逃，拿出枪准备自杀。如果说，这一事件有完整的开始、发展、高潮和结局，那么，编剧先让观众看到的是事件高潮的部分信息，这些信息的出现会让观众的头脑里产生一个个问号，这样，他们才会有兴趣去看完整个故事。

通过以上的例子，我们可以了解到，所谓信息控制是指编剧为吸引观众观看影片的兴趣或为表达创作者的某种意向，在叙述过程中有意识地将故事所涉及的信息进行编排，这种编排可以表现在整体结构上，也可以表现在情节、段落和细节的设置上。那么应该从哪些方面来进行信息控制呢？怎样的信息控制才能吸引观众或表达意向呢？

在故事片中，信息载体主要包括影像、声音和故事三个层面，从某种意义上来说，电影理论研究很多都是针对影视和声音的信息控制研究。例如，苏联蒙太奇学派的研究就较为关注控制影像信息组合在观众心里产生的新意义。最为著名的是库里肖夫效应，在这个实验中，他们发现编导将同一张特写的脸的镜头与棺材、小孩、汤分别组合后在观众心中会产生不同的效果。爱森斯坦所说的“镜头与镜头的组合的效果不是简单的两个镜头相加，而是两个镜头的乘积”也正是这个道理。同样，在有声电影产生之后，研究者在对声画关系的研究中也发现控制声音和画面的组合可以产生不同的效果。这些成功的理论研究，都可以运用在影视剧本写作之中，但是这些技巧和方法主要在《视听语言》教材中做详细介绍，这里我们主要是从故事信息层面来进行分析和总结。

故事信息构成并承载着故事的各种元素，这些元素包括剧作结构、人物、情节等。其中，结构和人物的信息控制是通过情节设计来展现的，在情节设计的诸多技巧中，使用和研究得最成熟的就是悬念设置，因此本书主要介绍情节设计技巧与信息控制的关系，特别是悬念与信息控制之间的关系。另一方面，通常情况下，影视剧故事的主题思想不会直接传达给观众，创作者往往会将各故事元素分量传达，观众最终通过整合所有影视信息才能体悟该影视剧的主题，这就是我们常说的文艺的“潜移默化”作用，因此，我们还会介绍主题思想的控制经验。

第二节 情节设计技巧与信息控制

对故事信息的控制，最为突出地表现在情节设计上。前面我们已经探讨过，情节是构成故事的基础环节，它是由若干具有逻辑关系的小事件构成的大事件，这种逻辑关系主要表现为小事件之间的因果关系。情节大事件本身又成为完整的结构，根据事件逻辑，由具备起因、过程、结果三个完整的过程构成。在展现情节的过程中有若干信息，编剧只让观众知道情节中的部分关键信息，以引起观众补全信息的欲望。

有学者研究发现，文艺作品的受众不是被动接受作品中的信息的。例如，接受美学学派代表学者姚斯认为，在文学阅读之前及阅读过程中，作为接受主体的读者，基于个人与社会的复杂原因，心理上往往会有既成的思维指向与观念结构。读者这种据以阅读文本的既定心理图式，叫作阅读经验期待视野，简称期待视野。波兰现象学美学家罗曼·英加登提出文学作品的最终完成，必须依靠读者自己去体验、去“填空”。德国接受美学理论家伊瑟尔指出，文学文本召唤读者在其可能范围内充分发挥再创造的才能。实际上，我们只需要回味我们看电影和电视剧时的一种基本心态就会很容易理解这种“参与性”。那些有吸引力的影视剧总是能够让我们迅速进入故事中，我们为那些我们所喜欢的人物的命运担忧，我们希望他们能够顺利实现目标，但是编剧总会让他们在实现目标的过程中遇到各种障碍。在美国电视剧《越狱》中，麦克想要救出哥哥林肯，但越狱行动总是遇到麻烦；《行尸走肉》中瑞克的团队只想找一个安全的栖息地，但行尸和恶人总在等待着他们；《绝命毒师》中沃尔特想在他死前尽快筹足其死后家人的生活费用，但每次制毒总会出状况，赚钱难，花钱快。我们甚至形成了猜情节的习惯，当主人公的诉求比较顺利地达成时，我们就知道不会有这样的好事。当编剧安排主人公真的很容易实现目标时，我们反而觉得这个剧情很奇怪。

总之，情节设计的技巧普遍存在，它利用观众补全信息的原始欲望，成为观众和剧情之间的“钩子”，激起观众往下看的兴趣；在电视剧中，它更是成为让观众每天或者每周坐在电视机前或电脑、移动媒体前收看节目的重要力量之一。因此，学习这些情节设计的技巧对于初学影视剧作的人来说是非常有必要的，下面我们将会介绍几种常用的情节设计技巧，这些情节设计技巧都是利用信息控制的方法来实现的。

一、突转

突转这一情节技巧是由古希腊著名学者亚里士多德首先提出的，他说突转是：“指情势向相反的方向转变……是按照可然律或必然律而发生的。”亚里士多德以《俄狄浦斯王》一剧为例：剧中报信人原本是为了消除俄狄浦斯的恐惧心理，孰料“事与愿违”，他的一番话无意中恰恰披露出俄狄浦斯的真实身份。戏剧情势由此发生180°的大逆转，使俄狄浦斯从处于主动追查杀害先王凶手的顺境，陡然跌入极其被动、尴尬而又无可逃避的逆（绝）境中，逼迫他不得不伴随因“杀父娶母”的罪责而招致严厉的惩罚！所以，亚里士多德所谓的“突转”系指剧情在其发展进程中，依循可然律或必然律的内在逻辑性，而产生的“由顺境至逆境，或由逆境到顺境”的突然变化与重大转折。亚里士多德还指出了两类情形的“突转”：第一，“从顺境到逆境”（一般指悲剧）；第二，“从逆境到顺境”（一般指喜剧）。应该说亚里士多德的划分尚不够完备，从今天的角度来看“突转”至少应包含三种情形：第一，悲剧性的突转（即“从顺境到逆境”，多见于悲剧）；第二，喜剧性的突转（即“从逆境到顺境”，多见于喜剧）；第三，悲喜剧性（或曰悲喜交错性）的突转（多见于悲喜剧、正剧等）。

其实我国古代的戏剧理论也有关于突转的论述。我国戏剧理论提出了戏剧要有起、承、转、合，而且把“转”作为一出戏的关键，虽然这个“转”与“突转”不尽相同，但其中也包含了突转的含义。清初著名学者金圣叹在评点《西厢记》时就说过：“文章之妙，莫过曲折。”当然，他所说的曲折并不全是突转，但他多次提到的“陡然插入”，如“怪峰飞来”的奇文、险笔，指的就是突转。清初戏剧理论家李渔在《闲情偶记》一书的《词曲部·格局第六·大收煞》中说：“山穷水尽之处，偏宜突起波澜，或先惊而后喜，或始疑而终信，或喜极信极而反致惊疑。务使一折之中，七情俱备，始为到底不懈之笔，愈远愈大之才……”这里所谓的“突起波澜”“先惊而后喜”“反致惊疑”等等，实际上就是突转。当然，突转并不是所有剧本中必不可少的成分，实际上，有不少写得很好的剧本中并没有明显的突转。但是，如果仔细研究一下古今中外的戏剧剧作和影视剧作就会发现，在大多数剧本中，特别是在戏剧冲突发展的高潮部分，确实存在着大量的突转技巧。

在这里，我们首先要明白的是，突转是一个事件，不管是何种事件，这一事件的信息中心在哪里，这个事件出现的力度，可以“扭转乾坤”，可以将故事引向另一个方向。一部影视剧中，作为突转的事件有若干个，有的可以将故事引入主体叙事，有的将故事导向更强烈的冲突，有的可以直接让故事走向结局。

在 1997 年美国派拉蒙影业公司出品的电影《变脸》中，无恶不作的恐怖分子卡斯特刺杀 FBI 的高级探员阿切尔，却误杀其儿子，让阿切尔发誓要亲手抓卡斯特入狱。在线人的密告之下，阿切尔终于有机会亲自逮捕他到案，趁着卡斯特与他弟弟搭机逃亡之前将他们绳之以法。枪战之后，卡斯特因负伤过重而昏迷不醒。阿切尔原本以为一切都结束了，却没想到从卡斯特弟弟的口中得知，卡斯特在被捕之前已经将威力强大的毒气炸弹放在某个人潮众多的公共场合，无论警方如何逼问，卡斯特的弟弟宁死都不愿说出炸弹地点。束手无策之际，阿切尔的长官提出透过高科技的整容手术，让阿切尔与卡斯特的容貌对换，再让假扮成卡斯特的阿切尔进入监狱中，让卡斯特的弟弟以为哥哥复活，并说出炸弹地点。然而，当一切仿佛都很顺利的时候，剧情出现了陡然转向。

内景　审讯室　白天

阿切尔的靴子被吸在地上，吊门升了起来。他的信心转眼间成了无法言喻的恐惧。因为他发现自己正看着的人是——阿切尔。这个人有阿切尔的脸——他真正的脸。

顶替者：怎么了？你不喜欢我的新造型吗？

阿切尔看着他自己的样子，想弄清楚这一切。接着他认出了脸上的假笑，那眼中的愚弄神色，他说出了不该说的话——

阿切尔：——卡斯特……

卡斯特：不再是了。

阿切尔：不会的，这不可能的。

卡斯特：我想霍格博士用的术语是“强力遥感”。谁知道？可能是脸被割掉的疼痛把我弄醒了。要不然就是上帝根本就是站在我这边。（开始踱步）

顺便提一下，我还知道你在这里没有任何的证件。（他继续踱步，一边念着《洛杉矶时报》的内容）"霍格研究院成地狱——马尔科姆·霍格死亡"。

卡斯特：可怕的悲剧。霍格是那样的天才——但太自私了。我只得拷打他的助手才说服他给我做了同样的手术。

阿切尔：你杀了他们？

卡斯特：我当然杀了他们，你这个笨蛋。霍格，他的职员们……

画面闪回到霍格的尸体——他躺在地上，实验室在燃烧。旁边还有两具仍在燃烧的尸体。

卡斯特：米勒和布罗迪——

画面闪回到布罗迪和米勒——死在一辆出事的车里。

卡斯特：我还雇了一个人去找你的伙伴蒂托。

阿切尔：他对这件事情一无所知。

卡斯特：噢，肖恩。我认为你比谁都更清楚。我真希望你能在那儿亲眼看到他脸上的表情——

画面闪回到蒂托——他先微笑，然后惊恐地后退，因为卡斯特向他开枪，然后从台子上拿了阿切尔的结婚戒指。

内景 艾瑞璜监狱（现在）

阿切尔震怒地看着卡斯特手指上的戒指。

卡斯特：——很快，我猜到你来过这儿。（稍顿）我撕毁了能证明你身份的所有证据。相信吧——你下半辈子都会在这儿了。

阿切尔：卡斯特，不要这么做——

卡斯特：没有商量，肖恩——没有交易。请原谅我，我有一个重要的政府工作要做，还有一个漂亮的老婆要睡——对不起，我是说——"要爱"。

阿切尔不能自已。他大叫，挥动双手——却碰不到卡斯特。卡斯特打开门，狱卒们冲了进来——棒打他，并用电击他使他失去知觉。

沃尔顿：对不起，长官。

卡斯特：没关系。很难预料一个精神变态的罪犯会做什么……

正是昏迷不醒的卡斯特突然苏醒，并且变成了阿切尔，杀害了所有了解真相的人这一突转事件，才使《变脸》的主体叙事正式开始，因为，这个电影正是讲述阿切尔恢复自己身份的过程。

突转必须有一定的强度，因为它是剧情转变的关键性信息，如《变脸》中卡斯特的苏醒。但是它的强度也不一定非要奇、显、怪，而是在其与前后事件、情节的对比中呈现。例如，1998 年美国派拉蒙影业公司出品的电影《楚门的世界》的最重要的突转事件是节目的制作组由于一时的疏忽，竟让在楚门小时候因他而“死”的“父亲”再次露面。楚门并不知道自己是真人秀节目中的主人公，但是这次事件使他感觉到自己的生活有些不简单，所以才会有后面其走出居住多年的桃源岛（实际上是一个摄影棚）的欲望。这个事件本身强度并不大，然而，影片前面大量展现楚门的日常生活，他的家庭、他的工作，这样，这个突转就有了一定的力度。

二、伏笔

所谓伏笔，指的是作者对将要发生的情节预先做些提示或者暗示，它是一旁埋伏着的线索，暗中发挥着作用。到一定的阶段，再对这种预先的伏笔进行呼应，使情节的发展更为合理。清初著名学者金圣叹评论《水浒传》说：“此书每欲起一篇大文字，必于前文先露一个消息，使文情渐渐隐隆而起，犹如山川出云，乃始肤寸也。”清人毛宗岗在说到《三国演义》的结构时也说：“前能留步以应后，后能回照以应前，令人读之，真一篇如一句。”但这一笔要做到既优又巧，就需作者在为能“疾书于后”而先“袖手于前”的构思时苦心孤诣。法国作家莫泊桑就曾说过，小说“布局的巧妙在于那些表现作品明确意义的可信的小事巧妙组合”，而这些小事又必须“以一种特殊的方式突出表现那些被迟钝的观察者所忽视的，然而对作品却有重要意义和整体价值的一切”。这也就是我国古人所称道的“伏笔苟使人知，亦不称妙，无意阅过，当是闲笔，后经点眼，才知是有用者”。下面，我们介绍一些常用的伏笔设置方法。

（一）利用人物外形巧设伏笔

在美国电影《哈利·波特》中，哈利·波特有一个闪电形伤疤。在断断续续的前六部的叙述中，伤疤作为伏地魔以最邪恶的魔法留在哈利波特身上的印记，一直以“火辣辣的疼”给哈利警示危险，这种作用逐渐加深。

从第五部《哈利·波特与凤凰社》开始，也就是第四部伏地魔复活以后，这个伤疤竟然能像一个天线一样接收伏地魔的思想，但在这一部里，伏地魔利用这一点，欺骗了哈利，引诱他到了魔法部神秘事务司，直接导致了小天狼星布莱克的战死。但经过在魔法部的大战，自伏地魔对哈利附身失败以后，他便开始害怕和哈利的这种连接，于是到了第七部，伤疤的这个功能起了正面作用，使得哈利能够实时掌握伏地魔的想法和行踪，为最终打败伏地魔立下大功。

在2005年福克斯电视网出品的电视剧《越狱》第一季第一集中，影片一开始，迈克尔·斯科菲尔正在完成自己身上最后一块文身，第二天他持枪抢劫了一家银行。被捕后他非常合作地承认了罪行，法官因此同意了他的要求，判处迈克尔在芝加哥近郊的福克斯河监狱服刑五年。迈克尔被安排在A楼40号牢房，室友菲尔南多·苏克雷自告奋勇地向他介绍监狱的各色人物，但是迈克尔只想见一个人：被判死刑的哥哥林肯·巴罗斯。当他好不容易见到哥哥林肯时，林肯却认为越狱是根本不可能的事情，在这个时候，迈克尔向他展示了隐藏在文身中的秘密：福克斯河监狱的设计蓝图。这时观众才知道，越狱的关键实际上在影片一开始就作为伏笔文在了迈克尔的身上。

（二）利用人物对话巧设伏笔

在《三国演义》第四十二回中，张翼德大闹长坂桥，三声大喝，如焦雷贯顶，吓得曹军兵败如山倒。这是艺术的夸张，但也有合理因素。这就是早在第二十五回关公斩颜良时就埋下了伏笔，曹操佩服关公的神勇，赞道："将军真神人也！"关羽自谦道："某何足道哉！吾弟张翼德于百万军中取上将之头，如探囊取物耳。"这一伏笔到了第四十二回发挥作用了。曹操对张飞久仰大名，却未曾照面。前有关羽的介绍，曹操在心理上早就对张飞的武艺有所慑服，加之张飞挺矛立马长坂坡的架势，这就使曹操微微生了退军之心，阵脚开始后移。张飞一声又一声的挑战，曹操一步跟一步的怯战，这就扭转了战场的形势，曹操最终领兵退阵，张飞不费一兵一卒获得全胜。

莫泊桑的小说《项链》，最令读者出乎意料和惊愕的莫过于结尾佛来思节夫人道出项链是假的这一情节。惊叹之余稍加回味就不难发现，在此之前作者借助人物语言做了三次暗示。第一次是佛来思节夫人对玛蒂尔德提出借项链要求时的回答"当然可以"。"可以"而且"当然"，项链自然不是贵重之物了。第二次是找项链时珠宝店老板说："太太，这挂项链不是我卖出去的，我只卖出这个盒子。"这就等于告诉读者，青缎盒子里盛的是一条另外配的假项链。第三次是玛蒂尔德还项链时，佛来思节夫人只责之以迟误，连盒子都没有打开看一下。如此不在乎，只因为项链是件仿制品。三次暗示，含而微露，蓄而后发，是情节高潮不可或缺的伏笔。

在1984年出品的美国电影《鸟人》中，艾尔第一次和鸟人真正接触，是误会他偷了自己朋友的小刀，当误会解除后，鸟人问他喜欢鸽子吗？艾尔说鸽子没什么意思，鸟人说："它们能飞。"后面，在时空交错结构中，鸟人的理想和追求以及他们两人在青年时期的关系，都主要围绕着"飞"这一主题展开。

在2009年出品的国产电视剧《潜伏》的第一集中，余则成被军统局安排到南京刺杀李海丰。到达南京后，余则成和他的领导兼老师吕宗方有这样一段对话：

29. 安静的街道　日　外

一辆黑色轿车停在路边，车内是余则成和吕宗方。

吕宗方把一封信交给余则成：当面交给他。

余则成把信放进皮箱：这是什么？

吕宗方摘下自己的手表：不知道。如果我遇到意外，你拿着它去陕西会馆找帖老板。

余则成：陕西会馆，帖老板。找到后呢？

吕宗方看了一眼表，把表递给了余则成：找到后的事你就别管了……

而后面，吕宗方突然被杀，刺杀他的马奎被抓后招出吕宗方是中国共产党党员。这个发现着实让人惊讶。因为，在第一集的前半部分，作者花了不少篇幅塑造吕宗方是一名忠实的国民党特务，这与他地下党的身份反差太大。其实，在第29场中，当吕宗方叫余则成有事找陕西会馆老板时就埋下了伏笔，因为当时中国共产党的大本营就在陕西。

(三)利用细节设置伏笔

这里所说的细节包括细节动作、细节道具，甚至人物的细节表情等元素。细节设置更容易在不经意间完成伏笔的铺设。这里需要说明的是，在利用细节设置伏笔时要注意播放影片的媒介及观看环境。例如，如果故事的主要播放媒介是电影院，观众的注意力通常是比较集中的，这样就很容易利用细节来设置伏笔。但是电视观众和网络影视剧的观众就不一定会这么集中注意力地看故事。因此，如果故事的主要播放媒介是电视或网络平台，细节设置就要明显一些，因为观众很可能在不经意间就错过了伏笔，那么伏笔就失效了。

在1948年英国出品的电影《雾都孤儿》中，我们注意到当奥利弗的母亲去世时，她颈上的金项链被在旁的唯一的老妇人悄悄拿了去。此时，我们隐隐约约地预感到这串金项链将会引发一连串的事件。随着故事的一步步发展，我们的预感变成了现实。首先，当这名老妇人知道自己时日不多时，她找到了棺材铺，希望在临死前能再见奥利弗一面。然而，不巧的是奥利弗当时不在场，所以老妇人未能如愿，并晕倒在棺材铺里。后来，在济贫院里，就在奥利弗母亲去世的同一张床上，老妇人想在弥留之际把与金项链有关的故事告诉班布尔太太，其是一个凶狠歹毒的妇人，其夫早亡，班布尔是她的第二任丈夫。然而，就在老妇人要道出实情时，她坚持让当时在场的另外两名老妇人出去，只允许班布尔太太一人在场。于是，画面中，我们只看见那两名老妇人在门外偷听却什么也没听到的场景。在此，观众心里也在想，老妇人究竟在死前告诉了班布尔太太什么信息。在想知道答案的同时，观众心里肯定也忐忑不安地认为接下来将会有与金项链和班布尔太太有关的事发生。不出意料，在后来的故事中，影片通过倒叙的手法揭开了观众心中的疑惑。在班布尔夫妇和孟克斯的交易中，我们知道了老妇人临死时的内幕：老妇人在还未把事情讲完时，就撒手人寰。庆幸的是，她手里紧紧攥着一团纸——一张典当票。此票还有两天就过期了。于是，班布尔太太把老妇人典当的东西，即金项链赎了回来。当然，在与孟克斯的交易中，金项链落入了孟克斯的手中。最后，在孟克斯与费金的肮脏交易中，我们得知金项链是证明奥利弗出身于上流家庭、与孟克斯是同父异母身份的唯一证据，只要金项链毁灭了，那么孟克斯就可以独吞父亲留下的遗产。

在2013年出品的《西游·降魔篇》中，玄奘的师傅传给他一本《儿歌三百首》降魔秘籍，但玄奘在降魔时发现其用不上。影片设置暗恋玄奘的降魔人段小姐不认识字的细节，而《儿歌三百首》被愤怒的段小姐撕碎。之后在降服猪妖后为了和好，段小姐将《儿歌三百首》拼好后还给玄奘，然而此时的“儿歌三百首”已经被不识字的段小姐拼成了“大日如来经”，成为最后玄奘降服悟空的秘籍。

对于伏笔，剧作中有一个事件只用一次伏笔的，也有一个事件用几次伏笔的；有的是设置在前面不远的地方，也有的是设置在前面很远的地方。但总的原则是：设伏笔，是为了“备后来之必应者”。如果后文并无此照应，那么前面就不要设这个伏笔，否则就是“赘笔”了。契诃夫说得好：“如果第一幕里，你在墙上挂了一管枪，那么在最后一幕就得开枪，要不然就不必把它挂在那里。”在结构上一般地设计些伏笔和照应并不难，难的是设计得妥帖而又巧妙，并恰到好处地推动情节的发展和刻画人物的性格。

三、省略与延宕

影视的时间与现实时间不同，与现实时间相比，影视时间要么是被缩短了，要么是被拉长了。长镜头理论的倡导者安德烈·巴赞曾提出“电影是现实的渐近线”，这里所谓的“渐近线”也暗示了电影时间确实不能等同于现实时间。故事时间是叙事者加工之后的产物，原来的故事时间被重新切割组合，从而创造出了一个新的时间系统。

2001 年美国福克斯电影公司出品的电视剧《反恐 24 小时》每季 24 集，每一集展现 1 小时内发生的故事，试图模糊影视时间和现实时间的界限，但实际上每集的时间也仅有 43 分钟左右。

对于影视叙述时间的问题，西方的电影叙述学理论研究得比较透彻，这里我们主要围绕情节设计中的省略和延宕技巧及其可能产生的具体效果来进行探讨。

(一)省略

省略是为了加速时间的进程，删减一些不必要的冗长过程，同时它也可以实现某种悬念或戏剧效果。例如，某个职员从北京到重庆出差，假设他办公地点就在东直门，要到达重庆解放碑。他从东直门坐机场快铁到北京国际机场大概需要 40 分钟，顺利登机到飞机起飞再到达重庆江北机场大概需要 2 小时，然后坐轻轨到解放碑 1 小时 20 分钟，如果一切顺利他从东直门到解放碑需要花费 4 个小时左右。但是在影视作品中可能他只需要花费十几秒。剧本中可以先写他上机场快铁，然后他在北京国际机场过安检，飞机起飞，他出重庆江北机场，他上轻轨，他从解放碑下走过，那么他从北京到重庆的过程就完成了。影视剧中省略的效果包括以下几点。

1. 简化时间跨度

在 2003 年出品的国产电视剧《大染坊》第一集中，一开始叙述的是幼年乞讨的陈寿亭被周掌柜收留及学习染布的故事，而后，编剧直接借助字幕“十年之后”将中间流逝的时间、成长的过程省略，径直开始了主人公成人之后的故事。

最为经典的例子当属美国电影《公民凯恩》中的一段情节，这段情节讲述凯恩与第一个妻子爱米丽从相亲相爱，互相体贴理解，后来发展到互相争吵，矛盾激化到不可调和的地步，直至感情完全破裂。整个过程，共经历了9年时间。这漫长的9年时间，在电影中却被压缩在两分钟内。

内景　凯恩家　早餐室　日昼

凯恩身着白领带和燕尾服，爱米丽穿着较正规的服装。凯恩正在为爱米丽倒一杯牛奶。当他倒好牛奶后，倾身向前，嬉弄地吻她的后颈。

爱米丽(害臊地)：查尔斯！去回到你自己的座位上去。

凯恩：你真美。

爱米丽：我不可能。我过去从来没有一个晚上参加过六个宴会，我也从来没有待过这样晚。

凯恩：这只是个习惯问题。

爱米丽：你看仆人会怎样个想法？

凯恩：他们会认为我们过得很愉快。对吗？

爱米丽(撒娇地笑了笑)：亲爱的，我不明白，为什么要马上去报馆？

凯恩：你真不该嫁给一个办报的人，他们比水手还糟。我绝对地爱你。(俩人相对而视)

爱米丽：查尔斯，就是办报人也得睡觉嘛。

凯恩(仍然望着她)：那我给伯恩斯坦打个电话，让他把我的约会推迟到中午——现在几点钟啦？

爱米丽：不知道——很晚了。

凯恩：是很晚了。

(化入)内景　凯恩家　早餐室　日昼

凯恩和爱米丽——不同的服装——不同的早点。

爱米丽：查尔斯，你知道昨夜你说去报社10分钟，你让我等了很久吗？真的，查尔斯，鲍德曼是请我们去赴宴的，而不是过周末。

凯恩：我娶了一个最好的姑娘。

爱米丽：查尔斯，如果我不信任你——你深更半夜在报社里干什么？

凯恩：亲爱的，你唯一的通讯员就是《问事报》。(化)

内景　凯恩家　早餐室

凯恩和爱米丽——服装和早点都变了。爱米丽准备上街的打扮。

爱米丽(逗笑地):有时我觉得我宁肯要一个有血有肉的情敌。

凯恩:啊,爱米丽,我可没花那么多时间。

爱米丽:不是时间的问题,而是你发表些什么,攻击总统……

凯恩:你是指约翰叔叔。

爱米丽:我是指合众国总统。

凯恩:反正还是约翰叔叔,还是一个好心肠的傻子。

爱米丽:查尔斯……

凯恩:他让一伙不要命的骗子来管理他的政府,整个石油丑闻……

爱米丽:恰巧是他当总统,查尔斯——而不是你。

凯恩:这个错误迟早要纠正过来。(化)

内景　凯恩家　早餐室

凯恩和爱米丽——服装和早点改变。

爱米丽:查尔斯,当人们提出来家里不订《问事报》的时候,玛格丽特·英格里施说,下院的阅览室已经有40多人签名同意取消订阅《问事报》。

凯恩:那太妙了,伯恩斯坦先生一定会高兴的。你知道吗,爱米丽,当你的朋友们停订了《问事报》,那从我们的赖账单上又勾销了一个户头。你知道不知道,在阔佬之间不付报费是一种荣誉。

(化入)内景　凯恩家　早餐室

凯恩和爱米丽——服装和早点改变。

爱米丽:你的那位伯恩斯坦先生昨天给小凯恩送来极其令人厌恶的东西,我绝对不能允许它出现在幼儿室里。

凯思:伯恩斯坦先生偶尔可以到幼儿室去拜访一下。

爱米丽:非去不可吗?

凯恩简短地:是的。(化)

内景　凯恩家　早餐室

凯思和爱米丽——服装和早点改变。

爱米丽:真的,查尔斯,人们有权利期待……

凯恩:我所愿意给他们的东西。(化)

内景　凯恩家　早餐室

凯恩和爱米丽——服装和早点改变。

他们全都默不作声地读报纸。凯思在读他的《问事报》。爱米丽在读一份《纪实报》(化出)

2. **制造悬疑效果**

在冲突和危机正在迫近的一刻,突然打断动作,让观众自己想象剧作者所省略掉的危机,叙事则进入另外一系列事件的讲述,然后再回过头来交代前面的危机或者干脆直接呈现它的结果。在美国电影《变脸》中,卡斯特突然苏醒后,剧本就设置了一个省略效果。

内景 外科手术台 夜

卡斯特静静地躺着。他的生命仪器都没有反应。突然他的脑电波跳动起来。

一下——两下——三下。脑电波跳动加强,并趋于稳定。

卡斯特的手指动了。然后他握紧了拳头。

卡斯特的脑袋缠着绷带。但是他的眼睛睁开了。

卡斯特条件反射地从床上扭身坐起,他拔掉身上维持生命的管子。他痛苦地走下床,呻吟着。

他勉勉强强地站起来,蹒跚地在手术室里走动,直到他在窗户里突然看到他缠着绷带的脸。他迅速地拆下绷带。

绷带落到脚下……我们不知道卡斯特看见什么,只听见他哀号,然后哽咽和尖叫,卡斯特唯一一次失去自制。

最后卡斯特终于安静下来,他拿起电话拨了号码。

卡斯特:拉斯……好吧,伦特。(拿起桌上的资料)一些倒霉事情发生了……我有麻烦……仔细听着……

外景 霍格的研究院 夜(稍后)

一扇滑门打开了。拉斯和伦特粗暴地用枪口抵着霍格把他押进了手术室。

内景 手术室 夜

拉斯和伦特把霍格推了进来。手术室亮着灯。屏幕上播放着阿切尔的手术录像。

霍格看见他被吓坏的助手,他们都被绑住了。

霍格:这是什么意思?你们想要干吗?

拉斯把霍格推到一个站立的人面前,镜头推近到霍格的眼镜面前。从眼镜的反射中我们看见……一个没有脸的男人。

霍格因看见那些裸露的肌肉、软骨组织而感到恐惧。男人举起一支烟凑到唇边,然后吸了一口——

卡斯特:你觉得我想怎样?

……

在这里卡斯特明显要做对霍格不利的事情了,甚至观众都开始恐惧了,然而编剧写到这里就将卡斯特威胁霍格给自己变脸的情节省略了,转而写阿切尔在监狱里套取炸弹安装地点的情报,阿切尔比较顺利地套取了情报,但观众并不认为事情会这么简单,因为他们知道卡斯特或许做了什么对阿切尔不利的事情。果然,不久,卡斯特变脸成为阿切尔并出现在他的面前。

3. **制造喜剧效果**

在2007年美国CBS出品的情景喜剧《生活大爆炸》第一季第一集中,新搬到谢尔顿和莱尔德公寓隔壁的美女佩妮请求莱尔德帮她找自己前男友要回属于她的电视机。莱尔德对佩妮一见钟情,为逞英雄,他真的带着谢尔顿到佩妮前男友居住的公寓要电视机。当佩妮的前男友开门时,他们发现他是一个壮汉。接着,谢尔顿和莱尔德穿着内裤走出了公寓大门。在这里,壮汉扒光谢尔顿和莱尔德衣裤的过程被省略了,从而造成了极其强烈的喜剧效果。这样的省略方法在美国的情景喜剧中得到了大量运用。

(二)延宕

延宕是剧作者在剧本中叙述所发生的事件、安排故事情节和设计人物言行时抓住观众急于获知内情的破谜心理,故意放慢叙事节奏,延缓事件进程而使用的一种方法技巧,即刚刚叙述到某一事件的"关键点"时,马上转入对另一貌似毫不相关的事件叙述来冲淡、消解某种令人窒息的紧张氛围,借此强化观众迫切期待的情节,从而巧妙地构筑出审美的内涵和提高期待效果。

2013年出品的美国电影《菲利普船长》在海盗劫持货轮之前特地添加了一场海盗讨论抢哪艘船的戏,不过观众早就已经知道他们想要抢的是男主角的船,而这场戏就起到了解释、充实情节的作用。同样的,在他们正式劫持海盗之前,菲利普还颇为谨慎地准备了一场演习,但事实上直接劫持海盗也并无多大问题,但加了演习这场戏之后便将危机来临之前的紧张感延长了。

在香港 1993 年出品的电影《唐伯虎点秋香》中的高潮处，夺命书生攻进华府大开杀戒，唐伯虎在关键时刻出现并打败了夺命书生救了华府一家人，华夫人为报答唐伯虎答应将秋香许配给他。就在观众以为“有情人终成眷属”时，华夫人却赖婚，她设下难题，要求唐伯虎在一炷香时间内在大量的蒙面女性中点出秋香。这一事件无疑延长了观众期待的大团圆结局来临的时间。

四、巧合与误会

影视剧情节设计的基本要求是“一波三折”，在实现这种“一波三折”的过程中，巧合与误会所发挥的作用非常明显。在信息控制上，巧合与误会的区别主要表现在事件、故事人物与观众的关系上。巧合的惊讶效果的产生来源于故事人物和观众均不知道这突如其来的事件信息；而误会的效果往往来源于事件信息，观众知道而故事中的人物不知道，这样，观众就产生了希望故事中人物消除误会的期待心理。无论如何，巧合和误会均可以将叙事推进到另外一个方向。

(一)巧合

巧合，指恰好吻合、正巧一致。《初刻拍案惊奇》卷九说：“可见天意有定，如此巧合。”清代李渔在《闲情偶寄》一书的《词曲部 · 结构第一 · 戒讽刺》中说：“幻设一事，即有一事之偶同；乔命一名，即有一名之巧合。”巧合是一种偶然性，其特点是两个以上的人物或事件，碰巧在某一点上有其相同或相似之处。我国有句俗话说得好：“无巧不成书。”这话不仅道出了影视剧创作的一个技巧，同时也道出了其间的一条规律。

1998 年英国出品的电影《两杆大烟枪》可以说是完全是由一系列巧合构成的电影。哈利在赌局上使诈取胜，并故意借钱给艾德使之欠下 50 万的巨款。艾德兄弟四人面对的是一个非常紧迫的事实：必须在一个礼拜内还清 50 万。筹钱成了他们接下来一系列行动的目的，但是 50 万对于他们来说是个天文数字。就在这个时候，艾德听见隔壁阿狗和普兰克想通过抢劫“三个科学家”来捞一笔的计划(巧合)，决心等他们抢到钱后抢劫他们，来一个“螳螂捕蝉，黄雀在后”。

阿狗发现抢他们钱的人是艾德，这也是一个巧合：他大骂手下无能胡乱说，即就算是邻居干的他们也不知道，然后把普兰克撞向墙，刚好撞破了墙，露出邻居家

(艾德家)的窃听设备。更巧的是艾德兄弟四人得意忘形竟然把钱和毒品就放在家里,这下子阿狗等人决心埋伏在艾德家,等他们回来并一举歼灭他们。

另一个促成巧合的重要角色是收债人大克里斯。他奉哈利之命在到期之日前去收取艾德的欠款。而刚好这天就是阿狗等人发现真相并埋伏在艾德家的日子(巧合)。由于遭遇罗利袭击,阿狗幸运逃脱(巧合),当他带着钱逃跑时碰到了大克里斯,恰好这50万(巧合)被作为艾德的欠款收走。这就形成了艾德在哈利办公室拿回钱的前提。但阿狗又出于不甘劫持了大克里斯的儿子,要挟他交出一切,大克里斯不得不返回哈利处,他用一个急刹车撞晕了背后的阿狗,却也撞到了刚抢到钱的艾德的车(巧合)。出于收债人的本性,他又一次拿走了艾德刚到手的钱。最后得知老板哈利死了,大克里斯成了这笔钱的获益者。

另外一条线索,哈利在书上看到了两把价值250万美元的古董烟枪,要巴利想办法弄回来。巴利找了两个愣头愣脑的贼,要他们去一个老房子里偷。前提是巴利理所当然地认为那两把古董烟枪藏在柜子里。于是他告诉两个小偷除了柜子里的古董烟枪其他一切都可以属于他们自己。两个小偷成功洗劫了老房子里的一切,可古董烟枪恰恰不在柜子里而在老头的手里(巧合),古董烟枪被他们卖给了尼克换钱(巧合)。巴利和哈利用可怕的言行威胁二人把古董烟枪找回,否则他们必须付出惨痛的代价。这形成了后面他们不惜一切找古董烟枪的动机。

再有一条线索,汤姆通过尼克将大麻卖给一个当地的毒品供应商罗利,却没想到罗利正是被抢的种植商的幕后老板(巧合)。罗利得知自己的大麻被抢,并且强盗还自己送上门来,自然气不打一处来,他带着一帮人到艾德的家准备将他们全杀了。与此同时,艾德的邻居,也就是阿狗和普兰克正埋伏在艾德家准备将艾德他们杀了(巧合)。有趣的是,艾德兄弟四人却正在回来的路上。故事戏剧化地发展下去,罗利团伙和毒贩们全都死了,艾德回来时看到的是满地的尸体。

然而,利用巧合进行叙事,并不是那么容易的,巧合需要设置得巧妙,既在意料之外,又在情理之中,否则会让人感到蹊跷、牵强。例如在2011年上映的香港电影《武侠》中,教主的个人实力太强了,以至于只有依靠被雷劈死这样的巧合才能解决矛盾。虽然被雷劈死有点"多行不义必自毙"的意外,但这种巧合设计总让人感到很突兀,若是非要这么写,也应该在前面埋下此地经常有雷劈死人的伏笔。

(二)误会

误会法是指在文学作品中,人物的一方对另一方产生误会或双方互相误会,从而引发矛盾，推动情节的发展，使人物情感的波澜层层推进。误会具有编织故事和情节、吸引观众的巨大魅力。在喜剧中，误会甚至是一种不可缺少的表现手法，这在正剧和悲剧中也很常见。有的误会情节甚至能够发挥情节点的转向作用，从而造成意料之外的结局。

在1998年播出的国产电视剧《还珠格格》中，小燕子得知紫薇的父亲是当今皇上，仗义相助，带着信物私闯皇家猎场，不料被正在狩猎的皇子永琪所伤，昏迷过去。皇上见到信物，追忆当年的恋情，误把小燕子认作自己的亲生女儿，天真的小燕子为乾隆的父爱所感动，不好争辩，将错就错，直至最后被封为还珠格格。而当她意识到事情的严重性，想把格格身份还给紫薇时，才知道自己已经犯下欺君大罪。小燕子左右为难，倘若向皇帝说明真相，不仅自己的脑袋不保，还要连累那些帮助过她的人。如果继续隐瞒下去，又觉得对不起紫薇。故事就是在误会的“解”与“不解”的两难之中，通过系扣和解扣，把故事向前推进。

误会的设计还可能深化影片的主题。在2012年出品的国产电影《搜索》中，都市白领叶蓝秋被查出患有癌症，在回公司的路上，她因为心情不好，没有给公交车上的老人让座，并恶言相向，正好被公交车上的实习电视记者杨佳琪用手机拍了下来。回到电视台，主编陈若兮认为这条新闻有卖点，拼命炒作，整个城市都充满了对叶蓝秋的舆论谴责。叶蓝秋向老板沈流舒借钱，沈流舒爽快地答应了，叶蓝秋感激地扑到沈流舒的怀中，这一幕正好被沈流舒的妻子莫小渝看到，她误会叶蓝秋勾引沈流舒，一怒之下给陈若兮打匿名电话，冤枉叶蓝秋作风不端，进一步强化了人们对叶蓝秋的舆论谴责，最终叶蓝秋生无可恋，自杀身亡。

《搜索》整个故事以误会事件开始，然而该误会引发的后续事件让我们不得不思考媒体暴力的可怕性。在故事中，主要人物并不是站在公正的立场上来对待叶蓝秋的“让座事件”的，杨佳琪为了做出好新闻从而留在电视台，陈若兮是为了成名后赚钱和自己的男朋友过小日子，莫小渝是为了搞臭叶蓝秋而向陈若兮爆料的，最后沈流舒谴责莫小渝说她怎么能够利用公共媒体实现个人私利。误会可以逼死一个美丽的女青年，让一个本来在这个世界上没有多少日子的将死之人生无可恋，这原本就震撼人心。

在情节设计中，利用信息控制的方法吸引观众、表现主题、使叙事复杂化的技巧还有很多。对这些技巧的运用最重要的原则就是自然，而最难做到的也是自然。让技巧的加入仿佛没有技巧一样，这需要剧作者在实践中不断地探索，不断地积累经验。

第三节 悬念与信息控制

什么叫悬念？“悬”是牵挂的意思，“念”指思念、挂念。这里主要是指在小说、戏剧和影视剧欣赏中，读者和观众所产生的一种非常有趣的心理活动，既关切事件的发展，又为剧中人物的命运担心。悬念，国外的一些影视艺术家又常常称之为“悬疑”，它既包含牵肠挂肚的惦念，又包含对人物和情节的思考、质疑，直到水落石出、谜底揭开，观众的疑惑才获冰释，并从中得到极大的艺术享受和审美快感。在中国戏曲理论著作中，虽无悬念一词，但所谓的“结扣子”“卖关子”，以及李渔在《闲情偶寄》一书的《词曲部·格局第六·小收煞》中提出的有关“收煞”的要求：“暂摄情形，略收锣鼓……令人揣摩下文，不知此事如何结果”，其内涵与悬念基本相似。

一、悬念的意义

英国近代戏剧理论家威廉·阿契尔说过：“一个伟大的艺术家可以利用悬置紧张的方法，来产生一个特殊的、令人惊异的效果。在激变的边缘，如果来个突然的穿插，常常会刺激观众想要知道后事如何的欲望。”他又说，“紧张被暂时悬置起来有明显的价值”；“就像河水冲垮一段悬岩以前所存在的那种明显的沉静状态一样”；“悬置紧张所产生的力量，比你一眼看去所获得的印象要大得多。如果没有紧张的悬置，我们的剧本就变成全是骨头和肌肉了”。

十八世纪法国杰出的唯物主义思想家和美学家狄德罗在《论戏剧艺术》一文中也说：“由于守密，艺术家为我们安排了一个片时的惊讶，可是，由于把内情透露给观众，却引起了长时间的焦急。”可见，在戏剧和影视中，悬念是一种极为重要的艺术手段。

著名电影悬念大师希区柯克，曾举了这样一个例子，来说明悬念的作用。他说，有四个人，围坐在一张桌子旁边谈论棒球，谈了五分钟，突然间一颗炸弹爆炸了，把人都炸成了碎片。这时候，观众是什么感觉呢？只不过是十秒钟的震惊而已，不一会儿就归于平静了。假如还是同一个场面，却告诉观众桌子底下有颗炸弹将在五分钟后爆炸。这时观众的情绪就大不相同了，因为他们已得知炸弹将在五分钟后爆炸。现在关于棒球的谈话就变得非常引人关切了，因为观众也加入了进来：别扯淡了！不要再谈什么棒球啦！桌子底下有颗炸弹马上就要爆炸了呢！只要炸弹不爆炸，观众就会一直惴惴不安。如果你不给他们任何解脱的话，他们一定会生气。于是，有一只脚碰到了那颗炸弹，有人朝下张望，说："我的天哪，一颗炸弹！"然后把它扔到窗外，爆炸了。

从戏剧性的角度来讲，作为结局的炸弹爆炸并不重要，重要的是如何引向这个结局。观众浓厚的兴趣，恰恰是产生于"未爆炸"的那个阶段上各个人物的内心活动与外部动作。这个阶段，就是大家提心吊胆、欲穷究竟的"悬念"时刻。

定时炸弹这一信息的设置，使其发展涉及相关主人公的生死，事关重大，因此，其发展是观众"很想知道"的，也就是说，让观众产生了期待心理。然而另一方面，情节设计者却加入了很多不确定因素，比如定时炸弹什么时候爆炸？谈论棒球的人是不是知道桌下有定时炸弹？就算知道了，他们有没有能力及时解除爆炸的危险？……这些因素是观众"无从推知"的，因而产生了强烈的期待心理。

由此可以看到，悬念的本质实际上是通过对信息的精确控制，达到控制观众心理的结果。简单来说就是"悬念的本质就是信息控制"。而衡量信息控制最终效果的标准，就是观众的心理感受。

悬念可以概括为两大类：一类是对观众完全隐瞒关键信息，让观众苦苦思索、寻根刨底，但仍百思不得其解，直到最后，编剧才揭晓答案，让观众豁然开朗；另一类是给观众一定的信息，让观众知道剧中人困难、困惑的原因或者即将遇到的麻烦，但剧中人却浑然不知或者极其无助。前一类是运用观众"不知内情的兴趣"来设置悬念。例如在日本动画片《名侦探柯南》中，大部分的悬念设计都是这样，故事中的一个人物莫名被谋杀，但凶手是谁？是如何作案的？剧中人和观众都一无所知，只能跟着柯南层层剥茧，逐渐找出事件的真相。后一类则运用观众虽然已知剧情，但充分调动观众"洞察一切"的优越感，使之对戏剧的兴趣保持长久。威廉·阿契尔在《剧作法》一书中论述道："我们就好像是处在上帝的地位上，正在以不可思议的洞察一切的目光，注视着那些可怜的、茫然无知的凡人如何跌跌撞撞、瞎摸瞎碰地在生活的迷宫中踯躅彷徨。我们在剧场中的座位就好像是享乐主义者理想中的奥林匹斯神山一样，从那里，我们可以看到一切人类命运的错综复杂的反应，而自己却无须参与其事，也不必对此负责。这种优越感是永不会使我们生厌的。”可以说，这两种悬念，比较起来，后一类运用起来更为困难，而电影悬念大师希区柯克所推崇的正是后一类。

另外，根据悬念在影视剧作中的结构性作用，又可以将其分为总体悬念和局部悬念两大类。

所谓总体悬念，是指自始至终贯穿全片的悬念。这种悬念开篇就会提出，直到结尾才摊牌揭底，使人恍然大悟。一般来说，总体悬念是一个事件，通常会出现在故事的第一个情节点处，例如《名侦探柯南》中的凶手是谁的问题。再如，在国产电视剧《潜伏》第一集中，总的悬念是军统关键人物李海丰叛逃了，他肯定会成为抗日战争的巨大障碍，怎么办？总体悬念会引起剧情一波未平、一波又起，扑朔迷离，环环紧扣，疑阵丛生，然后再一一解开谜团，直到谜底全部揭开，或达到目的，观众心中悬置的疑问终于获得解答，剧本才宣告结束。

局部悬念是针对整体而言，这种悬念并不贯穿全片的始终，而是由于戏剧进展的需要，偶尔用之。其实，在电影产生之初，著名的美国电影大师格里菲斯就擅长使用“最后一分钟营救”这样的局部悬念。例如，在电视剧《潜伏》第一集中，余则成和吕宗方被安排到南京执行刺杀李海丰的任务，余则成潜伏到汪伪政保总署电讯处(李海丰系电讯处处长)。余则成很快就摸清了李海丰的活动规律，便与吕宗方联系，准备当面汇报情况。没想到余则成刚刚到约定地点，就看见吕宗方被一个陌生男子枪杀的场景。那么杀人者是谁，为什么他会杀吕宗方，就成了巨大的悬念，成为如何刺杀李海丰这一总悬念下面的一个局部悬念。

二、悬念设计的案例分析

无论在国内还是国外，关于悬念设计理论的著作颇为丰富，而且悬念设计的技巧也在不断发展，要全面掌握它还需要进一步阅读大量研究资料，而这些研究资料也很容易找到。这里我们不再列举悬念的种类、设计的方法等问题，我们将分析电视剧《潜伏》第一集剧本中一些悬念的设计，在具体案例中来学习悬念设计的技巧。我们首先要观看影片或者参见姜伟、华明著的《潜伏创事纪》(南方日报出版社2009年修订版)。

2. 阁楼 日 内

余则成的手在调试监听设备的音量旋钮,耳机中出现了林怀复说话的声音。

林怀复(OS):……据我所知,参加旧金山会议的代表,蒋介石早就内定了,有宋子文、顾维钧、王宠惠、胡适等8个人。多无赖的决定呀,怎么能没共产党的代表呢?别说这是国际事务了,就在袍哥帮会里做这种过河拆桥的事,也会有人骂娘的,不仗义嘛。

余则成一边听一边记。

窃听设备的连线,从设备后面顺着墙壁往上,然后进入顶层缝隙,在缝隙里延伸。

……

评注:影片一开场就设置悬念,不介绍余则成的身份,而让观众看到他在监听。他是什么身份?为何要监听?引起了观众想了解他的兴趣。

4. 阁楼 日 内

余则成听到"军统特务"四个字后,摘下了耳机,若有所思。

评注:解开第2场设置的悬念,余则成是军统特务,在偷听进步人士的会议。

这时,外面传来一声枪响,余则成急忙到窗前张望。

……

评注:悬念中的悬置技巧,先将一个完整的刺激性信息分割成若干部分,只让观众了解这个信息的一部分,引发观众的兴趣,让观众着急地想了解全部信息,而编剧到适当的时候才将全部信息补全,以此达到审美效果。这里的枪声实际上是张名义被李海丰所杀的完整信息中的高潮部分信息,但是编剧就是在这里不告诉观众枪声的原因和结果,以激发观众观看的欲望。

7. 阁楼 日 内

余则成从窗前思考着回到监听设备处,烦闷地拿起耳机接着听。

林怀复(OS):抗战胜利在即,国共关系处在一个十字路口,许多人面临新的抉择。

甲(OS):是呀,前不久我外甥在津浦战役中率部起义,投向了共产党。家人诧异,眼看就要过好日子了,为什么要投共呢?我说,越是这时候,越能看出人心的向背,过去的年轻人认为只要抗日,就是革命,而现在不一样了,抗战胜利后,年轻人如何看待革命,就很难说了,国共之间必须做出一个选择。

余则成听着深有感触。

这时,传来敲门声,余则成起身开门,门口是来接班的张名义。

余则成回身收拾自己的记录:你迟到了,幸亏吕队长没来查班……

随后就是扑通一声,余则成回头看,张名义已经倒在门口,背后有中弹的痕迹和一片血迹。

余则成大惊,立即掏出手枪,上前张望门外,然后把张名义拖进来,关上门:张名义,出什么事了?张名义!

张名义奄奄一息:……李海丰要……叛逃……

余则成:李海丰?什么人?

评注:首先,张名义倒地,背后有中弹的痕迹和一片血迹,解开了第4场枪声所设置的悬念——是李海丰开枪打死了张名义,同时通过张名义死前的话设置了悬念——李海丰是谁?为什么要叛逃?为何要杀张名义?

8. 戴笠办公室　日　内

戴笠震惊地从椅子上站了起来:李海丰,叛逃?

毛人凤恭敬地:戴局长,李海丰已经于昨天潜逃到南京,投靠了日伪。策反他的是《扫荡报》的日文翻译郭紫萍。

戴笠木然:蠢猪,日本人就要完蛋了,现在叛逃,死得会比何行健、陈明楚还难看。他的父母、孩子、老婆呢?

毛人凤:踪迹皆无,估计早就找好退路了,他是鸡鹅巷时期的老军统,对家规应该很清楚。

戴笠自言自语:这个李海丰,要坏大事。

9. 走廊　日　内

余则成和吕宗方坐在椅子上等候。

吕宗方小声:总部电讯处有两个王牌人物,一个是姜毅英,军统唯一的女将军,最早破译日军袭击珍珠港密电的就是她;另一个就是这个李海丰,被称为军统“密码宝典”。

余则成:这种人叛逃对军统的威胁非同小可,戴老板会不会……

吕宗方打断:狗拿耗子,用得着你个小外勤瞎操这荒心吗?林怀复家监听到什么了吗?

余则成:都是牢骚话,说旧金山会议应该有共产党的代表参加,周恩来给王世杰写信谴责……科长,他们的话有的……我听着挺有道理的。

吕宗方抬头凝视余则成:他们都是危险分子。

余则成不说什么了。

这时毛人凤过来,吕宗方和余则成起身:毛主任。

毛人凤对余则成:你先进去。

10. 戴笠办公室　日　内

余则成拘谨地:在下先听到了一声枪响,就一声,很近,从窗户往外看,也没看到什么。

戴笠闭目养神:他最后怎么说的?

余则成:就说李海丰通日本人,还要拉他一起叛逃,他没答应,就被人打了黑枪。我开始没听明白,我还问李海丰是谁,张名义说是电讯处的。

戴笠睁开眼睛,看着余则成:你不认识李海丰?

余则成:在下一直在二台尽职,来总部才半年,都是外勤任务,不认识他。

戴笠似乎对余则成满意:你什么时候进的军统?

余则成挺直身体:民国二十六年参加的上海青浦特训班。

戴笠:二十六年?还是特务处时期,有点资格了。

吕宗方面对戴笠:张名义的老婆说,李海丰曾经鼓动张名义跟他一起投靠日本人,张名义跟老婆商量后,决定不跟李海丰走。李海丰离开重庆时给了他三天时间,说如果想叛逃就跟一个什么人联系,如果不想叛逃也跟那个人联系,说明一下,那个人就不等他了。张名义已经死在医院了,我估计他是见了那个人,表明自己不愿意叛逃,所以就遭到暗杀。

戴笠:他为什么要鼓动这个张……

吕宗方:张名义,因为张名义是李海丰的内弟。

戴笠沉闷地:这个张怎么不早说,该他死。

评注:通过3场戏,才解开第7场设置的悬念。第8场讲了李海丰是怎么叛逃的,并让戴笠留下了一句“这个李海丰,要坏大事”。第9场通过比较李海丰和姜毅英，证明李海丰真的很重要，真的坏了大事，为本集总悬念的提出埋下了伏笔。第10场通过吕宗方与戴笠的对话解开了李海丰为何要枪杀张名义的悬念。

需要注意的是，悬念实际上是依附于其他情节设计技巧的，例如，刚才我们分析的张名义被枪杀的信息包括伏笔、突转等情节设置技巧，但悬念通过控制信息让观众既关切事件的发展，又为剧中人物的命运担心。另一方面，设置了悬念，还必须解开悬念，无论用何种方法，总之不能让观众产生被“戏耍”的感觉。

【本章小结】

实际上，影视作品信息控制的技巧远远不能穷尽，这里只是介绍了一部分常用的方法而已，而且导演在影片拍摄的时候也可以利用影视视听语言控制影视作品的局部信息。影视编剧在控制情节时也要注意总体把握，该用则用，不该用就一定不要用，否则观众可能会产生一种被“戏耍”的感觉。而且，除非特殊风格的需要，在设计信息控制时，一定要生活化、具有合理性。

【思考与练习】

1.阅读法国作家莫泊桑的《项链》，分析其伏笔的设计。

2.观看英国电影《两杆大烟枪》(*Lock*, *Stock and Two Smoking Barrels*, 1998)，分析其巧合的设计。

第6章

从故事梗概到分场景写作

【教学目标】

1. 掌握影视剧故事梗概写作的基本技巧。

2. 掌握影视剧分场景写作的基本原理。

【重点】

1. 影视剧故事梗概写作的基本技巧。

2. 影视剧分场景写作的基本原理。

【难点】

影视剧分场景写作的基本原理。

影视剧本写作的过程是漫长而复杂的。首先，我们需要对故事、情节、人物和结构进行总体构思。其次，我们需要将脑中的剧作构思物化在纸上或者电脑中，这个物化过程通常分为两个过程：先写故事梗概，再分场景写作。当然这两个过程就思路来说有重合的地方，比如你在写故事梗概的时候，同时也在进行场景构思，这里我们只是为了描述方便才分开来介绍。

第一节　故事梗概

故事梗概写作是一件必要的事情，在当今影视剧市场上，真正的投资实际上就开始于故事梗概，所以故事梗概是编剧和投资人交流的重要中介。当然，写故事梗概的目的绝对不仅仅是为了给投资人看，对于编剧来说，写故事梗概有利于控制自己的剧本。那么故事梗概应该怎么写呢？下面我们以一个故事梗概为例来介绍故事梗概写作的注意事项。

《爱的捆绑》故事梗概

编剧：杨璟

周三凌晨，李晋爬进一栋别墅，划下一块窗户的玻璃潜入放有保险箱的屋子准备行窃，他打开微型电筒，猛然看到一具女尸，她的眼睛死死地盯着李晋。李晋吓得赶紧逃跑，连工具包也忘了拿。

周三上班时间，刑警队长张洛克接到李晋的报警，李晋说自己在某保险箱公司工作，昨天晚上准备偷孙震家的保险箱，发现一具女尸，因害怕担上谋杀罪名所以报警。张洛克打电话给那个别墅区所在派出所，得知并没有报案，也没有发现女尸。

张洛克和助手崔康来到孙震家调查，从旁边的小卖部得知孙震家有三个女人：孙母、结婚一年的妻子刘雪静和保姆小张。张洛克两人来到孙震家，发现其母亲和保姆都在，只是妻子刘雪静不在，张洛克还发现孙母种植了一株吊钟花。从孙母的口中，张洛克得知昨天孙震值夜班未归，刘雪静也离家喝酒去了，而且家里并没有被盗窃。张洛克查看到房门的一块玻璃有换过的迹象，然而孙母和保姆均说是上周四前换的。张洛克敏锐地注意到，孙母对孙震的举动过于亲密，不像60岁母亲对30岁儿子的行为。

周三下午，张洛克调查了刘雪静，了解到刘雪静是富二代，父母早亡，从父母那里继承了大笔遗产，孙震所住别墅是刘雪静的家产。崔康调查到孙震周二晚上确实在医院值班。这时，孙母突然来到张洛克的办公室，询问他上午到她家中的原因。张洛克将李晋发现女尸的事情告知孙母，孙母镇定自若地表示配合张洛克调查。

张洛克传讯保姆小张，得知刘雪静患有心脏病，放保险箱房间的玻璃确实是孙母所说的那天安装上的。张洛克调查了玻璃店，玻璃店老板与保姆的口供吻合。张洛克从刘雪静私人医生处了解到刘雪静确实有心脏病，但没有生命危险。

刘雪静的好友余娇前来找张洛克，因为周三凌晨刘雪静给她发了微信说想跳江自杀。张洛克还了解到，近段时间，刘雪静对婚姻、家庭生活不满。不久刘雪静的尸体从江中打捞起来。张洛克再次传讯孙母、保姆、孙震和余娇，余娇供出刘雪静还有一个情人。张洛克找到刘雪静的情人，刘雪静的情人承认他们有偷情行为，但对其他事情一无所知。尸检报告指出刘雪静心脏病发作，坠江之前已经死亡。但是张洛克认为该案还有疑点。首先，李晋看到的女尸是谁？李晋的作案工具到哪里去了？张洛克让崔康继续调查。

张洛克再次来到玻璃店，意外得知这个片区还有另外一个玻璃店。张洛克立刻到玻璃店查实，玻璃厂的人说那天保姆小张是第一个顾客，所以记得很清楚。因为一年前自己到孙震家装修过窗户，所以记得保姆小张，但是保姆小张已经记不住他了。张洛克断定孙母和保姆有作案嫌疑，又想起孙母种植的吊钟花，一查证才发现吊钟花可以诱发心脏病。

张洛克逮捕了孙母和保姆，她们终于供出事实真相。原来孙母妒忌刘雪静抢走自己儿子，在日常生活中又与刘雪静有许多矛盾，最后还发现刘雪静偷情的事实，为让孙震继承刘雪静的所有财产，她决定利用自己的医学知识诱发刘雪静的心脏病。当刘雪静发现事情真相时已经来不及了。孙母还以房产诱惑保姆与她共同犯罪。然而，恰巧小偷光临，孙母害怕小偷看到这一切，伙同保姆将刘雪静的尸体和小偷李晋落下的偷窃工具一起沉入江里。第二天孙母又让保姆到另一个地方划玻璃修复李晋弄坏的玻璃窗，造成家中什么事情都没发生过的假象，没想到正是这些掩盖行为让她们露出了马脚。

从上面的故事梗概中，我们可以看出故事梗概写作的基本规律。

1. 整个故事情节线索要比较全面地展现出来

这个故事的基本线索是：小偷李晋发现女尸——警察张洛克介入调查——最终找出真凶。整个故事的核心是张洛克调查的过程，而这些调查过程都比较详细地反映在故事梗概之中。

2. 主要人物关系得到展现

故事的主人公是刑警队长张洛克，他有一位助手叫崔康；张洛克调查刘雪静被谋杀的案件，其丈夫孙震、婆婆孙母、保姆小张、闺蜜余娇以及她的情人都跃然纸上，他们之间的矛盾冲突也比较清晰地展现了出来。

3. 剧作结构得到凸显

剧本基本上分为两个部分，前一部分是张洛克查案，后一部分是孙母回溯犯案的动机、过程和手法。在影片中，通过张洛克的调查询问，通过被询问对象的对白也将死者刘雪静的形象凸显了出来。总的来说，影片的时空交错结构在剧本中已经得到了比较明显的反映。

可以说，当剧本的故事梗概敲定之后，剧本的故事、情节、人物和结构等主要因素已经定型了，编剧只需要把故事梗概改写为分场景的剧本即可。例如，《爱的捆绑》的第一段在剧本中可以这样呈现。

1. 孙家别墅　夜　外

手电筒被打开，照到别墅门牌号上。李晋背着背包翻墙进入别墅，他蹑手蹑脚地走到别墅大玻璃窗前，从背包里掏出玻璃刀。李晋将划掉的大玻璃窗放在地上，爬进别墅。

2.孙家别墅内客厅 夜 内

一扇门被打开。通过电筒可以看到房间里的一些东西，然后可以看到一个保险箱。李晋露出笑容，把背包放在地上，从背包里掏出一把钥匙。李晋拿着手电筒从背包处照向保险箱，在这个过程中，一具女尸的脸闪过。李晋感觉有什么东西，把手电筒移动回来，手电筒照着女尸的脸，异常狰狞。

李晋恐惧的脸。

突然吊钟敲响，李晋下意识地把手电筒移动到吊钟上，上面显示时间为周三凌晨2点。

李晋吓得赶紧扔下手电筒，冲出房间。

女尸狰狞的面孔。

背包被留在地上。

第二节 分场景写作

对于刚刚开始学习剧本写作的人而言，一个难题就是如何将脑海中的故事转变成具体的剧本文字。我们往往是在脑海中有了人物关系，有了故事的基本事件和发展脉络，甚至有了我们为之感动的结局以及这背后的主题意蕴——男主角爱上了女主角，可身份差距、家庭背景、世人眼光都阻碍着这段感情，而不懈的坚持和无私的爱让有情人终成眷属。我们被脑子里的故事所感动，恨不得立马把它讲给他人听，但是很多时候你会发现，你自认为的一个“好故事”却没能让你从听众那里收获到你想要的共鸣。事实上，清晰的故事脉络和有力的人物关系以及戏剧冲突确实是构成一个好故事的基本要素，然而就像一具比例匀称的骨架并不是一副好身材一样，一个好的故事绝不止于人物、冲突和故事脉络。一个发生在贫民窟的爱情故事和一个发生在宫廷里的爱情故事显然是不一样的，哪怕他们都因为恋爱而遭到双方家长的反对而引发戏剧冲突，也都因为各自的坚持而收获美满的结局。

对于故事而言，环境显然是一个不可忽视的因素。任何故事都有其发生、发展的时间和空间，我们这里所讲的场景基本就是指空间。之所以说是“基本”，是因为在有些情况下，我们需要通过空间因素的变迁来表现时间因素；而有的时候，在同一个地点的不同时间里，环境因素也是不同的。所以严格来说，场景应该既包含空间因素，也包含时间因素。在电影美学领域，针对电影的空间性和时间性曾经有过很多争论，人们各自强调空间或者时间对于电影的重要性。电影理论家莫里斯·席勒在《电影，空间的艺术》一书中强调“只要电影是一种视觉艺术，空间似乎就成了它的总的感染形式”，而施罗·彭蒂则认为“电影首先是一种时间艺术……一部电影并不是一系列画面，而是一种时态”，这显然是分别强调电影空间性和时间性的两种不同观点。一般认为，影视虽然是一种视听的艺术，主要依靠诉诸感官而获得其本体特征，但就剧作而言，电影主要通过一系列事件在一条时间线索上的编织而获得其故事性。一些影视剧作家或者剧作理论家也在某种程度上支持这种观点，罗伯特·麦基在他著名的《故事》一书中将“场景设计”一章内容分为：转折点、伏笔/分晓、情感动力和选择，可见其对“场景”的理解也是从时间性的角度出发的，强调的是场景对叙事的推动作用。而悉德·菲尔德在《电影剧本写作基础》一书中谈到场景问题时也说“场面的目的是推动故事前进”。

对于剧作而言，尤其是在搭建故事框架的阶段，我们主要考虑故事的时间性特质，而空间特点，或者说故事发生的环境因素似乎不太重要。实际情况真的如此吗？我们来看一个例子，2006 年的美国电影《阳光小美女》荣获了当年奥斯卡“最佳原创剧本奖”，影片讲述的是一个三代之家陪伴小女儿奥利弗乘车前往加州参加“阳光小美女”选美比赛的故事，以下是电影里一场戏的剧本节选。

29. 内景　大众中巴　路上　白天

理查德在开车。谢赖尔坐在第一排副驾驶员的位置上。弗兰克和奥利弗坐在第二排。爷爷和德韦恩坐在车尾。

德韦恩穿着一件圆领衫，上面写着：“耶稣错了”。

奥利弗戴着一个巨大的耳机，把她的耳朵都罩上了。她随着音乐节奏晃着、扭着。

所有人都不吭声。他们已经上路一阵子了。

爷爷的两条胳膊耷拉在身旁。

爷爷:老天,我好累,真他妈累死了。(对德韦恩)你知道我有多累吗?如果有个女的上来……恳求我和她干……我都办不到。我就累到这个程度。

理查德:老爸!注意点……拜托!

爷爷:她在听音乐……(更大声)嗨,奥利弗!如果你回头,我给你100万美元!

奥利弗无动于衷。

理查德:好了,但是还有其他人……

在影片中,我们可以在这场戏里看到一家人确实按照剧本的描述坐在各自的位置上。那么影片的编剧迈克尔·阿恩德为什么要对车中每个人所坐的位置进行描述呢?如果按照时间性逻辑,既然一家人坐在车里,那么谁坐在哪里不都一样吗,难道他们相互说什么话以及跟谁说和他们坐在哪个位置上有关系吗?我们可以尝试着梳理一下影片编剧在创作这场戏时的逻辑。首先,一家之主也就是父亲理查德是全家唯一会开中巴车的(也只有这辆大车才能装得下全家人),而由他来驾驶也从某种角度暗示他作为一家之主的家庭角色。母亲谢赖尔作为女主人顺理成章地坐在了自己丈夫的身边,这既是其家庭角色的体现,也为夫妻之间的矛盾关系创造空间上的便利(坐得最近方便他俩吵架)。大儿子德韦恩性格孤僻,是在迫不得已的情况下才加入这次旅行的,他很自然地选择车尾的角落,将自己和其他家庭成员的距离尽可能拉开。爷爷在人生观和价值观上与自己的儿子理查德有着强烈冲突,两人各自占据车内空间对角线中的一角,在两人争吵时,他们这种紧张的矛盾关系会影响到全车人并主导这场戏中所有人的情绪。舅舅弗兰克刚刚来到多年未曾谋面的妹妹家里,与家里的其他成员之间比较生疏,他很自然地坐在中间一排,这使他与相对最熟悉的妹妹(女主人谢赖尔)不会离得太远。而家里最小的成员——小女儿奥利弗——作为这次旅行的核心,她理所当然地坐在了全家人的正中,这既是人物心理的外在表现,从场面调度的角度而言也体现了编剧的目的性。

于是我们可以大胆得出结论:编剧在创作剧本时,尤其是在进行分场景剧本创作时,其脑海中是会出现影片的画面的,他会在脑海中安排影片的环境特征、人物位置、人物之间的位置关系以及人物与环境的关系。可以说对于分场景剧作而言,视听思维是极其重要的,与其说我们是在用文字进行剧本创作,不如说是用文字将我们脑海中的画面和声音描述出来。这里所谓的视听思维实际上就是在脑海里设计出未来影片的画面和声音。所以,对于影视剧作的创作,我们不能仅仅停留在获得一个动人的人物关系和一个事件的发展脉络上，我们还要对故事发生的环境进行设计，这种设计是具体的而不是笼统的，它需要具体到每一场戏的一些基本的细节（比如人坐在车里的哪个位置）。既然要进行如此具体的“设计”，那么我们应该遵循一些什么样的设计规律，遵守一些什么设计规则呢？在正式介绍之前，让我们先来搞清楚一些基本概念。

什么是分场景剧本写作？或者说，什么是“分场景”呢？罗伯特·麦基在《故事》一书中对场景下了这样的定义：“一个场景即是一个微缩的故事——在一个统一或连续的时空中通过冲突而表现出来的、改变人物生活中负载着价值的情景的一个动作。”我们不难判断，罗伯特·麦基是站在场景功能的角度来对其进行定义的，也就是说，场景的功能是要对故事的发展产生推动作用（即“改变人物生活中负载着价值的情景”）。而有的学者从更为宽泛的角度来定义场景，认为场景是“指经过特定光影、场面调度、构图甚至包括声音等综合元素共同完成所呈现的电影画面”。我们认为，如果将场景定义为影视画面本身，这将无助于理解场景和进行分场景剧本创作，而仅仅理解了场景的功能还不能对场景的概念有具体的认识。我们通过上面的例子已经提及了所谓的“视听思维”，那么我们就从“视听思维”的角度来对场景进行定义：场景是指在影视剧中，故事发生的某一具体的时间和地点。一个故事可能发生在不同的时间和地点，那么由不同时间和地点构成的不同场景按照一个线性脉络组织起来就成为一个完整的故事。也就是说，故事在时间和空间上是由一系列的场景组成的。而分场景写作就是指在影视编剧过程中以场景（简称“场”）为单位进行创作。在刚才的《阳光小美女》剧本节选中，我们可以看到这样的文字提示：

29. 内景　大众中巴　路上　白天

这是一种剧本格式，在这样的场景信息提示中，我们可以看到时间（白天）和地点（大众中巴，路上）的信息，而一场戏的故事就在这样一个具体的时间和地点里展开。每当时间和地点当中的任意一个元素发生了变化，比如从白天变为了晚上，或者从大众中巴来到了加油站的超市里，就是从一个场景转换到了另一个场景。

了解了什么是分场景写作，接下来要解决的就是如何进行分场景写作的问题了。

一、场景与真实性

在进行剧本构思时，我们首先要遵循的就是真实性原则。我们通过场景设计来“真实”再现故事的时代、地域、风俗等内容，同时更重要的是为人物的活动和故事的展开提供一个可信的具体时空。如果一个清朝的宫廷故事却发生在汉代的宫殿里，那么编剧就有责任解释一下故事的合理性；而如果一个落魄的流浪歌手租住的简陋小屋里陈设整洁，这似乎也不符合他的处境。我们还是来看一个例子，2006年的美国电影《血钻》讲述了一个发生在非洲的关于走私钻石的惊险故事，在剧本的一开始，编剧对场景进行了细致的刻画：

1. 内景　棚屋　黎明前

一只健壮、粗糙的男人的手用火柴点燃水壶下面的柴火。黎明前的天光透过铁皮板壁上的缝隙投射在一些用得已经很旧的农具上面：锄、镐、斧子，还有一副牛轭。墙上挂着图腾和符咒。这是一个典型的门德族人的农舍。只是在一个书架上有几册英文课本。

点燃柴火的手从架子上取下课本，并用这些课本轻轻地敲醒一个14岁的男孩。男孩名叫迪亚，他睡意蒙眬地哼哼着不愿醒来。所罗门·万迪微笑着躬身贴近儿子。

所罗门(门德语，字幕)：你不愿意迟到吧。

男孩坐起来，仍是半睡半醒的状态。他睡眼惺忪地把衬衣套在头上。正在接受英语教育的显然是他而不是他父亲。

迪亚(门德语，字幕)：英国孩子是每天都要上学吗?

所罗门用一个马口铁的缸子冲好一缸奶粉。这是一个脾气温和又有耐性的门德族农民，穿着一条破旧的裤子、一件白棉布衬衣。他把缸子递给男孩。

所罗门(门德语，字幕)：当然，天天上。

迪亚(门德语，字幕)：不是天天上。

所罗门(门德语，字幕)：天天都要上学，跟你现在一样。你将来就能当个医生，不用像爸爸这样跟在牛屁股后面受苦。

迪亚看见正在给小弟弟喂奶的妈妈抬头看了看他。12岁的妹妹尼央达依偎在妈妈身旁，朝哥哥吐了吐舌头。

所罗门（接前，门德语字幕）：别着急。她明年就跟你一块儿去上学了。

母亲杰西目送父子二人走出门去。

杰西（门德语，字幕）：路上小心。

所罗门做了个“知道了”的表情。

在这一场戏里我们能通过文字感受到这个简陋的“棚屋”里浓浓的亲情，其中对环境的细致刻画起到了表现地域、民族、阶层等信息的作用。“铁皮板壁上的缝隙”向我们透露这家人贫穷的经济状况，“锄、镐、斧子，还有一副牛轭”告诉我们这是一个农民家庭，“墙上挂着图腾和符咒”告诉我们他们的民族和信仰。对于分场景剧作而言，真实性首先就是通过环境描写来实现的。于是我们有了学习分场景剧本写作的第一条建议：

1. 从环境描写展开你的场景，从细节入手表现环境的真实。

当然，剧本中的环境描写除了表现地点的特征，也表现了时间，那“透过铁皮板壁上的缝隙”射进棚屋来的“黎明前的天光”给了我们时间信息，也为整个场景提供了光影的基调。在影片中，导演将曙光换成了煤油灯光，这恐怕是出于实际操作的考虑，但是这种温暖的光影基调和在剧本里由晨光营造的基调是一致的，应该说编剧在剧作构思时就考虑到了画面的色彩基调。

真实性原则除了体现为环境的真实之外，还体现在人物行为逻辑的真实性上，而人物的行为逻辑与场景之间又有着紧密联系。场景给人物行为提供了依据，我们往往会在描写人物行为之前对环境进行一番描述，为人物行为的展开提供空间。对于初学者而言，常常犯的一个毛病就是将人物行为逻辑梳理的过程直接呈现在剧本当中，这是一种剧作视听思维的缺失。我们来看一则例子：

外景　夜晚　街边

酒吧的灯红酒绿之后，到了半夜已经没有公交车了，他只好背着吉他走路回家，路上已没有什么行人，他就这样孤单地走在街上，一直走，一直走……

这是编导专业剧作课上一位学生作业里的一场戏，男主人公是一位流浪歌手，从献唱的酒吧出来以后，深夜独自一人走在回家的路上。编剧希望通过这样一场夜戏，用浓浓的夜色衬托人物孤寂的心理状态，应该说其剧作意图是清晰的。然而我们却看到了“半夜已经没有公交车了，他只好背着吉他走路回家”这样的描述。编剧的逻辑是这样的：因为没有了公交车，所以男主人公不得不步行。编剧此时是在解释人物的行为逻辑，希望通过文字呈现人物行为逻辑的真实性，于是空荡荡的街头里“没有公交车”，一个画面里根本没有出现的元素从脑海里跑到了剧本上来。

这样的错误是编剧缺乏视听思维的表现，于是我们给出学习分场景剧本写作的第二条建议，或者说是一条原则：

2. 在脑海里设计影片画面，描述画面里的环境元素，而不要写那些没有的东西。

其实上面的这场戏，我们只需要描述男主人公独自走在深夜的街头，陪伴他的只有昏黄的路灯、零星的行人和偶尔驰过的汽车。我们或许还可以强调一下画面里更多的细节，比如路灯的色彩、夜里路旁相拥的恋人(反衬男主人公的孤独)，甚至可以描述被风吹得乱舞的塑料垃圾袋(以特写的形式出现在脑海里)。于是，一场戏会变得更加具体，其细节也可以更加真实地表现环境，并为人物的活动提供一个更有力的支撑，为影片营造一个更丰满的视觉氛围。

场景的构思是具体的，脑海中需要不断浮现画面，文字的描述应该从细节入手，以表现环境的真实性为主要目的，以营造视觉氛围为最终目标。好的剧本应该用简洁的文字清晰地将画面的特点传递给读者，让读者在脑海中生成影像，使读者脑海中的影像能够与编剧所想的一致。所以，要实现场景的真实性就要充分利用那些最有代表性的环境细节来调动读者的生活经验，真实性既是编剧应该遵循的原则，更是编剧应该充分利用的工具。

还有一种情况，在影视剧的场景真实性上表现得比较特殊。在一些幻想类型的影片里，我们时常能看到生活里根本没有的场景。魔幻片里的魔法森林、黑暗古堡、烈焰孤山，科幻片里金属般闪光的都市大厦、漫天飞驰的无人驾驶汽车、随处可见的机器人。这些场景是如何体现其“真实性”的呢？我们来看一则例子，在2002年由斯皮尔伯格导演的科幻片《少数派报告》里有这样一场戏：

外景　汽车——白天

当汽车冲下一条很大的磁力悬浮坡道时，直接撞向一座200英尺高的大厦正面。安德顿爬到车子的前盖上，想一跃跳上大厦前面伸出来的阳台。在汽车掉下去时，他及时一跳，掠过阳台的遮阳伞和花坛，跳到了阳台上，穿过一张桌子上了窗台。他艰难地站起来，走进房间……

这是我们在科幻电影里经常能看到的动作场面，人物在各种科幻场景里追逐，那些天马行空的幻想场景与我们的真实生活经验之间到底是什么关系呢？如果要进行这一类题材的剧本写作，我们又应该如何把握幻想与真实的界线呢？我们看到，在上面的剧本节选中出现了“磁力悬浮坡道”这样现实中不存在的事物。在影片拍摄出来之前，编剧脑海中想象的画面是根据他的生活经验而来的，磁悬浮和坡道这两种真实存在的东西被嫁接到了一起产生了幻想的场景元素。可以说，几乎所有的幻想场景都来自真实的生活经验，它们都是通过对真实的元素进行适当夸张、变形和拼接而形成的，幻想与真实之间仍然存在着紧密的联系。而在这些夸张、变形和拼接背后的规律依然是选取那些最有代表性的元素来进行幻想改造。剧本中的“遮阳伞和花坛”以及“跳到了阳台上”这些元素都是能够调动读者真实生活经验的细节，也最能代表影片场景的特点，正是这些元素将读者带进一个既陌生又熟悉的未来的居民楼场景里。

选取最有典型性的环境细节进行描述，这一点无论对于幻想类型影片还是其他题材类型的影片都适用。要表现一个冬天的场景，我们会选择一些最能反映季节特征的细节来描写，也许是结冰的湖面或者是积雪的树冠；要表现城市街道的时尚感，我们会选择路旁的化妆品灯箱广告或者夜晚闪烁的霓虹灯；要表现古老的居民区，也许可以考虑街道旁散乱的水果摊和蜘蛛网一般杂乱的电线。这种选取典型细节的能力可以通过写作训练来培养，我们可以尝试将生活中看到的画面用尽可能简短的文字记录下来，看看我们都选择了画面中的哪些细节，而当我们把这些文字给我们身边的人看时，再看看能否给他们带来切身的感受。于是我们给出学习分场景写作的第三条建议：

3. 进行一些写作训练，将看到的生活画面用尽可能简短的文字记录下来，要表现出这个场景的特点。

“真实”的场景是人物行为的舞台，是给剧本读者提供想象空间的依据。“真实”的场景又是编剧传达剧作思想的手段，我们通过剧本描述的场景画面营造氛围、表达情感，场景已经不再仅仅是背景，它本身已经作为一个角色参与到影片故事的有机结构之中。如果说故事的戏剧冲突和叙事线索提供了整个故事的比例架构，那么场景对于影片画面的营造在很大程度上为这个架构提供了血肉。

场景在大多数情况下是以物的形式出现的，而在某些时候也以人的形式出现。在一些影片里，我们可以看到人物所处的环境里的一些路人成为重要的场景元素。2013 年由姚婷婷编剧并导演的微电影《特殊交易》讲述了一个陪酒女和邻居孤儿之间动人的情感故事。在影片时长的三分之二处，两位主人公参加完家长会走在回家的路上，途经一个嘈杂的夜市，夜市里挤满了兜售各种小吃的商贩以及来来往往的人群，主人公在人群中缓缓前行，此时画外音响起，是两位主人公就各自身世的交谈。在这个场景里，小商贩和路人们并没有参与叙事，而是纯粹以环境的形式存在。此时以画外音形式出现的人物对话和画面里拥挤的人群形成一种巧妙的共振关系，对话内容虽然讲的是主人公自己，但其作为社会底层人物悲苦的命运在这熙攘的人群里似乎找到了共鸣，情感在此时被场景放大。编导将故事主人公的命运放置在由人群组成的场景里，让影片的主题得到了升华。可以说，这场戏的场景选择成为影片主题表达的关键，也正是这样有典型意义的场景选择和刻画为影片故事提供了一个充满生活质感的影像空间。

二、场景与情节

前面我们着重从真实性的角度讨论了分场景写作的一些基本规律和方法，可以说，这一角度基本是静态地谈论场景，场景还只是故事发生的一个空间。事实上，场景的作用远非如此，它不仅仅是舞台，它还可以与情节发生交互作用，甚至影响情节的走向。

在1996年的美国影片《碟中谍》中有一场给观众留下深刻印象的戏，汤姆·克鲁斯扮演的特工伊森·亨特潜入中情局总部的计算机房窃取间谍名单，他从天花板的通风口降绳而下的情节成为影史经典。可以说，那场戏的场景设计完全是为剧情的发展服务的，中情局的计算机房兴许根本就不是这个样子，但影片需要这样一个给人物的行动带来巨大困难的场景来进行情节的铺演，于是那个稍有触碰就会报警的天花板和唯一的通风口构成了情节展开的支点。这时候，场景成为情节发展的阻碍因素，特工要取得名单就必须克服场景带来的困难，人与场景的斗争成为情节的扭结所在。

很多时候，场景也不止于为情节带来阻碍，它还可以通过提供一种便利来促进情节发展。我们依然通过获得奥斯卡“最佳原创剧本奖”的《阳光小美女》这个例子来分析：

23. 内景　厨房　稍后

谢赖尔走进厨房，拿着一个篮子，里面有鸡肉和一只差不多堆满了土豆沙拉的钵子，还有菜和用过的纸盘子。

理查德跟在谢赖尔后面。爷爷在理查德身后。

谢赖尔：我得去。我答应过奥利弗，如果她进入决赛，她可以去参加的。

理查德：你答应过吗？

爷爷：我也要去。

理查德：等等，老爸……

谢赖尔：我们飞过去，星期一回来。

谢赖尔把纸盘子扔进垃圾桶。之后她用莎伦牌的保鲜膜包好剩下的鸡肉，然后把鸡肉和其他食品放进冰箱。

理查德：下飞机后，你们怎么办？

谢赖尔：我会租辆车。

理查德：还要住宾馆？

谢赖尔：我们付得起的！

理查德：谢赖尔！这些都是我们的种子基金！

谢赖尔：这么说吧，是我帮助挣来的那些钱，你知道吗?！可是都投到你的 9 步计划里去了……

理查德：亲爱的……亲爱的……亲爱……（耐心地）只要我一有斯坦的消息，马上就把钱还给你，我们还可以做一些增加收入的投资。但同时……

谢赖尔呼气，牙关紧咬，摇着头——

谢赖尔：那好吧，我们开车去。

爷爷：我可不愿意开……

理查德：挤在小车里？你怎么安顿好爷爷啊？

谢赖尔：爷爷不一定去。

爷爷：什么?！……是我训练她的！我教她怎么做动作的！我必须去！

谢赖尔：我开不了大车，理查德！我试过，而且也开不好！

此时谢赖尔已把剩余的食品放好了，她打开冰箱，取出一大把雪糕——

谢赖尔（继续）：我们坐飞机去。

理查德：我们付不起的。

谢赖尔：怎么说，我们都得坐飞机去！除非你有更好的主意。

她“砰”的一声把冰箱门关上，然后向餐厅走去。

24. 内景　餐厅　稍后

谢赖尔走进餐厅。理查德和爷爷跟在她身后也走了进来。弗兰克和德韦恩已吃完饭。谢赖尔把雪糕扔到桌上——

谢赖尔：给，甜点。

她坐下来，剥开一支雪糕，咬了一口。一时沉默无言。德韦恩和弗兰克面面相觑，然后各自谨慎地取用雪糕。理查德深深吸了口气——

理查德：好吧。我来开车。

爷爷：不！我带她坐飞机去！

大家都不理睬爷爷。谢赖尔考虑着理查德的建议——

谢赖尔：德韦恩和弗兰克怎么办？

理查德：他们可以待在家里。

德韦恩和弗兰克相互对视。

谢赖尔：不，那不行。

理查德：为什么不行？

谢赖尔：理查德！……医生明确告诉过，不能把弗兰克单独留在这里。别再有什么差错，弗兰克。

弗兰克：知道了。

理查德：家里还有德韦恩呢！他们可以互相照顾！

谢赖尔：不，理查德……够了！如果出事……

理查德：那，我们就不走了！我的意思是，除非带着德韦恩和弗兰克同我们一起去！

一阵沉默。所有人都看着弗兰克和德韦恩。德韦恩坚决地摇头，示意“不”去。

这是影片开始部分的两场戏，一家人获悉小女儿奥利弗进入了在加州举行的“阳光小美女”选美比赛的决赛，就要不要去参赛和如何去的问题展开争吵。第23场戏的场景是在厨房里，这里并没有舅舅弗兰克和外甥德韦恩两人，此时他们正坐在餐厅里的餐桌旁。等到第24场戏，夫妻两人从厨房吵到了餐厅里，一言不发的舅甥两人“面面相觑，然后各自谨慎地取用雪糕”的动作令人莞尔。两人显然将发生在厨房里的争吵听得清清楚楚，对这种家庭矛盾，两人既难以接受又无可奈何，用一种沉默的方式表达了他们对这一状况的无奈。值得注意的是，两人并没有出现在厨房那场戏里，而发生在厨房的争吵显然距离餐厅非常近，编剧在创作时考虑到了场景的空间位置，利用了两个场景相邻的空间位置来营造情节的喜感。在这场戏里，表面上看起来这个家庭环境仅仅是故事情节展开的空间，场景对情节似乎没有产生直接作用，实际上却巧妙地利用了场景特点增加了情节的趣味，为整个故事的展开及人物关系奠定了基础。在几个人物中，夫妻俩从一个房间吵到另一个房间，爷爷跟在后面不停地发表意见却总被忽视，一言不发的舅甥俩以沉默烘托喜感，再加上画外传来的小女儿兴奋的欢呼声，通过空间分割带来的动静结合与内外结合将一个乱作一团的“奇葩”家庭塑造得极其丰满又富有层次感。可以说，这两场戏的场景空间位置为情节发展提供了动力。在影片里，导演显然注意到了两场戏在空间位置上的相邻特点，我们能够看到餐厅与厨房被设计成相通的，第 24 场戏里，丈夫并没有跟随妻子来到餐厅而是留在了厨房里，通过与餐厅之间的隔窗与妻子继续争论。这样的场景设计将原剧本中两个场景相邻的空间关系进一步加强，让厨房成为餐厅的后景，让争吵在空间上显得更富有层次感和整体感，而这样的设计显然是顺着剧本的思路演变而来。

于是第四条分场景写作的建议出现了：

4.思考一下你的场景与情节之间是否构成阻碍或者助力的关系，以及能否依靠场景设计为情节提供阻碍或助力。

沿着这条思路我们发现，其实对于绝大多数场景来说，它们都可以为情节带来某种改变，也许是正向的改变(助力)，也许是逆向的改变(阻碍)。我们知道，对于经典的单线索顺叙故事而言，有一个总的目标，我们称之为戏剧性需求，整个故事讲述的就是关于主人公追求这个戏剧性需求的过程。在故事发展的过程中，阻碍这个需求得到满足的元素被称为对抗，在这对矛盾关系的交锋中故事得以推进，最后，需求的解决使主题显现。而在这个推进过程中，每一个对抗元素的出现和克服都成为剧本中的一个段落。在《阳光小美女》的故事里，当一家人踏上前往加州的路途之后，每隔十分钟左右出现的阻碍他们前行的大事件就构成了五个段落：车坏了、奥利弗丢了、爷爷死了、被警察拦下了、错过报道截止时间了。五个段落又分别由若干场景构成，每个段落解决一个大事件，而若干场景又给大事件提供了一个相对微观的从事件发生到变化再到解决的过程。就单个场景而言，这种叙事的逻辑依然存在，在一场戏中总是有某些信息被改变、增加、删减、扭转，或者是情感，或者是某个叙事条件，或者是某个悬念。上述的两场戏也是如此，第 23 场戏里夫妻俩激烈争吵带来一个问题就是：他们会达成一致去加州吗？到了第 24 场戏，他们基本达成一致去加州，可是新问题又来了：必须带上德韦恩，而德韦恩不愿意去，德韦恩会妥协吗？这一问题将在后面的场景里得到解决——第 26 场戏德韦恩不得不同意与全家人一起前往加州。

正如罗伯特·麦基所说：“一个场景即是一个微缩的故事。”从故事结构角度而言，场景也要发挥其叙事功能，于是我们提出学习分场景写作的第五条建议：

5. 思考一下你的每个场景是否有新的信息出现，它对于整个故事有什么贡献，有没有解决某个问题，或是生成某个问题，以及如何做到这一点。

那些枯燥乏味的故事往往不是因为总的戏剧冲突不够强烈，而是因为每场戏都缺乏戏剧性因素，如果一个场景没有提供给观众新的信息，没有试图将故事往前推进，我们就会觉得这场戏有些冗长；如果每场戏都是如此，那么即便整部影片讲述的是一个震撼人心的事件，也仍然会让人昏昏欲睡。场景是剧本中的一个小的叙事单位，每个单位都有其各自的叙事职能。当然每一个场景各自的叙事职能是不同的，并非每个场景的戏剧性因素都是越强烈越好。就像《阳光小美女》，如果这一家人在每场戏里都这样争吵不休，那整个影片会让人感觉乏味。对于有些场景，可以介绍环境、营造氛围为主，而有的场景则要以描述冲突、展开矛盾为主，只有每个场景都发挥各自作用并形成有机整体才能构成一个完整流畅的故事。

让我们来回顾一下本章前面举到的两个例子，首先是《阳光小美女》的第29场戏，一家人乘坐大众中巴车行驶在前往加州的公路上，爷爷开始抱怨旅途的疲劳，父亲试图制止他粗俗的言语。那么这场戏体现了什么叙事功能，或者说提供了什么新的信息，又给整条叙事线索带来了什么改变呢？爷爷的抱怨引发了他与父亲两人之间人生观的激烈冲突，父亲带着些许伪君子色彩的一本正经和爷爷的玩世不恭在两人的争吵里体现了出来，而这一信息为之后爷爷的离世和父亲态度的转变埋下了情感伏笔，同时也因为爷爷的抱怨为他们停下车就餐（也就是第30场戏）提供动机。在《血钻》的第1场戏里，其叙事功能就更加明确，介绍环境、引入人物、交代背景，短短几个镜头很快将观众带入故事的情境中。有些影片因为其整体叙事风格舒缓，可能会出现大量戏剧性因素很弱的场景，比如大量出现的空镜头场景以及大量的生活化场景，这些影片往往给人以节奏缓慢的印象（人们喜欢把这样的影片统统称作文艺片），这一方面可能是因为故事整体的戏剧冲突不强烈，另一方面很可能是其单个场景本身就缺乏戏剧性因素。

三、场景与主题思想

影视剧通过讲述一个完整的故事来表达一个主题，传递某种思想和态度，这是影视剧与所有叙事类文学艺术的共性，也是任何叙事类文学艺术的美学根基。主题思想对于影视剧而言既是最终目的，也对影片里的各个场景形成统摄。如果说叙事类文学艺术(尤其是小说)是通过一个故事的情节发生、发展和结局以及人物的命运来表达主题思想,那么影视剧在此基础上多了一种表达主题思想的工具,那就是通过影视画面本身直接表达主题。

在韩国导演许秦豪的电影《春逝》里有一个非常唯美的场景,男女主人公在春天开满樱花的街头分手,面对渐行渐远的心上人,男主人公心怀不舍却最终没有转身挽留。在这个三分多钟的长镜头里,人物朝着镜头由远而近,从并肩而行到分道扬镳,欲言又止的邀约、简单的话别、几次回眸、强忍不舍,人物单纯的言行同充满浪漫色彩的环境一起将整部影片的爱情主题揭示出来——在美好的春天逝去了美好的爱情,而这逝去本身就是美好的,这也正是影片《春逝》的主题所在。可以说,影片末尾的这个场景是整部影片最为关键的场景,集中表现了影片主题思想乃至整体风格,导演也利用场景的环境特点将他对爱情这一常见题材的独特理解和态度表达了出来。许秦豪导演的作品大多风格舒缓浪漫,对爱情题材有着细致入微的含蓄表达,同时善于利用场景来表达主题思想。

场景作为视觉因素可以带来故事情节以外的以及文字难以言明的信息。如果是在小说里,作家往往需要通过人物的对话和行为以及人物的结局、命运来表达其思想态度,或者直抒胸臆将其主题思想用文字表述出来,夹叙夹议的方式本身就是小说家们善于利用的手段。然而影视剧并没有直接将影片主题进行文字表述的功能,或者说作为视觉艺术,影视剧并不追求甚至不鼓励用文字将主题思想"讲"出来。如果一部电影的主题思想需要用字幕或者旁白的形式将主题讲出来——事实上我们经常能看到这样的情况——我们并不认为这是符合视觉艺术规律的手法,起码不应该成为一种值得鼓励的手法。如果根据视觉艺术的本体特征规律来制订影视剧在表达主题思想的方法上的艺术标准的话,我们认为充分利用画面(包括声音)来表达主题思想才是影视剧的应有之义,而场景在影视画面表达主题思想的功能上就有着无可替代的作用。试想,如果《春逝》的这一表达整部影片主题思想的关键场景不是选择在樱花盛开的街头,而是放在秋叶凋敝的林间小道上,那么整部影片所表达的导演对于爱情主题的态度将会完全不同,就不再是对爱情逝去的豁达与怜惜,而将变成一种落寞和怅然。可以说,正是那纷飞的樱花"说"出了言外之意,场景统摄了影片的主题思想。

再来看一个类似的例子,在表达爱情主题上,《春逝》与之有几分相似的、日本导演岩井俊二的电影《四月物语》,影像风格同样唯美浪漫。在影片开始不久,女主人公独自来到陌生的城市开始自己的大学生活,在一条樱花纷飞的马路上,人们撑着伞接送新娘，整个故事在浪漫的气氛中展开。等到故事结尾处，女主人公终于在一场大雨里和自己暗恋多年的学长重逢，满怀激动的她撑着从学长那里借来的红伞站在雨中，这一场景和之前樱花树下接送新娘的场景首尾呼应，雨伞这一意象暗示出人物内心对于爱情的美好憧憬，同时也表达了导演对待爱情主题的态度，影片的主题思想也在这不言自明的画面里显现。同样的道理，如果将关键场景从樱花纷飞的街道改在人群拥挤的集市，把夏日的阵雨换作凛冽的风雪，那么整部影片表达出来的对于爱情主题的态度就会完全不一样，也许会从一种浪漫的甜蜜变成严酷的苦涩。影视艺术的这种视觉特性充分展示了其相对于文字语言的关键区别和特长，而作为一名影视编剧，能够充分利用场景这一视觉元素来构建和表达影片的主题思想，这是其基本的职责和素养。

了解了场景对于表达影片主题思想的作用，我们还要懂得如何运用场景来表达主题思想，并且通过某些训练来培养这种能力。我们在这又给出一条剧本写作的建议：

6. 为你的影片设计关键场景，思考影片的主题思想能否通过场景表达出来，如果没有，那就试试换个场景。

以上的两个例子所表达的主题都是爱情的浪漫，无论是《春逝》里的逝去还是《四月物语》里的收获都表现出爱情主题的单纯和鲜明，因为主题鲜明，于是为这样的影片设计出关键场景就会比较容易。而对于其他一些影片而言，要设计出能够表达主题思想的场景似乎就不那么容易了，尤其是一些文艺片，其主题思想本身就是晦涩难言的，同时其影像风格追求生活的真实而避免将情感表现得过于直白，于是似乎很难从这一类影片中找到所谓的关键场景。但只要细心观察就不难发现，我们熟悉的一些所谓文艺片也都善于通过场景来表达影片的主题思想，即便这种场景与主题思想的关系并不十分明显。在中国第五代导演的早期作品中，我们对那些发生在古老乡村的传达着对于悠久农业文明深刻反思的故事早已十分熟悉，第五代导演的早期创作表现出的这种对传统文化的充满影像寓意的反思成为其创作共性。如果顺着这个思路去观察，我们会发现无论是厚厚的黄土高坡还是无边的高粱地，都似乎成为象征着中国悠久农业文明的一种意象，而影片的主题思想也被这种意象赋予了深刻的反思意味。

台湾导演侯孝贤于 1987 年拍摄的影片《恋恋风尘》由吴念真根据其亲身经历撰写成剧本，整部影片非常鲜明地表现了乡土文学的特点——对于故乡的山、水、路、桥的充满诗意的深深眷恋。于是我们在影片里看到缓缓穿过漆黑隧道的小火车、横跨峡谷的斜拉桥、在山坡上蜿蜒曲折的回家的路,以及影片最后一个镜头里安详地静卧在蓝色海天与绿色山间的故乡。导演用真实平静的影像将浓浓的乡土情怀和淡淡的乡愁表达出来,而这最后一幅故乡的画面久久停留在银幕上不肯散去,这正是影片所表达的乡土主题的集中体现。侯孝贤导演用简单的镜头语言证明,对于文艺片那复杂晦涩的主题而言,场景依然具有不可替代的表达主题思想的功能。

如果说以上这些影片的主题(无论是鲜明的还是晦涩的)对于剧作初学者而言显得有些力所不及,那么我们再来看一个大学生原创微电影中利用场景表达主题思想的例子。由张思庆导演的故事短片《拾荒少年》讲述了一位拾荒老人帮助一个流浪儿寻找母亲的故事,在影片最后,寻亲失败的流浪儿不得不与拾荒老人一起踩着建筑废墟踏上艰难的人生旅程。在这个场景里,影片的主题得以显现——在寻亲过程中,流浪儿与拾荒老人建立起不是亲人胜似亲人的感情,而他们将像亲人一样一起面对未来生活的艰辛,那一片残破的废墟成为这对苦命人生活的隐喻。试想,如果把这一幕放到一条樱花纷飞的街道上会怎么样?或者是在厚厚的黄土坡上或是满眼的高粱地里?又或者是在一辆驶过隧道的小火车里或是蜿蜒在山坡上的山间小路上?相信看过以上影片的人都会为我们的这些假设而捧腹大笑。是的,对于一部影片而言,那些表达主题思想的关键场景几乎是不可置换的,因为在场景背后有着清晰而明确的剧作意图,有着不可替换的风格设定,更有着明确的主题思想与场景之间的对应关系。

我们一再用例子说明一个道理,对于影视剧作而言视听思维是多么重要,学习用文字去描述我们脑海中的画面,并且用画面去表达我们的剧作意图,这就是一个编剧要做的工作,它和写小说、写散文、写诗歌是如此的不同,它对视听的依赖是如此之强,以至于我们几乎就要宣称:对于影视剧作而言,文字只是影像和声音的奴隶。

四、一个场景的诞生

我们说“几乎”,当然是不想否定文字对于影视剧作的重要性。事实上,优秀的文字表达能力是写好剧本的基础,我们很难想象一个语言文字表达能力很差的人能够写好一部影视剧本。当然,影视剧作的视听性质决定了我们必须自始至终强调编剧工作的视听特点，我们必须强调一个好剧本的基本标准就是能否用流畅、准确、自然的文字传递出画面感和声音感。然而教学实践告诉我们，对于初学编剧的人而言，要获得这种视听思维能力往往并不容易，甚至会遭遇一道难以逾越的门槛。对于一个在中小学阶段进行了系统的语文知识学习的人而言，利用文字抒情写意、叙事记人早已成为一种习惯，文字已经成为最主要甚至是唯一的思维工具。于是我们常常在同学们的剧作练习里看到散文般优美的文字，他们乐于用文字去表达自己以及剧中人物的内心感受，甚至将文学修辞手法里的通感等技巧也用在剧本里。在这些剧本里，小说、散文等文学题材该有的都有了，唯独剧本该有的却没有。而当这种思维习惯成为一种难以打破的思维定式时，人们往往表现出对视听思维的某种强烈的排斥。当我们提出要求，希望同学们不要滥用旁白，更不要在片尾将剧本的主题思想用散文式的文字直接阐述出来，而应该在剧本中充分利用画面和声音来达到剧作意图时，一些学生甚至无法理解，仅仅醉心于自己剧本里的优美的文字。人们的思维定式之强，让人们对影视剧作的视听这种显而易见的特性视而不见，完全忽视了一个最基本的事实：剧本写作的目的是要让剧本的读者通过剧本的文字看到和听到影片的画面和声音。

如果要为影视剧作课设立一系列教学目标的话，我们认为培养学生的视听思维能力将是最重要的目标之一，同时也会是一大难点。我们希望能通过一系列的训练来培养学生的视听思维，进而培养学生运用文字描述画面和声音的意识和能力。于是，我们提出编剧学习的又一条建议，我们认为这应该成为每一位初学编剧的同学经常进行的一个练习：

7. 选取影视剧中的一场戏(最好是那些经典影片里的经典场景)，将这场戏转换成剧本文字，只写在画面里看到的和听到的，其他的别写。

在这样的练习过程中，我们会认真观察影片的画面，仔细聆听影片的声音，并且将它们转化为简洁准确的文字，最后我们会发现最终形成的文字里将不会再有所谓的人物内心活动，也将不会有画面里看不到的和听不到的，我们也不会用优美的文字去对画面进行修饰。当你看到影片《教父》的最后一场戏时，你会写："凯看到麦克和前来拜望的人们站在门后，麦克正在接受人们的吻手礼，凯听到人们称呼麦克为'唐·柯里奥尼'。她呆呆地看着这一幕，直到门从里面缓缓关上。"而你一定不会写："凯看着这一幕，内心感到恐惧和无助，她感到麦克已经离他远去了。"我们都知道此刻凯心中的确是恐惧和无助的，但你一定不会这样去写，因为那不是画面里能够看得到的，我们已经从那扇缓缓关闭的门看到了凯的内心活动，也明白了此处正是整部影片那充满绝望的主题所在，我们清楚麦克已经彻底蜕变成了恶魔，他确实已经离凯而去了，但你不用写出来，因为你的读者已经看出来了。

如果我们经常进行上面这样的练习，我们会逐渐习惯用文字去描述画面和声音，对那些看不到、听不到的东西会慢慢不感兴趣，于是我们开始具备了成为一名编剧的最基本的素质。然而只会用文字描述画面和声音还不够，我们还要懂得什么样的画面和声音能够达到我们的剧作目的，我们需要以准确的简练的文字去描述那些真正能够达成剧作目的的画面和声音。影视剧里的一个场景里往往有着众多的元素，如果我们要描述凯凝视的那扇门后正在发生的一幕，那么我们要不要写出那扇门是什么颜色的？它是木质的还是玻璃的？是推拉门还是滑门？想到这些我们是不是要昏头了？如果要把画面里的一切都记录下来，你的剧本也许会长得让人不敢读了。事实上这完全没有必要，因为对于剧作意图而言，我们只需要一扇能够阻隔凯的视线的门就行了，至于它的颜色、质地和结构完全不用出现在剧本里。那么新的问题来了，我们怎么知道要用什么样的视听元素去达成我们的剧作意图呢？当我们还是初学者的时候，我们怎么会想到要用一扇门来将凯和麦克阻隔开并且让观众理解凯的内心活动和这个残酷的主题呢？我们认为，这就是掌握一件工具和熟练使用一件工具的关系，学会用文字去描述画面和声音就好像学会了开车，而能够描述那些最准确和最能表达剧作意图的视听元素就好比成为一名 F1 赛车手。如果你认为自己已经学会了开车，那么接下来你要做的仅仅是多多开车，并且通过一些针对性的训练来提高你的技能。

有一些训练可以有针对性地提高我们的视听思维能力，比如进行一些命题场景的写作训练。在本章提到过的影片《血钻》的剧本节选中，我们看到这样的描述："黎明前的天光透过铁皮板壁上的缝隙投射在一些用得已经很旧的农具上面：锄、镐、斧子，还有一副牛轭。墙上挂着图腾和符咒。这是一个典型的门德族人的农舍。只是在一个书架上有几册英文课本。"我们通过这一段剧本文字首先感受到的是从"铁皮板壁上的缝隙"透过来的晨光，我们甚至能够想象得出在黑暗的铁皮屋里这束暖暖的光线所映照出的画面色彩，接下来我们在这束晨光的引领下看到这屋里的陈设，每一件东西上似乎都染上了晨光的暖黄色，让整个场景的画面感非常强烈。

在影视剧本里，光线往往是营造画面感最有力的武器，我们可以尝试做一些类似的写作训练，比如：通过对光线和室内陈设的描写表现一个教室场景里的温暖和紧张。"温暖和紧张"是我们的剧作目的，我们要通过描写这个场景的光线和陈设来达到这个目的，我们可以在脑海里构筑一幅画面：“这是一个秋日的傍晚接近放学的时候，阳光斜射进教室，一场随堂考试正在进行，除了老师缓缓走动的脚步声，我们只能听到细微的笔尖划过纸面的声音和翻动卷子的声音，所有的一切都在夕阳的光线下披上一层金色。”我们可以直接描述阳光的色彩来表现温暖，再用教室里的鸦雀无声来表现紧张。当然我们还有其他不同的手法来表现温暖与紧张，比如：“这是一个寂静的夜晚，教室里并没有电灯，只有桌上几支白色的蜡烛发出昏黄的光线，坐在桌后的老师正在批改卷子，唯一的学生僵直地站在他面前一声不吭。”在这里我们用蜡烛光线来表现温暖，用学生的僵直姿势来表现紧张。在本章末尾我们会安排一些命题场景写作作为课后习题，而类似的命题场景写作至少在初学阶段被证明对于练习视听思维能力是有效的：

8. 进行一些命题场景写作练习，通过描写某些场景元素（比如光线和陈设）来达到某种剧作目的（比如温暖和紧张）。

明白了视听思维对于影视剧作的重要性，经过一些针对性的训练之后，我们对影视剧本的写作方式有了一定的了解，开始习惯用文字去描述脑海中的画面和声音，并且让这些画面和声音能够表达某种剧作意图。接下来还有一个亟待解决的问题，一个场景里肯定不止环境因素，我们的剧作意图更多是通过人物的对白和动作来实现的，如何处理好人物的对白和动作是写好分场景剧本的关键，同样也是写好整部剧本的关键。

我们经常在一些影视剧里看到类似的情况：剧中人物接起电话：“喂？是我……哦，你说明天在体育场门口等……哦，下午四点……知道了，我一定会带上那份文件，好的……你穿一件白色风衣，不见不散。”这样的人物对白让人难以忍受，编剧显然是要通过对白把情节信息告诉观众，但是谁又会在接电话的时候把对方的每句话都重复一遍呢？这种明显违背人物行为逻辑的剧作方式是不应该学习的。事实上，我们可以通过增加一场戏来解决电话对白交代情节信息的问题，因为一个正常人在接电话时听到对方的表述只会发出简单的语句来向对方示意自己明白了，于是上面这段对白应该改成：“喂？是我……嗯，明白……明白……明白……不见不散。”至于体育场门口、那份文件和白色风衣等信息，需要通过另一场戏来交代。

还有一种情况稍微好一些，但依然属于低级的对白写法，甚至根本就是一种错误的写法。比如：男主人公邀请女主人公第一次走进自己的卧室，房间里摆满了各种古董电话和移动电台等古老的电子设备藏品，显然男主人公是一位古董电器收藏家，他得意扬扬地向女主人公展示自己的藏品，此时女主人公发出了这样的感慨："天哪！这么多藏品。真没想到，这些年你竟然收集了这么多电话和电台，而且还都是这么专业的藏品，你真了不起！"每当看到这样的对白的时候，我们会对这样的影视剧感到遗憾（当然，这其中绝大多数是国产电视剧）。其实，如果你已经对这个房间的陈设进行了描述（显然你必须这么做），那么还有什么必要通过人物的对白来告诉观众这个房间里都有些什么呢？按照人物的行为逻辑，上面这段对白应该改为："我的天哪！你真厉害！"是的，我们在处理场景里的人物与环境的关系时不要盲目地通过人物的对白来交代情节信息和环境信息，我们必须遵循以下这条最基本又最容易被忽略的准则：

9. 在一个场景里，人物的语言和行为都应该符合他在这个场景里的行为逻辑从而符合真实性原则，不要为了交代情节和环境的信息而让人物说出不该说的话和做出不该做的行为。

以上这条准则作为一条影视剧作的铁律应该被每一个学习编剧的人牢记，否则我们真的会让我们的观众失望，甚至让人怀疑我们作为编剧的基本素养。但实际上，事情并没有我们想象的那么简单，因为上述的这些错误还在不断地出现在各种影视剧里，这种错误的背后体现的依然是视听思维缺失的问题，对于这样的编剧而言，因为其脑海中没有真正构建那个场景，于是他很自然地要去调动文字来交代情节和环境的信息，他认为必须把这些重要的信息"讲"出来才能让观众知道，但其实我们真的不能"讲"出来，我们只能用文字把这些信息"画"出来。

按照视听标准，我们希望在一场戏里看到人物最自然的言行，既符合人物的行为逻辑，又能让场景充满动感。然而我们往往看到一些影视剧（当然主要还是国产电视剧）为了达到某种剧作意图（比如评论社会现实）而进行长篇大论的对话，于是我们常看到这样的场景：一对被称为闺蜜的年轻人坐在布置得充满时尚感的客厅的沙发上谈论婚姻与爱情，两种价值观以"心灵鸡汤"的方式在各自的对白里得以表达。这样的对话往往会持续好几分钟，在剧本里这会是上千字的对话内容，而所有这一切的发生伴随着的是两位闺蜜都放下自己手里的事（哪怕正在做菜也会立刻做好了并放在一边）坐而论道。我们把这些对话的内容抛到一边，单就这样的对话方式而言，是不符合影视剧的艺术标准的，这样的长篇大论对于影视而言就是一场灾难，尤其是当对话的双方都坐着不动的时候，因为画面里实在没有办法出现足够的运动因素，这会让观众感到沉闷乏味。对于编剧而言，如果你认为这样的对话内容是必要的（虽然很多这样的"心灵鸡汤"实在让人作呕），那么不妨让你的人物在运动中展开这样的对话，让她们该做菜的继续做菜，该在一旁偷吃的继续偷吃，该在厨房和客厅之间进进出出的也继续让她们进进出出，因为这样可以让你的画面变得更富有动感，也只有这样才不会让观众感到乏味。不要以为这是属于场面调度的问题，应该由导演来进行设计。其实，这归根到底还是由于剧本中没有体现出足够的视听特性导致的，如此长篇大论的对话内容又没有任何人物动作的描写，对于导演而言，能够想到的最方便的场面调度的方式就是让对话双方坐而论道了。

还有一种方法可以让这样的对话不那么沉闷，那就是与另一场同时发生的戏进行平行剪辑：在这对闺蜜展开这场长篇大论的“心灵鸡汤”对话的同时，她们的男友们正在某处宾馆的饭桌上展开一场商务谈判（最好不要是另一场“心灵鸡汤”，否则会让观众感到沉闷无聊）。这样一来，起码可以让长篇大论的对话内容被切分成一个个小片段，增强叙事的节奏感。于是我们再给出一条建议：

10. **在进行分场景写作时要考虑到画面的运动因素，如果对话内容太长，那就在运动中进行对话，或者插入另一个同时发生的场景以增强节奏感。**

到目前为止，我们已经了解了影视剧作的视听思维的重要性，并且通过一些练习获得了这种思维能力；学会了要通过文字去描述我们在脑海中构筑的画面，并且要逐步学会用最准确的视听元素去达成我们的剧作意图；知道了在处理一个场景里人物与环境的关系时要遵循人物的行为逻辑和真实性原则；我们还知道要为一个场景增加一些运动因素或是增强叙事节奏，从而避免让一场戏显得过于沉闷。对于分场景写作，我们已经基本掌握了其基本规律和学习方法，剩下的就是要多观察、多练习、多思考，通过不断积累来提高我们的叙事技巧了。当然，最后必须强调的是，我们绝不能将单个场景的描写与整部剧本中的其他场景割裂开来。事实上，一部剧本的创作过程往往不是一个线性的堆砌的过程，并不是从第一场写起，一场接一场地完成直到最后一场。一部影视剧本往往是在一开始就有了一个总的架构或是思路，然后再通过场与场之间的铺垫和呼应形成一个整体，再在反复修改的过程中逐步完善，而在这个过程中，单个场景的形成往往会经历一系列复杂的修改甚至推倒重来的过程。一个场景对于整部剧本而言就像细胞与身体的关系，剧本是一个有机的结构，单个场景与其他场景之间也有着有机的联系，剧本的整体剧作意图和风格也会在一个场景里得以体现。

【本章小结】

我们不得不承认，编剧作为影视创作的一个环节，它是导演工作的前奏，甚至可以说，编剧工作与导演工作根本就是一件工作的两个阶段。对于编剧而言，必须对视听语言内容有足够的认识。如果说故事梗概是为剧作的叙事脉络和谋篇布局做整体构思，那么分场景剧本写作对于视听特性的要求则更为具体，而我们也只有对分场景写作的视听特性有了足够的理解和熟练的把握之后，才能在具体层面上真正搭建起一个优秀的剧本。

【思考与练习】

请将下面的诗歌改编为3场以内的分场景剧本。

石壕吏

杜甫

暮投石壕村，有吏夜捉人。
老翁逾墙走，老妇出门看。
吏呼一何怒！妇啼一何苦！
听妇前致词："三男邺城戍。
一男附书至，二男新战死。
存者且偷生，死者长已矣！
室中更无人，惟有乳下孙。
有孙母未去，出入无完裙。
老妪力虽衰，请从吏夜归。
急应河阳役，犹得备晨炊。"
夜久语声绝，如闻泣幽咽。
天明登前途，独与老翁别。

第7章

新媒体剧剧作

【教学目标】

1.理解微电影的剧作特征。

2.理解网络剧的剧作特征。

【重点】

1.微电影的剧作特征。

2.网络剧的剧作特征。

【难点】

微电影的剧作特征。

目前，新媒体的概念尚未准确化，但学术界一般认为新媒体是一种新兴媒体，即以网络媒体、手机媒体和(互动性)电视媒体为代表；另外一种是新型媒体，包括户外新媒体、楼宇电视和车载移动电视等。新媒体的出现，为影视剧的传播提供了新的平台，而一些专门借助新媒体制作的微电影、网络剧、手机电影等也在近几年悄然兴起。那么这些新媒体剧作有哪些特点呢？本章主要论述微电影剧作和网络剧剧作的相关问题。

第一节 微电影剧作概述

在中国，微电影一词出现于 2010 年。是年，凯迪拉克的《一触即发》在明星、制作方、媒体的三重因素推广下广为人知，微电影开始成为一个专有名词。2012 年，微电影的数量越来越多，继 2010 年《老男孩》短片的成功运作之后，《指甲刀人魔》《桔子水晶十二星座微电影》等相继推出，全国各地的微电影节也纷纷上场。

《老男孩》的热播不仅引发了一波怀旧热潮，同时也首次将“微电影”的概念引入了网络视频市场。这些制作精良、创意迸发的视频短片通过“病毒式”营销在网络上大肆传播，在改变着人们对于电影的认识的同时，也改变着视频网站、企业营销的理念。多个打着“微电影”旗号的视频相继推出，这是网络时代新掘金点的诞生。

虽然微电影成为当下热门词汇，但对于微电影的准确定义，业内至今没有权威而明确的表达。微电影导演梁巍认为："笼统地说，在网络上播出的所有自制视频，都可以称为微电影。"而这一概念的兴起，要归功于《老男孩》的热播。

"《老男孩》无论制作水准还是剧本创作，都不逊于一部大电影，因此后来业内也就习惯性地将这一类型的自制视频称为微电影"，梁巍说道。实际上微电影更像是为吸引投资、关注而推出的一个"噱头"，有了这个"噱头"，就能提高网络点击率，从而引起业内资本大鳄的关注。

微电影(Micro Film)，即微型电影，又称微影。微电影是指专门运用在各种新媒体平台上播放的、适合在移动状态和短时休闲状态下观看的、具有完整策划和系统制作体系支持的、具有完整故事情节的"微(超短)时"(30～300秒)放映、"微(超短)周期"制作(1～7天或数周)和"微(超小)规模"投资(几千到数万元/每部)的视频("类"电影)短片，内容融合了幽默搞怪、时尚潮流、公益教育、商业定制等主题，可以单独成篇，也可系列成剧。

微电影的编剧实际上与传统电影、电视剧的编剧没有本质上的区别，但是因为媒介环境和传播/受众关系的变化使其必须符合微电影制作的客观条件，因此，对微电影文化的了解是进行微电影编剧的前提条件。

一、微电影产生背景

随着数字信息技术的发展，新媒体时代已经到来，人们在获取资讯、信息共享方面更加便捷，也就是在此环境中，通过新媒体传播的微电影应运而生。微电影的产生包括媒介环境的变化、传受关系的变化以及市场的强烈需求这三个方面。

(一)媒介环境的变化

随着网络视频业务的发展壮大，互联网成为一个重要的信息刊载平台，也使得影视作品拥有更大的平台，各大门户和视频网站之间的竞争也变得异常激烈，版权问题随之浮出水面，从而导致视频价格水涨船高；运营成本成为媒介一大经营负担。同时，网络是一个资源共享的平台，这导致同质化竞争现象突出。在这样一个难解难分的竞争环境下，各大门户和视频网站需要寻找差异化的竞争优势，提升原创能力。因此，微电影是一个很好的选择。微电影不但成本低，能保障网站的低运营成本，使得网站在运营中享有更多主动权，同时，微电影的灵活性使投资决策的风险更具可控性。

（二）传受关系的变化

在媒介融合背景下，信息的传播呈现碎片化、快餐化的特点，自媒体平台如微博、微信等微产品对市场的侵占，使青年一代跨入了“微时代”生活。北京大学新闻与传播学院副教授胡泳认为：“在‘微时代’，媒体的表现因人们消费媒体的需要而不断改变。当人们面临日益加快的生活节奏和获取更多信息的需要时，我们希望以最短的时间获取最多的信息。”如今社会生活节奏快，工作压力大，上班族、学生以及其他业余人士会将多余的时间利用在上网查找、观看他们感兴趣的东西上。与此同时，微电影这种免费的、灵活的、短小精悍的电影形式更符合现代人的收视心理，尤其受年轻观众的青睐。

（三）市场的强烈需求

受众需求的变化，使得广告市场的广告策略必须做出整改，才能在充分吸引受众注意力、达到广告传播效度的同时降低广告成本。媒介环境的改变也迫使广告公司需要采用更软、更灵活、更易接受的营销方式，微电影则成为新的行业趋势。微电影成为广告市场的强烈需求主要体现在两个方面：一方面，微电影比传统广告更有针对性，受众群体主要是有较强购买力的年轻人；另一方面，微电影可以把产品功能和品牌理念与微电影的故事情节巧妙地结合起来，用精彩的视听效果达到与观众进行情感交流的目的，使观众形成对品牌的认同感。例如，凯迪拉克的《一触即发》《66 号公路》就让观众在获得电影观赏享受的同时带动与消费者的情感互动，灌输了品牌理念，提升了品牌的影响力和美誉，使得广告中的系列车型在部分城市出现热销趋势。

二、微电影特征

对于目前受众的生活方式而言，其对信息的接收倾向于碎片化、娱乐化、新奇化、便捷化。微电影因其时间短、内容丰富多彩，可以通过视频网站、手机、地铁电视等多屏终端传播,更受当代青年人群喜爱,这就使得一部好的微电影在某种程度上往往会超过传统电影。

对于发行商来说,微电影时间短、内容丰富多彩,容易进行剪辑和时间调配,且其制作成本低、制作范围广,因此成为视频媒体的竞争对象,发行商大力度地对其进行购买或者采用。

对于商家来说,微电影本身可以成为广告的载体,可免费收看且不会植入硬性广告,因此越来越多的商家将企业广告片制作成一部部精彩的微电影,用精彩的故事情节和震撼的画面带给大众耳目一新的感觉。给予受众一个电影情节式的软广告,也使得微电影在传统的广告载体中脱颖而出。

微电影已逐渐被认同,相信它将会是自微博等自媒体之后的一个热门话题与媒体形式。其基本特征主要集中在以下三个方面。

(一)低门槛、低成本、低制作

微电影之"微"在于:微时长、微制作、微投资,以其短小、精练、灵活的形式风靡中国互联网。微电影的制作门槛低,主要体现在两个方面:一是投入资金低,相比于电影的拍摄,其在资源、人力、时间等方面具有显著的低要求特点,从而降低了制作成本;二是对拍摄器材的要求低,不需要高清摄像机或者其他专业的拍摄器材,其使用的器材可以是单反相机、手机、卡片机等一系列能拍出具有完美创意的完整故事的简单器材。除此之外,微电影的拍摄和制作周期相对比较短。导演和演员可以只利用空档期进行拍摄,大大提高了拍摄的可操作性。微电影的制作发行也相对简单,目前主要通过网络发行。国内微电影的主要制作方式可分为三类:草根表演、制作的微电影;广告主量身定制的品牌营销微电影;门户网站寻求广告品牌合作制成的微电影。

(二)互动性、开放性、娱乐性强

媒介融合背景下,媒介平台的自主性使得受众的发言权得到充分发挥。受众不再满足于单纯的接收信息,其身份从受众演变为传受一体。微电影是互动性和参与性较强的艺术形式,无论你身份如何,只要有兴趣、有想法,就可以写剧本、当演员、当导演,制作自己的微电影。微电影是全民参与的一种电影制作形式,同时,每一个人的评论和转发也是在宣传微电影。微电影拥有开放的传播平台,除了在网络上播出之外，还可在手机、公交和地铁的移动电视等多种移动终端上播放，优秀作品还可在电影院线播放。例如，优酷的“11 度青春微电影系列”就率先开通了网络与院线播出的双平台。此外，微电影为了迎合年轻人的口味，多采用轻松幽默、诙谐恶搞的话题。利用微电影为演艺界新人进行宣传造势，以赢得更多粉丝的支持也逐渐成为新趋势。由此可见微电影娱乐功能的强大。

（三）重创作、重自由、重表达

微电影作为新兴事物，从制作到播出都是基于网络平台，目前国家并没有严格的审查机制，这也使得微电影获得了更为宽松的创作空间，更易于新锐导演和演员的电影理念及自我价值的实现。微电影是全民制作者的平台，其具有网络平台的自由特性，只要想做，任何人都可以去制作属于自己的微电影，其为更多有志于电影创作的人提供了成就自己的机会，彰显了创作者的执着追求、独特的个人风格等。而微电影的创作为年轻导演打造导演之路提供了一个广泛的平台，在积累经验的同时也可提升自我知名度。微电影正在潜移默化地改变着中国电影的面貌，推动着中国电影的发展。

三、微电影类型

微电影是一个全民参与的电影形式，其类型丰富多彩，可以从制作者的身份、剧情的属性等方面将微电影的类型划分为以下五类。

（一）草根恶搞型

该类型的微电影以恶搞、无厘头为其创作风格，基于产品和故事的情节，进行夸张的叙事和演绎，其代表为胡戈的作品。

表现手法：以叙事形式插入产品，然后加入幽默搞笑等大量效果元素，为原本平淡无奇的故事增添了生趣。另外，该类型的微电影在场景选择和人物形象选择上面都偏向草根型，符合一般小众的生活特点。

（二）青春爱情型

该类型的微电影主题为爱情，通常都是表现爱情美好的一面，然后在故事情节的基础上，将品牌加入。这些品牌一般都是作为微电影中的道具，或者是某个重要场景。

表现手法：采取叙事的形式，但微电影主要演员的选择都是以青春靓丽的年轻人形象为主，以吸引观众的眼球。在场景布置上也很花心思，致力于营造温馨浪漫的环境来衬托出爱情这一主题。

（三）励志奋斗型

该类型的微电影主题是励志奋斗，微电影的人物选择会偏向奋发向上的年轻人，抓住奋斗的特点来加入情节，而品牌的特性也是偏向励志方面。

表现手法：以叙事为主，但是影片风格更为自然真实，以真实感人的故事引起观众的共鸣。

（四）感人亲情型

该类型的微电影主题是亲情，亲情是一种朴素且沉重的情感，这一类型的微电影，讲述的是父母与子女之间，或者配偶之间的感情故事。品牌在这些感情故事中具有重要的意义。亲情类型的微电影是最具感染力的微电影类型，因为每个受众都有自己的亲情故事，所以在观看微电影的时候容易产生共鸣，从而达到影片剧情与产品特性结合的最佳效果。

表现手法：场景的选择以温馨的环境为主，人物的语言对话也极其富有感情和内涵。

（五）唯美风景型

该类型的微电影有一个共同的特点，就是影片中有唯美、令人向往的风景。作为微电影内容上的一个特色，有时候美丽的风景也会令人印象深刻。

表现手法：着重风景的展现，以唯美清新的画面吸引观众的眼球，并在其中穿插人物的爱情、生活故事等。

四、微电影案例分析

(一)《一触即发》

2010年12月27日上映，号称投资1亿元拍摄的90秒汽车微电影《一触即发》引发市场关注。这部微电影由吴彦祖主演，讲述了吴彦祖在一次高科技交易中遭遇敌手袭击，为了将新科技安全转移，联手女主角Lisa用调虎离山计等方法，最终达成目标。

在微电影中，吴彦祖突破重围时使用了安吉星系统来实现车辆的定位和自动解锁车门的功能，片中后视镜配备了侧向盲区的雷达监测系统，并得益于2.0T SIDI的动力和操作性能，在逃离的时候展现了完美的漂移。对于广告片而言，这在展示产品性能的时候实现了恰到好处的融合。

凯迪拉克与中影集团联手呈现的首部微电影，其豪华阵容让不少业界同仁汗颜，制作团队包括戛纳广告金狮奖得主、世界级导演Frank Vroegop，有“广告教父”之称的莫康孙等大牌。

这仅仅是微电影盛行的征兆之一，已经有多部大型制作的微电影陆续开拍或者播出。国内影星李冰冰于2012年主演的微电影《闺蜜》，在微博和视频网站热播时，口碑颇佳；由香港影星莫文蔚主演并演唱主题曲的微电影《66号公路》也在2011年出炉，这也是继《一触即发》后凯迪拉克的又一广告宣传力作。

(二)《看球记》

2011年5月上线的微电影《看球记》由著名导演姜文执导拍摄，其用佳能设备进行拍摄，讲述了一位离异的父亲带儿子去看球的艰难经历。

《看球记》属于感人亲情这一类型的微电影。这部微电影作品重在“说出想说的故事”，仅有10分钟的长度，通过“看球”这一简单的行为来表现一对父子的朴素感情。作品制作精良，内容感人至深。片子以温馨为主调，而人物的语言对话也极其富有感情和内涵。导演利用了亲情类型微电影的特性，使《看球记》中的故事打动受众，其是最具有感染力的微电影类型，因为每个受众都有其自己的亲情故事，所以在观看微电影的时候容易产生共鸣，从而达到剧情与产品特性相结合的最佳效果。

(三)《老汤的故事》

《老汤的故事》是吉普的微电影广告，于2011年4月11日上映。影片讲述了知名摄影师汤辉尽管拍摄照片无数，可始终对30年前西北边疆的那张意外曝光的照片耿耿于怀，最后老汤开着大切诺基约上自己的战友重新去西北连续拍摄的故事。

《老汤的故事》在一定程度上属于励志奋斗型微电影，体现了老汤想回到西北去重新拍摄的一种锲而不舍的精神，其表现手法也是以叙事为主，但在影片风格上面更为自然真实。该微电影利用这种真实的故事为吉普打广告，将老汤的精神与产品具有的特性相结合，以求达到感人至深的效果。

第二节 网络剧剧作

一、网络剧概念

网络剧是基于互联网而产生的新兴艺术形式，其以互联网作为传播途径，网络为其产生和存在的载体。2014年被称为"网络自制剧元年"，各视频网站在2014年加大了对自制剧的投入，网络自制剧正从低成本、粗制作向高成本、精细化制作转型。对于网络剧的定义，不同学者有不同的定义。业界也有对网络剧剧作界定的相关讨论。研究戏剧的学者认为网络剧是一种新的戏剧形式，研究电影的学者认为网络剧是电影的一种衍生品……可见网络剧是以网络为主要传播媒介，配有声画效果的活动影像的一种区别于电影、电视剧的艺术形式。青年学者刘扬提出，网络剧是："利用摄影机、摄像机、录音机和其他视音频摄制设备拍摄录制的，模仿电视剧或电影的一般本体美学特征，以视听元素和剧作手段为其形式，以展现故事和塑造人物为其内容，以网络作为首要传播渠道，符合网络的传播方式和受众的观看方式的特定视听节目形态。"综上所述，网络剧是一种区别于上传至网络平台且用传统拍摄和传播手法创作的影视剧作品的新型艺术形式。

网络剧是以网络为主要传播渠道，但网络不是唯一渠道。网络剧在学界已有的界定中，在放映时间上的界定不太确切。目前网络剧在制作上仍处于探索和起步阶段，以目前的影片来概括网络剧的特性，有些以偏概全，毕竟网络剧是不断发展变化着的。目前的网络剧已经开始出现时间较长的连续剧的形式，网络环境的不断发展和改善，新型网络技术的出现，将给予网络剧更大的支撑平台与空间。

从网络剧形成的方式与目前的发展来看，我们将其概括为狭义网络剧和广义网络剧两种。其一是狭义的，特指专供于网络传播的音频作品；其二是广义的，用来泛指数字化以来，通过互联网产生并传播的各类网络传播的影视剧作。

二、网络剧作特征

网络剧的产生是基于互联网这一平台基础之上的，互联网具有开放性、自由性、平等性、高参与性、即时性、原创性、互动性等特点。网络剧是互联网与电视、电影剧作的有机结合，网络剧结合了传统剧作与互联网的优势，其特征具体体现在以下几个方面。

（一）内容题材多样

网络剧作的内容题材多样，其内容紧凑、结构严密，篇幅大多短小，较之于传统的电视剧，网络剧更符合当下受众的收视习惯。考虑到剧情的长短与受众心理变化的因素，网络剧精心编排了剧集的时长。除此之外，网络剧是基于网络走红，其题材选择的范围较大，其中涵盖爱情偶像剧。例如，《苏菲日记》本是葡萄牙的剧作，之后被各国翻拍成不同的版本，中国版的《苏菲日记》以跨媒体互动短剧形式走俏网络，该剧将镜头对准时下年轻"Y 一代"的生活，展现他们在成长中与家庭、学校以及社会的碰撞。该剧虽然每一集只有 5 分钟，但内容丰富多彩。这些网络剧充满着青春与爱情的气息，展现了年轻一代对爱情和生活的态度。另外还有一些恶搞剧，如《扁豆先生》。这类剧作符合当下的“恶搞文化”，属于娱乐型的搞笑影片。此外，悬疑剧《盗墓笔记》、段子剧《屌丝男士》《极品女士》等均是网络剧的一种题材。

（二）成本低

传统的电影、电视剧有专业的团队负责策划、拍摄、剪辑、宣传、投放市场等工作，制作成本包括人工费、制作费、宣传费等一系列费用的支出。而网络剧是属于低门槛、高互动的剧作，其生产制作门槛低，不需要专业的导演、编剧等。在拍摄方面，由于传统剧作的要求比较严格，通常会使用较为专业的器材，场地选择也必须符合剧情的发展和需要。而网络剧是比较大众化、随意化的一种剧作方式，其摄影上的要求较低于传统的电视、电影，在拍摄场地的选择上，要求也较低。除此之外，相对于传统的电视、电影的投放方式，网络剧投放市场的周期较短，具有即时性。在宣传层面，网络自制剧是基于网络平台而产生的，其具有宣传的优势，节省了传统电影、电视剧的新闻发布会、各地区见面会等推广所需要的费用支出。

（三）草根化

网络剧是专门针对网络用户发行的。如今，网络剧已成为网络草根文化传播的新动力，它推动了“自媒体”时代草根阶层的广泛参与，形成了一道融娱乐与创造个性为一体的文化景观，已成为大众的、世俗的、袒露自我的艺术样式。网络电影的草根化主要体现在：第一，制作方式的独特性，传统电影由编剧、导演、摄影、美工、演员等共同完成，而制作网络剧，任何人有一定技能都可以写剧本、做导演、做演员、做摄影等；第二，目标与受众的差异性，网络剧的受众主要为18～30岁的年轻人，网络剧题材与内容贴近平民的生活，将社会的真实状况加以反映，符合目标受众的文化取向；第三，传受位置的互换性，网络剧的制作者可以是任何人，其目标受众也是基于互联网之上的任何人。制作者与受众的位置是可以相互交换的，并且受众在观看过程中可以自由地进行暂停、播放、快放、慢放等操作。

（四）娱乐化

电影、电视具有艺术性与商业性两种属性，在商业化的浪潮中，电影主题思想日益被淡化，娱乐化趋势越来越明显。与此同时，网络剧制作的个体化与娱乐化更符合当今的时代潮流。网络剧颠覆了传统意义上的美学的约束，以虚拟性、交互性和开放性为基本特征的网络艺术使其满足观众的个性化需求。网络剧的制作者不受传统规则约束，完全按照自己的喜好和方式来制作，将自己在现实生活中的喜怒哀乐用网络剧的方式表现出来，而且不会在意作品的质量。网络剧的娱乐化表现在：第一，传受双方的游戏心态，网络剧的制作人或者受众都是抱着娱乐、游戏的心态创作和关注网络剧的，是一种追求刺激化、个性化、新奇性、开放性和交互性的现代社会生活方式；第二，网络剧制作的无规则性，朝着功能的多样化、个性化、产品化、弱商业化、强人情味的方向发展。其不重视艺术作品的经典、完美、真实等，而是基于后现代主义强调艺术作品的可变动性、娱乐性、世俗化、随意切割性与虚幻性。与传统剧作相比，网络剧作主要以时尚潮流为创作的风向标。

（五）后现代性

后现代语境下，网络剧更加侧重于个性化、平民化的表达方式。后现代性是当今人们在迷茫、困惑情况下的情绪的具体反应。网络剧作与传统剧作的美学特征不同，其更具有自由性、无规则性，是偏向于游戏化的一种艺术形式。网络剧作的叙事主线模式不同于常规，其以创作为主，追求自由的叙事方式。后现代主义电影的叙事结构具有一定的实验性，而具有多变性的网络剧作则是其最好的实验对象。网络剧作的后现代性主要表现在：第一，多重叙事模式，网络剧影片中充满着多重的叙事模式，包括非线性叙事、错位叙事、碎片化叙事、拼贴叙事等等；第二，新异性，网络剧偏向于形式、概念的表现，缺乏对内容、情节的描述，影片的逻辑性模糊，但注重观众内心的感受和体验。

三、网络剧作的网络性

（一）IP 即原创

IP（网络之间互连的协议，Internet Protocol）也就是计算机网络相互连接、进行通信的协议。在互联网中，它是能使连接到网上的所有计算机网络实现相互通信的一套规则，规定了计算机在因特网上进行通信时应当遵守的规则。如今，针对网络剧作而言，IP 是具有原始聚合效应的东西。例如，《盗墓笔记》以小说的形式风靡一时，并拥有大量读者，达到了原始的聚合效应，对制片人来说它只是降低投资风险的一种手段。但 IP 不是剧本，IP 最关键的一点是如何转换成剧本。IP 的价格在整体制作成本中所占的比例失衡，反而会加大投资风险。相反，一个好的原创内容加上优秀的团队制作和有效的平台运作反而会成为一个高价值 IP。对平台而言，IP 就是原创内容，需要打造才能真正成为有影响力的内容。例如，《太子妃升职记》在成为网络剧之前，其小说并不是广为人知，而在网络播放之后，成为影迷每日必追的剧集。新媒体背景下，微博等自媒体平台对《太子妃升职记》精彩剧情的推送，使得影迷在微博平台形成了磁场效应，吸引更多微博用户加入到追剧之列，实现了高价值 IP 的形成。

(二)网感的重要性

网络剧是应时代而生的。在媒介融合的背景下，受众接受的信息趋于碎片化、边缘化，观看网剧的用户更多是基于一种娱乐化需求。那么用户在何种情况下能够产生想要观看的欲望？网感在何种环境下能够促进网剧的接收？对于网络剧来说，用户的网感反应离不开剧作、制作、运作三方面的紧密配合和全产业链运营。

1. 剧作——题材创新

网剧的风靡很大程度上取决于其题材的创新。传统电视剧的制作投入越来越大，制作越来越精良，但最大的问题是题材趋同化严重。例如，抗日题材的电视剧每年都会有各种版本出现。同时，也有大量的题材呈现空白或者是稀缺。在信息爆炸的互联网时代，反复传播的旧信息已经不能满足网生代的需求，娱乐化、个性化的新型题材才是目前用户所渴望的，能否选择好的题材是网感的首要因素。

2. 制作——快节奏

移动互联网终端的出现使信息传播的速度随之加快。移动终端的属性是“快”，如果短时间内不能用一个情节点抓住用户的眼球，便可能造成信息传播的中断。用户获取信息的方式和习惯促使网络剧在制作上不得不施行快节奏的方式，网络剧的成功案例如《万万没想到》的开篇方式便是值得借鉴和思考的。其开篇有一段特别长的文字，而停留时间很短，观众短时间无法完全接受所有文字信息，若想完全了解信息唯一的选择是点暂停。所以互联网思维便是在有效时间内吸引住用户，因此在剧作思维上要做一些调整，片子前几分钟往往是取胜的关键。

3. **运作——排播灵活**

2015 年 7 月爱奇艺率先推出“会员抢先看”差异化排播模式。现在会员数量全网第一，已经突破 1000 万。其会员抢先看的前提是付费观看，那么要如何灵活实现获利最大化？网络剧作的成本包括内容的投入、版权的买卖以及其他隐形的费用等等，传统的电视剧在有效时段内的容量有限，广告收入成为其最主要的获利方式。但互联网海纳百川，网络剧可以随时更新播放，还可以根据用户反馈进行实时调整，包括更新剧集数的改变、播出模式的改变等等。2015 年 9 月爱奇艺携手《蜀山战纪》开启“先网后台”播出模式，网络播到第五季时电视台才同步播出。

4. **全产业链运营**

在新的互联网平台上，需要重新调整企业合作伙伴，寻求新的良性经营模式，扩大链接范围，构建自身的平台关系链。出版社、影业、院线都急切期望合作以产生高价值的 IP。例如，《花千骨》播出之后，其游戏在高峰期时月流水达 2 亿。多平台合作的前提是内容优质，这样便可形成产业链。网络剧作被推上顶峰的同时，也进入了残酷的竞争阶段，趋向于一个现象级的内容。剧作资源的稀缺导致最高价值的 IP 难以呈现，所以全产业链运营迫在眉睫，而平台型媒体恰好满足了对于巨大流量和优质内容这两个方面的需求。“互联网＋”时代的到来，将平台重点转化为对于能够与平台实现融合的产业资源的开放、服务与资源整合。在相互开放合作的基础上，充分利用大数据，基于用户、内容、关系、场景的数据挖掘与分析，达到资源共享，从而实行个性化内容与广告定制相结合的营销手段；将收入来源从广告收入扩大至服务收费、交互广告、社区服务、在线交易等方面。

四、网络剧类型案例分析

(一)互联网自制剧

代表作品：《万万没想到》

类型：无厘头、喜剧

平台：优酷

导演：叫兽易小星

主演：白客，刘循子墨，小爱等

被观众称为“第一网络神剧”的《万万没想到》自2013年首播以来，以独树一帜的风格受到众多观众的追捧。《万万没想到》以夸张、幽默的方式描绘了屌丝代表王大锤每天意想不到的传奇故事。作为职场界、名医界、相亲界的著名屌丝，王大锤每天的生活都多姿多彩而又变幻莫测。作品内容包罗万象，从当下热门话题到经典历史故事，调侃的视角、幽默的语言使其独树一帜。

《万万没想到》的播出衍生出了各类高冷幽默的词句，“我只想安静地做一个美男子”“夕阳下的奔跑”“赢取白富美，走上人生的巅峰”等也成为大众网络流行语。这类互联网自制剧多以自黑反讽的方式对抗现实的怪诞，用自我解嘲的形式化解生活的压力。以全网点击量超20亿的情况来看，观众对此类型网络剧的认可度极高。

(二)纪录剧

代表作品：《舒子创业》

类型：励志、喜剧

平台：优酷

导演：舒子

主演：舒子

随着互联网市场的不断洗牌，网络剧大量充斥，受众从注重其制作方式转变到注重其内容。一批“接地气”“讲生活”“励志向上”的作品如鱼得水，受到观众的喜爱，《舒子创业》也因此一夜走红。

这部作品真实记录了一个25岁女孩的创业故事，剧情抛出一系列的疑问作为伏笔，例如：既能搬砖又会开挖掘机的天才美少女突然辞职的原因是什么？出资300万帮她创业的究竟是何人？创业是为了孤注一掷的明天，还是一场九死一生的坚持？这一切的背后究竟是靠爹、靠脸，还是靠实力？这部网络剧是女孩用一部手机所记录的创业的全部过程。这种贴近生活的励志故事和《杜拉拉升职记》一样为众多观众所喜爱，多半源于人物接地气的气质。

《舒子创业》使万千观众与创业者一同体验到创业过程中的艰辛与快乐，为渴望创业成功的青年找到创业发展的新思路。这的确是观众渴望由穷到富、脱贫变富、发家致富必备之网络剧，不然怎么可能光凭一部手机就斩获了2000万点击率，开创了第一人称自记录时代，甚至成为网络剧的一种新型类型呢？

这种类型的优势在于，主演们在真实场景中记录着观众分不清是真是假的故事，再通过幽默搞笑的后期包装，给观众以前所未有的体验。

(三)段子剧

代表作品：《屌丝男士》

类型：喜剧

平台：搜狐

导演：大鹏

主演：大鹏

作为段子剧中的代表，《屌丝男士》无疑是最成功的。从第一季上线开始，到今天一直牢牢占据着网络剧王的领军地位，不断创下播放量增长新高。自《屌丝男士》第四季上线以来，9天播放量已过亿，以每集24小时平均播放量超千万的速度增长，开创了“现象级”IP时代。

然而《屌丝男士》并不是传统意义上的网络剧，它有固定时长、单一场景以及简单的生活细节。它是一部有鲜明网络特点、舞台感十足、整体没有剧情衔接、固定演员演绎但角色不固定的段子集。

剧中，大鹏携手演艺圈众多一线演员，演绎无厘头的爆笑段子。全明星超豪华演员阵容以多重惊喜挑战观众想象，让这部剧大放光彩。本剧赢得了众多网友的喜爱，也树立了中国网络喜剧绝对第一的标杆。

(四)原著改编剧

代表作品：《盗墓笔记》

类型：悬疑

平台：爱奇艺

导演：郑保瑞，罗永昌

主演：李易峰，杨洋，张智尧，唐嫣等

《盗墓笔记》讲述了出身“老九门”世家的吴邪，由于其身为考古学家的父母被国外盗墓团伙杀害，而被送往德国读书。吴邪在一次护宝过程中，偶然获得一张记载着古墓秘密的战国帛书。为赶在不明势力前解开帛书秘密，保护古墓中的文物不受侵害，吴邪按照帛书的指引，来到鲁殇王墓探究七星鲁王宫的秘密。经过一系列惊险刺激、匪夷所思的事件后，吴邪发现了更多未解的谜团。

这部单集投资500万、微博话题阅读量超21亿的季播剧一经上线，就立刻引起了网友的强烈关注。该剧改编自南派三叔同名小说，是系列书籍销量破1200万册的作品，其本身已有广大的书迷基础，再加上抢眼的演员阵容，确实是名副其实的“人气网络神剧”。

不管是全民吐槽也好，还是差评满满也罢，从先导片发布22小时点击量破亿的情况就可以看出，根据网络小说改编的网络剧《盗墓笔记》的影响力可见一斑。

【本章小结】

新媒体改变了影视剧的传播方式，从而改变了故事的讲述方式。但是影视故事本身所拥有的元素，目前来说还没有发生根本性的变化。因此，新媒体时代的编剧们需要更加深入地了解作品传播渠道的特性，特别要清楚观众收看的方式及其收看的主要情境。这样，编剧们才可能根据具体情况，创作出观众容易接受并喜爱的新媒体剧作。

【思考与练习】

选择一部相声作品，试着把它改编为一个段子剧。

参考文献

[1][美]悉德·菲尔德.电影剧本写作基础(修订版)[M].钟大丰,鲍玉珩,译.北京:世界图书出版公司,2012.

[2][美]悉德·菲尔德.电影剧作问题攻略[M].钟大丰,鲍玉珩,译.北京:世界图书出版公司,2012.

[3][美]悉德·菲尔德.电影编剧创作指南(修订版)[M].魏枫,译.北京:世界图书出版公司,2012.

[4][美]罗伯特·麦基.故事:材质、结构、风格和银幕剧作的原理[M].周铁东,译.天津:天津人民出版社,2014.

[5][美] J. H. 劳逊.戏剧与电影的剧作理论与技巧[M].邵牧君,齐宙,译.北京:中国电影出版社,1989.

[6][美]伊格莱西亚斯.编剧自我修养:好莱坞顶级作家的成功秘诀[M].魏俊彦,译.北京:电子工业出版社,2012.

[7][英]威廉·阿契尔.剧作法[M].吴钧燮,聂文杞,译.北京:中国戏剧出版社,2004.

[8][美]Pamela Douglas.美剧编剧策略——职业编剧的成功之道(第 3 版)[M].徐晶晶,译.北京:人民邮电出版社.2016.

[9][美]威廉·尹迪克.编剧心理学:在剧本中建构冲突[M].井迎兆,译.北京:北京联合出版公司,2014.

[10][美]罗伯特·麦基口述,黎宛冰主编.遇见罗伯特·麦基 2011～2012:“好莱坞编剧教父”谈电影与剧本创作[M].北京:电子工业出版社,2012.

[11]李渔.闲情偶寄(插图珍藏版)[M].陈如江,汪政,译注.北京:人民文学出版社,2013.

[12]施耐庵,著.金圣叹,批评.罗德荣,校点.金圣叹批评本水浒传[M].长沙:岳麓书社,2006.

[13]夏衍.写电影剧本的几个问题[M].上海:复旦大学出版社,2004.

[14]汪流. 电影编剧学(修订版)[M]. 北京:中国传媒大学出版社,2009.

[15]芦苇,王天兵. 电影编剧的秘密[M]. 上海:上海交通大学出版社,2013.

[16]周涌. 影视剧作元素与技巧[M]. 北京:中国广播影视出版社,1999.

[17]刘一兵,张民. 虚构的自由:电影剧作本体论[M]. 北京:中国电影出版社,2002.

[18]倪学礼. 电视剧剧作人物论[M]. 北京:中国广播影视出版社,2005.

[19]王迪. 现代电影剧作艺术论[M]. 北京:中国电影出版社,1995.

[20]汪流. 为银幕写作[M]. 北京:中国电影出版社,1994.

后 记

自21世纪第二个十年开始以来，影视文化出现了巨大的变化，过去因为高额的制片、设备和传播费用而造成的生产壁垒逐渐被打破，轻便且更加便宜的摄录设备、相对自由且成本很低的网络播出平台使编剧、导演、演员这样一些曾十分神秘且头带“光晕”的工作变得不再遥不可及。在中国，20世纪80年代之后出生的一代被称为“视听一代”“读图一代”，影视文化伴随着他们的成长，影视语言对他们来说再熟悉不过了。如今，20世纪80年代之后出生的一代已经逐渐成为中国社会最有文化、活力和创作力的一代。对这一代人来说，成为影视编剧、导演不再是一件特别困难的事，因为他们本来就是“视听一代”，他们的文化水平也让他们很好地掌握了获取信息的工具和学习方法。

这本教材主要针对那些希望创作影视故事的人而编写。须知，在当今社会要成为编剧和导演并不困难，每个人都可以将拍摄的故事片上传到视频网站与他人分享。但是，要成为一名优秀的编剧和导演依然跟过去一样困难。对于真正希望创作出好故事的初学者来说，这本教材浅显易懂，所涉及的例证既包括经典的中外电影，也包括近年来热播的电视剧、微电影、网络剧。对于有一定基础的读者来说，这本教材在继承前人理论的基础上，也提出了自己的观点，值得去阅读、探讨。

本教材的具体分工如下。

绪论：臧连荣（重庆师范大学）

第1章：臧连荣

第2章：杨璟（重庆人文科技学院）

第3章：范虹（长江师范学院）

第4章：刘幸（西南大学），杨璟

第5章：杨璟

第6章：李骥（重庆邮电大学移通学院），杨璟

第7章：张文博（重庆工商大学融智学院）

统筹：杨璟

在这里要特别感谢西南大学新闻传媒学院袁智忠教授，本教材就是在袁教授织和指导下完成编写的，从选题、大纲到最后的成文都得到了袁教授悉心的帮助。同时感谢西南师范大学出版社给予本教材出版的机会。